COLLECTION
FOLIO BILINGUE

Jorge Luis Borges

Ficciones
Fictions

*Traduit de l'espagnol
par Roger Caillois,
Nestor Ibarra
et Paul Verdevoye*

*Préface et notes
de Jean Pierre Bernés*

Gallimard

La traduction française de *Fictions* a été revue par Jean Pierre Bernés pour cette édition bilingue.

© Emecé Editores, 1956, 1960.
© *Éditions Gallimard, 1957, 1965 pour la traduction française.*
© *Éditions Gallimard, 1994, pour la présente édition bilingue.*

PRÉFACE

C'est à Fictions *dont il n'avait pas souhaité le titre que Borges doit son passage à la gloire et à la reconnaissance universelle. L'ouvrage paraît en deux temps. En 1941, Borges publie aux éditions* Sur *de son amie argentine Victoria Ocampo* Le jardin aux sentiers qui bifurquent, *ensemble de huit textes dont le dernier donne son nom au recueil. Déroutant au premier abord, ce titre trinitaire dans sa structure, selon une tradition borgienne des années trente, pourrait bien être la métaphore de l'ensemble. Il se présente comme une variation sur l'idée de carrefour, lieu symbolique de la bifurcation — ici multipliée par un pluriel indéfini —, qui nommait une des premières fictions de Borges,* « L'homme au coin du mur rose » (Hombre de la Esquina Rosada) [1].

En 1944, toujours aux éditions Sur, *paraît* Fictions (1935-1944) *dont le titre, imposé par l'éditeur apparemment influencé par Roger Caillois, semble, à Borges qui ne l'a pas désiré, une*

---

1. *Esquina :* coin de rue, carrefour, définit la localisation géographique du drame. Dès 1921, Borges associe le terme à une situation de crise. On sait l'importance symbolique du carrefour, lieu épiphanique par excellence, à la croisée des chemins tracés ou en projet — comme ceux du faubourg (*arrabal*) en devenir. Le carrefour est le lieu de l'arrivée devant l'inconnu, où l'on découvre les autres et, par tradition mythologique, le lieu de la rencontre avec le destin.

rime facile à Inquisitions[1], voire à Discussion[2]. *Ce titre, dont il déplore la formulation trop catégorielle, accentuée par la rigidité des dates, ne laissait, selon lui, guère de place au mystère. Certes, Borges avait déjà utilisé le terme en 1936, mais dans un contexte tout à fait différent. Il évoquait à cette date, avec une évidente connotation de faux, les différentes manifestations de la littérature* gauchesque, *comme des fictions de Buenos Aires (*ficciones porteñas*).*

Artifices (Artificios) *est le titre choisi pour la section nouvelle de l'œuvre qui ajoutait au recueil précédent les récits intitulés* La mort et la boussole[3], Funès ou la mémoire, La forme de l'épée, Le miracle secret, Thème du traître et du héros, Trois versions de Judas ; *bien que de tendance générique lui aussi, il caractérise davantage la manière que le contenu ; il suggère l'habileté de l'élaboration artistique s'opposant au naturel, la construction ingénieuse de l'esprit, la subtilité du tour. Derrière l'*artifex *latin et le terme espagnol* artífice, *on devine l'artiste, l'auteur (*El Hacedor : le Créateur*).*

L'ouvrage réédité en 1956 reprend l'édition originale de 1944 à laquelle Borges ajoute trois nouveaux récits : La fin, La secte du Phénix *et* Le Sud. *Un post-scriptum au prologue d'*Artifices *de 1944 justifie cet ajout et préconise des directions de lecture.*

Projetée dès 1946, la traduction française de Fictions *paraît*

1. Entretiens avec J. P. Bernés, réalisés à Genève en 1986. *Inquisitions,* livre d'essais publié en 1925 que Borges a toujours refusé de rééditer.
2. *Discussion* (1932). Le premier de ses livres d'essais que Borges n'ait jamais renié, même si, selon ses habitudes, il n'a jamais cessé de le remanier.
3. Borges utilisera plus tard (en 1951) comme titre d'un recueil de nouvelles fantastiques *La mort et la boussole* qui, selon ses propres déclarations, eût été pour *Fictions* un excellent titre (Entretiens avec J. P. Bernés).

en 1951. L'ouvrage porte le numéro un de la prestigieuse collection de textes ibéro-américains, La Croix du Sud, *dirigée par Roger Caillois.*

Durant les années de gestation de Fictions, *Borges, qui traverse une grave crise existentielle perceptible à la lecture de ses rares poèmes écrits à cette époque, tente d'exorciser, par toutes les formes possibles de l'écriture, une situation souvent dramatique. Il s'adonne à la traduction qui lui apparaît être un complément d'écriture, comme l'achèvement temporaire d'un processus dont le texte à traduire ne serait que le brouillon. En 1938, il traduit* La métamorphose *de Kafka, dont la faculté d'invention « de situations intolérables » le séduit et dont on pourra trouver des prolongements dans ses propres fictions et dans ses propres cauchemars.*

Parallèlement à la réécriture des œuvres d'autrui par la traduction, il entreprend de récrire son œuvre de jeunesse. Enfin, il découvre la pratique des œuvres en collaboration qui ne seront, dans la grande majorité des cas, qu'une manière différente de continuer à écrire seul. Dès 1937, il songe à une compilation de récits fantastiques qui voit le jour en 1940, en même temps que Le jardin aux sentiers qui bifurquent, *et qui constitue pour cet ouvrage un accompagnement de choix*[1].

Dans Fictions (1935-1944), *Borges, qui reprend* L'approche d'Almotasim[2], *fait remonter à 1935 le corpus de ses*

1. J. L. Borges, S. Ocampo, A. Bioy Casares, *Antología de la literatura fantástica*, Éd. Sudamericana, Buenos Aires, 1940. On y relève, entre autres, des textes de F. Kafka, J. Joyce, G. K. Chesterton, M. Fernández, L. Bloy, G. Papini, L. Carrol, E. Allan Poe, Chuang Tzu.
2. Primitivement publié en 1936 dans l'édition originale de l'*Histoire de l'éternité*, ce texte est ensuite intégré au recueil *Le jardin aux sentiers [...]*, puis à *Fictions*, en 1944. Il est définitivement restitué à l'*Histoire de l'éternité* dans l'édition des œuvres complètes de 1974. Il fut publié en 1939 dans la revue *Mesures* grâce à l'entremise d'Henri Michaux, dans la traduction française de N. Ibarra, sous le

*récits imaginaires, écartant ainsi de la compilation incomplète des écrits antérieurs qui auraient pu être pris en compte. Il a avoué à maintes reprises la difficulté de son passage à l'écriture de la fiction. Dans le prologue à la réédition d'*Histoire universelle de l'infamie, *il donne comme explication son manque de hardiesse lorsqu'il déclare pour justifier ses petits contes d'infamie : « [Ils] sont le jeu irresponsable d'un timide qui n'a pas eu le courage d'écrire des contes et qui s'est diverti à falsifier ou à altérer (parfois sans excuse esthétique) les histoires des autres. »*

C'est dans les écrits de la prime jeunesse de Borges, dans sa propre archéologie, qu'il faudrait étudier les débuts innocents mais révélateurs d'une vocation impérative pour la fiction qui sera pourtant si lente à se révéler. Il écrit vers l'âge de sept ans son premier conte, inspiré de Cervantès, qu'il intitule La visera fatal *(La visière fatale) et qui préfigure déjà le talent de Pierre Ménard. En 1912 — il est âgé de treize ans —, il écrit* El rey de la selva *(Le roi de la forêt), son premier conte sans antécédents littéraires référentiels, mais il le signe du pseudonyme de Nemo, qu'on livre sans commentaires.*

Il convient de noter la difficulté qu'éprouve ou feint d'éprouver Borges pour nommer ses propres fictions qu'il rabaisse au rang de notes, c'est le cas de Pierre Ménard, auteur du « Quichotte », *ou bien d'articles ; c'est le cas de* Tlön, Uqbar, Orbis Tertius *— et dont il se refuse*

---

titre « *L'approche du caché* ». Borges précise dans son *Essai d'autobiographie :* « Cette œuvre était à la fois un canular et un pseudo essai. Elle prétendait être la critique d'un livre publié trois ans auparavant à Bombay. [...] Mais l'auteur et le livre sont pure invention de ma part. [...] Il est possible que j'aie été injuste pour cette histoire ; il me semble aujourd'hui qu'elle annonçait et même qu'elle fut le modèle de tous les contes qui pour ainsi dire m'attendaient et sur lesquels se fonda ma réputation d'auteur de nouvelles. »

d'envisager et de commenter le caractère hybride[1] *ou l'appartenance à des catégories forcément réductrices. Il a toujours manifesté son aversion pour les formes littéraires cloisonnées dont il voulut faire croire qu'elles étaient l'apanage obsessionnel de la littérature française, presque toujours réduite, selon lui, à une histoire de la littérature.*

Borges ressent la nécessité de pré-textes avant de se laisser aller, dans l'improvisation et la liberté ludique de l'écriture, à l'invention. Lorsqu'il décidera de changer le statut de ses écrits, il aura besoin d'un prétexte : c'est un accident qui est à l'origine de Pierre Ménard [...], *le premier récit de* Fictions. *À prendre Borges au pied de la lettre, Pierre Ménard naquit comme une preuve à l'occasion d'une douloureuse épreuve qui se présenta comme une rupture et une initiation :* « *En 1939, je tombai gravement malade d'une septicémie, comme Dahlmann dans* El Sur. *La fièvre et le délire furent tels que je crus devenir fou et j'eus peur de ne plus pouvoir continuer à écrire. [...] Une nuit, à la clinique, me sentant un peu mieux, ma mère commença à lire un livre de C. S. Lewis, qui venait d'arriver de Londres. Tout à coup, je m'aperçus que je pleurais de joie, car je comprenais ce que ma mère me lisait. Alors je décidai d'écrire quelque chose de nouveau et de différent pour moi, afin de pouvoir, si j'échouais, en imputer la faute à la nouveauté de ma tentative. Je me mis à écrire ce conte qui s'appelle* Pierre Ménard, autor del " Quijote ". »

Mais la victoire est secrète. Pierre Ménard [...] *paraît dans la revue* Sur, *en version préoriginale, comme un essai, ce qui rétrospectivement provoquait la jubilation du joueur masqué. Dans cette nouvelle, dont le titre est la première et la plus*

---

1. J. de Milleret avait entrepris de faire la part entre l'essai et le conte à l'état brut, entre l'intrigue prétexte et la dérive métaphysique des *Fictions* de Borges, lequel trouvant cette systématique « un peu effrayante » éluda la discussion.

significative provocation, l'idée centrale est la réécriture par le temps qui transforme, qui parachève et améliore l'œuvre toujours en sursis puisque, selon Borges, « tout est brouillon, l'idée du texte définitif ne relevant que de la religion ou de la fatigue ». Pour lui, la littérature se présente comme une forêt en perpétuelle croissance, ou mieux, comme une sorte de labyrinthe vivant.

On pourrait lire la plupart des récits de Fictions *comme des réécritures, comme des fragments de cette littérature en expansion.* Pierre Ménard [...] *récit les chapitres essentiels de* Don Quichotte ; La fin, Martín Fierro, *l'épopée nationale des Argentins qui ont choisi de s'identifier collectivement au gaucho hors la loi de José Hernández ;* Trois versions de Judas, *le* Judas Iscariote *de De Quincey et sans doute aussi les* Quatre légendes de Prométhée *de La* métamorphose *de Kafka ;* La forme de l'épée, *un tango, l'un des grands succès populaires de l'époque larmoyante du genre ;* Tlön, Uqbar, Orbis Tertius, *un article oublié sur les Druzes lu dans une anthologie égarée ;* La bibliothèque de Babel, La bibliothèque totale *de Borges, qui lui servit de brouillon ;* Le Sud *récit sur le mode autobiographique* Bataille d'hommes, *l'un des premiers témoignages de la modeste entrée de Borges dans l'univers de la fiction ;* Dahlmann *récit Borges à qui est enfin accordée la possibilité d'un destin héroïque, fût-il imaginaire, dans un noble combat ;* La mort et la boussole *récit le nom secret de Dieu en quatre lettres. Chacun de ces récits, qui plonge ses racines dans des littératures infinies qu'il perpétue, se prolonge dans d'autres récits. Au-delà des différences de style, de genre, de manière, d'approche, l'essentiel est cette réécriture érigée en système d'écriture qui crée le labyrinthe droit « invisible et incessant », métaphore du livre plein de notations autobiographiques tellement discrètes qu'elles passent inaperçues ou semblent abstraites, plein de répétitions, de symétries, de variations thématiques et même d'errata dans lesquels l'erreur voulue est la marque de l'aléatoire réservé au créateur qui joue à défier la fatalité des textes déjà écrits, y compris celle des grands textes canoniques des littératures, et à bouleverser les idées reçues. L'entreprise et sa réalisation étaient révolutionnaires. Borges, avec une modestie qui est soit la preuve d'une immense sagesse, soit une figure supplémentaire de mystification, a repoussé cette interprétation avantageuse :* « *Tout ce que j'ai fait est dans Stevenson, Poe, Wells, et quelques autres. Même le procédé d'employer de fausses références bibliographiques se trouve déjà dans le* Sartor Resartus *de Carlyle. Des contes de ce type sont rares en espagnol, mais non dans d'autres littératures.* »

Dans Fictions, *Borges se livre avec ferveur au double jeu, subtil, du vrai faux et du faux vrai — à travers le catalogue et la science réputée exacte de la bibliographie. Il distribue à l'infini les cas de figure avec un plaisir de philatéliste. On notera, en particulier, la variété de ses jeux onomastiques, jamais innocents, qui n'épargnent ni sa lignée ni ses amis, et qui apparaissent comme l'un des plaisirs capitaux de son écriture. Il opère des glissements, systématise des désinences qui identifient jusqu'à la caricature ; il sait créer des couples interlinguistiques dont les deux éléments se servent mutuellement de faire-valoir, comme dans* La mort et la boussole *où il établit sur des rythmes rouges l'état civil redondant des protagonistes : Erik Lönnrot — chez lequel le rouge allemand du nom récrit celui du prénom qui sous-entend Erik le Rouge, le nordique découvreur du Groenland — et Red Scharlach — chez lequel le rouge écarlate allemand du nom redit le rouge anglais du prénom. Il lui arrive même de se livrer à des déformations irrévérencieuses, par exemple dans* La loterie à Babylone *où il mentionne* « *une latrine sacrée nommée Quaphqa* ». *Il se situe là dans la tradition scatologique de Quevedo qu'il a tant pratiqué durant sa jeunesse. À la même époque il se déguise en*

Bustos Domecq et en Suárez Lynch, noms composés selon l'usage hispanique, dans lesquels Bustos et Suárez, empruntés à des ancêtres fameux de son lignage créole, disent l'élément masculin apporté par sa contribution à l'association patronymique fictive. Pierre Ménard, lui, qui pourrait n'être en réalité que l'un des noms secrets de Borges, associe à un patronyme nîmois attesté et vérifiable d'autres Pierre Ménard étrangers à Nîmes et rencontrés sans doute au hasard de lectures dans des fichiers prophétiques. On trouve dans ce jeu de masques la trace de Cervantès pour qui le Quichotte *était aussi une affaire de nom qui dit sans dire, qui cache en disant, et dont l'image métaphorique est celle d'une traduction.*

Avec un égal bonheur, Borges s'adonne aux variations sur le thème du catalogue. Il lui confère un statut inespéré de fiction en l'enrichissant par des artifices qui vont de la citation tronquée ou des errata volontaires au collage démesuré qui outrepasse les seuils de tolérance en cours. Il attribue filiations et paternités nouvelles. Il est passé sans effort des vies imaginaires aux bibliographies imaginaires.

Adolfo Bioy Casares, ami et collaborateur de Borges durant de nombreuses années, a écrit pour la revue Sur *un long compte rendu de* Fictions, *à l'occasion de la publication de l'œuvre. Il souligne dans ces pages la singulière contribution du Bibliothécaire de Babel à l'élaboration d'un genre nouveau, entreprise généralement réservée à plusieurs générations d'écrivains. Maître des splendides possibilités littéraires de la métaphysique considérée comme partie intégrante de l'univers fantastique, adepte pratiquant de l'élégante rigueur du genre policier, riche d'une culture polyphonique peu commune et d'une formidable intelligence sans failles, joueur dans l'âme, Borges, en effet, dans les contes de* Fictions, *invente des systèmes à plusieurs degrés, des mondes, des mondes de mondes, labyrinthes de labyrinthes, dans lesquels le réel le plus élémentaire et l'imaginaire le plus débridé se fondent au sein d'une harmonie recomposée qui impose au chaos un ordre découvert dans l'esthétique des miroirs. Le jeu des aventures fantastiques redit sans doute celles du Chevalier cervantin à la Triste Figure, qui, par un avatar à la fois paradoxal et naturel, pourrait bien être l'un des multiples auteurs de* Fictions.

La plupart des écrivains se sont attachés à changer un peu l'univers par ce jeu de symétries, de versions et de perversions que Borges tenait pour le champ de manœuvres privilégié des lettres. Il confessait, pour sa part, être « de ceux qui veulent changer l'imaginaire ».

Jean Pierre Bernés

El jardín de senderos que se bifurcan
Le jardin aux sentiers qui bifurquent

PRÓLOGO

Las siete piezas de este libro no requieren mayor elucidación. La séptima (*El jardín de senderos que se bifurcan*) es policial; sus lectores asistirán a la ejecución y a todos los preliminares de un crimen, cuyo propósito no ignoran pero que no comprenderán, me parece, hasta el último párrafo. Las otras son fantásticas; una — *La lotería en Babilonia* — no es del todo inocente de simbolismo. No soy el primer autor de la narración *La biblioteca de Babel;* los curiosos de su historia y de su prehistoria pueden interrogar cierta página del número 59 de SUR, que registra los nombres heterogéneos de Leucipo y de Lasswitz, de Lewis Carroll y de Aristóteles. En *Las ruinas circulares* todo es irreal; en *Pierre Menard, autor del Quijote* lo es el destino que su protagonista se impone. La nómina de escritos que le atribuyo no es demasiado divertida pero no es arbitraria; es un diagrama de su historia mental...

Desvarío laborioso y empobrecedor el de componer vastos libros;

PROLOGUE

Les sept pièces de ce livre se passent d'élucidation. La septième (*Le jardin aux sentiers qui bifurquent*) est policière; les lecteurs assisteront à l'exécution et à tous les préliminaires d'un crime, dont l'intention leur est connue, mais qu'ils ne comprendront pas, me semble-t-il, avant le dernier paragraphe. Les autres sont fantastiques; l'une — *La loterie à Babylone* — n'est pas tout à fait innocente de symbolisme. Je ne suis pas le premier auteur du récit *La bibliothèque de Babel;* les lecteurs curieux de connaître son histoire et sa préhistoire peuvent interroger une certaine page du numéro 59 de *Sur*, qui consigne les noms hétérogènes de Leucippe et de Lasswitz, de Lewis Carroll et d'Aristote. Dans *Les ruines circulaires* tout est irréel; dans *Pierre Ménard, auteur du Quichotte*, est irréel le destin que s'impose le protagoniste. La nomenclature des écrits que je lui attribue n'est pas trop divertissante mais elle n'est pas arbitraire; c'est un diagramme de son histoire mentale...

Délire laborieux et appauvrissant que de composer de vastes livres, el de explayar en quinientas páginas una idea cuya perfecta exposición oral cabe en pocos minutos. Mejor procedimiento es simular que esos libros ya existen y ofrecer un resumen, un comentario. Así procedió Carlyle en *Sartor Resartus;* así Butler en *The Fair Haven;* obras que tienen la imperfección de ser libros también, no menos tautológicos que los otros. Más razonable, más inepto, más haragán, he preferido la escritura de notas sobre libros imaginarios. Éstas son *Tlön, Uqbar, Orbis Tertius* y el *Examen de la obra de Herbert Quain.*

J. L. B.

de développer en cinq cents pages une idée que l'on peut très bien exposer oralement en quelques minutes. Mieux vaut feindre que ces livres existent déjà, et en offrir un résumé, un commentaire. Ainsi procédèrent Carlyle[1] dans *Sartor Resartus*; Butler[2] dans *The Fair Haven* : ouvrages qui ont l'imperfection d'être également des livres non moins tautologiques que les autres. Plus raisonnable, plus incapable, plus paresseux, j'ai préféré écrire des notes sur des livres imaginaires. C'est le cas de *Tlön, Uqbar, Orbis Tertius* et de l'*Examen de l'œuvre d'Herbert Quain*.

J. L. B.

---

1. Thomas Carlyle (1795-1881) : essayiste et historien anglais auteur de la mystification passionnée intitulée *Sartor Resartus* (« Le tailleur retaillé »).
2. Samuel Butler (1835-1902) : écrivain anglais.

TLÖN, UQBAR, ORBIS TERTIUS

I

Debo a la conjunción de un espejo y de una encliclopedia el descubrimiento de Uqbar. El espejo inquietaba el fondo de un corredor en una quinta de la calle Gaona, en Ramos Mejía; la enciclopedia falazmente se llama *The Anglo-American Cyclopaedia* (New York, 1917) y es una reimpresión literal, pero también morosa, de la *Encyclopaedia Britannica* de 1902. El hecho se produjo hará unos cincos años. Bioy Casares había cenado conmigo esa noche y nos demoró una vasta polémica sobre la ejecución de una novela en primera persona, cuyo narrador omitiera o desfigurara los hechos e incurriera en diversas contradicciones, que permitieran a unos pocos lectores —a muy pocos lectores— la adivinación de una realidad atroz o banal. Desde el fondo remoto del corredor, el espejo nos acechaba.

TLÖN, UQBAR, ORBIS TERTIUS

I

C'est à la conjonction d'un miroir et d'une encyclopédie que je dois la découverte d'Uqbar. Le miroir inquiétait le fond d'un couloir d'une villa de la rue Gaona, à Ramos Mejia ; l'encyclopédie s'appelle fallacieusement *The Anglo-American Cyclopaedia* (New York, 1917). C'est une réimpression littérale, mais également fastidieuse, de l'*Encyclopaedia britannica* de 1902. Le fait se produisit il y a quelque cinq ans. Ce soir-là Bioy Casares[1] avait dîné avec moi et nous nous étions attardés à polémiquer longuement sur la réalisation d'un roman à la première personne, dont le narrateur omettrait ou défigurerait les faits et tomberait dans diverses contradictions, qui permettraient à peu de lecteurs — à très peu de lecteurs — de deviner une réalité atroce ou banale. Du fond lointain du couloir le miroir nous guettait.

1. Adolfo Bioy Casares (né en 1914) : écrivain argentin. Il épousa en 1940 Silvina Ocampo, sœur cadette de Victoria Ocampo. Il a écrit en collaboration avec Borges, sous les pseudonymes communs H. Bustos Domecq et B. Suárez Lynch.

Descubrimos (en la alta noche ese descubrimiento es inevitable) que los espejos tienen algo monstruoso. Entonces Bioy Casares recordó que uno de los heresiarcas de Uqbar había declarado que los espejos y la cópula son abominables, porque multiplican el número de los hombres. Le pregunté el origen de esa memorable sentencia y me contestó que *The Anglo-American Cyclopaedia* la registraba, en su artículo sobre Uqbar. La quinta (que habíamos alquilado amueblada) poseía un ejemplar de esa obra. En las últimas páginas del volumen XLVI dimos con un artículo sobre Upsala; en las primeras del XLVII, con uno sobre *Ural-Altaic Languages,* pero ni una palabra sobre Uqbar. Bioy, un poco azorado, interrogó los tomos del índice. Agotó en vano todas las lecciones imaginables: Ukbar, Ucbar, Ookbar, Oukbahr... Antes de irse, me dijo que era una región del Irak o del Asia Menor. Confieso que asentí con alguna incomodidad. Conjeturé que ese país indocumentado y ese heresiarca anónimo eran una ficción improvisada por la modestia de Bioy para justificar una frase. El examen estéril de uno de los atlas de Justus Perthes fortaleció mi duda.

Al día siguiente, Bioy me llamó desde Buenos Aires. Me dijo que tenía a la vista el artículo sobre Uqbar, en el volumen XXVI de la Enciclopedia. No constaba el nombre del heresiarca, pero sí la noticia de su doctrina, formulada en palabras casi idénticas a las repetidas por él, aunque —tal vez— literariamente inferiores. Él había recordado: *Copulation and mirrors are abominable.*

Nous découvrîmes (à une heure avancée de la nuit cette découverte est inévitable) que les miroirs ont quelque chose de monstrueux. Bioy Casares se rappela alors qu'un des hérésiarques d'Uqbar avait déclaré que les miroirs et la copulation étaient abominables, parce qu'ils multipliaient le nombre des hommes. Je lui demandai l'origine de cette mémorable maxime et il me répondit que *The Anglo-American Cyclopaedia* la consignait dans son article sur Uqbar. La villa (que nous avions louée meublée) possédait un exemplaire de cet ouvrage. Dans les dernières pages du XLVIe volume nous trouvâmes un article sur Uppsala ; dans les premières du XLVIIe, un autre sur *Ural-Altaic Languages*, mais pas un mot d'Uqbar. Bioy, un peu troublé, interrogea les tomes de l'index. Il épuisa en vain toutes les leçons imaginables : Ukbar, Ucbar, Oocqbar, Oukbahr... Avant de s'en aller, il me dit que c'était une région de l'Irak ou de l'Asie Mineure. J'avoue que j'acquiesçai avec une certaine gêne. Je conjecturai que ce pays sans papiers d'identité et cet hérésiarque anonyme étaient une fiction improvisée par la modestie de Bioy pour justifier une phrase. L'examen stérile de l'un des atlas de Justus Perthes me conforta dans mon doute.

Le lendemain, Bioy me téléphona de Buenos Aires. Il me dit qu'il avait sous les yeux l'article sur Uqbar, dans le tome XXVI de l'Encyclopédie. Le nom de l'hérésiarque n'y figurait pas, mais on y trouvait bien sa doctrine, formulée en des termes presque identiques à ceux qu'il m'avait répétés, quoique — peut-être — littérairement inférieurs. Il s'était souvenu de : *Copulation and mirrors are abominable*.

El texto de la Enciclopedia decía: *Para uno de esos gnósticos, el visible universo era una ilusión o (más precisamente) un sofisma. Los espejos y la paternidad son abominables* (mirrors and fatherhood are hateful) *porque lo multiplican y lo divulgan.* Le dije, sin faltar a la verdad, que me gustaría ver ese artículo. A los pocos días lo trajo. Lo cual me sorprendió, porque los escrupulosos índices cartográficos de la *Erdkunde* de Ritter ignoraban con plenitud el nombre de Uqbar.

El volumen que trajo Bioy era efectivamente el XXVI de la *Anglo-American Cyclopaedia*. En la falsa carátula y en el lomo, la indicación alfabética (Tor-Ups) era la de nuestro ejemplar, pero en vez de 917 páginas constaba de 921. Esas cuatro páginas adicionales comprendían al artículo sobre Uqbar; no previsto (como habrá advertido el lector) por la indicación alfabética. Comprobamos después que no hay otra diferencia entre los volúmenes. Los dos (según creo haber indicado) son reimpresiones de la décima *Encyclopaedia Britannica*. Bioy había adquirido su ejemplar en uno de tantos remates.

Leímos con algún cuidado el artículo. El pasaje recordado por Bioy era tal vez el único sorprendente. El resto parecía muy verosímil, muy ajustado al tono general de la obra y (como es natural) un poco aburrido. Releyéndolo, descubrimos bajo su rigurosa escritura una fundamental vaguedad. De los catorce nombres que figuraban en la parte geográfica, sólo reconocimos tres —Jorasán, Armenia, Erzerum—, interpolados en el texto de un modo ambiguo.

Le texte de l'Encyclopédie disait : « Pour un de ces gnostiques, l'univers visible était une illusion ou (plus précisément) un sophisme. Les miroirs et la paternité sont abominables » *(mirrors and fatherhood are abominable)* « parce qu'ils le multiplient et le divulguent. » Je lui dis, sans manquer à la vérité, que j'aimerais voir cet article. Il me l'apporta quelques jours plus tard. Ce qui me surprit, car les scrupuleux index cartographiques de la *Erdkunde* de Ritter ignoraient complètement le nom d'Uqbar.

Le volume qu'apporta Bioy était effectivement le tome XXVI de l'*Anglo-American Cyclopaedia*. Sur le frontispice et le dos du volume, l'indication alphabétique (Tor-Ups) était celle de notre exemplaire ; mais, au lieu de 917 pages, le livre en contenait 921. Ces quatre pages additionnelles comprenaient l'article sur Uqbar : non prévu (comme le lecteur l'aura remarqué) par l'indication alphabétique. Nous constatâmes ensuite qu'il n'y avait pas d'autre différence entre les volumes. Tous deux (comme je crois l'avoir indiqué) sont des réimpressions de la dixième *Encyclopaedia britannica*. Bioy avait acquis son exemplaire dans une des nombreuses ventes aux enchères.

Nous lûmes l'article avec un certain soin. Le passage rappelé par Bioy était peut-être le seul surprenant. Le reste paraissait très vraisemblable, en rapport étroit avec le ton général de l'ouvrage et (cela va de soi) un peu ennuyeux. En le relisant, nous découvrîmes sous son style rigoureux une imprécision fondamentale. Des quatorze noms qui figuraient dans la partie géographique, nous n'en reconnûmes que trois — Khorassan, Arménie, Erzeroum —, interpolés dans le texte d'une façon ambiguë.

De los nombres históricos, uno solo: el impostor Esmerdis el mago, invocado más bien como una metáfora. La nota parecía precisar las fronteras de Uqbar, pero sus nebulosos puntos de referencias eran ríos y cráteres y cadenas de esa misma región. Leímos, verbigracia, que las tierras bajas de Tsai Jaldún y el delta del Axa definen la frontera del sur y que en las islas de ese delta procrean los caballos salvajes. Eso, al principio de la página 918. En la sección histórica (página 920) supimos que a raíz de las persecuciones religiosas del siglo trece, los ortodoxos buscaron amparo en las islas, donde perduran todavía sus obeliscos y donde no es raro exhumar sus espejos de piedra. La sección *idioma y literatura* era breve. Un solo rasgo memorable: anotaba que la literatura de Uqbar era de carácter fantástico y que sus epopeyas y sus leyendas no se referían jamás a la realidad, sino a las dos regiones imaginarias de Mlejnas y de Tlön... La bibliografía enumeraba cuatro volúmenes que no hemos encontrado hasta ahora, aunque el tercero —Silas Haslam: *History of the Land Called Uqbar*, 1874— figura en los catálogos de librería de Bernard Quaritch*. El primero, *Lesbare und lesenswerthe Bemerkungen über das Land Ukkbar in Klein-Asien*, data de 1641 y es obra de Johannes Valentinus Andreä. El hecho es significativo;

---

* Haslam ha publicado también *A General History of Labyrinths*.

Des noms historiques, un seul : l'imposteur Esmerdis le mage, invoqué plutôt comme une métaphore. La note semblait préciser les frontières d'Uqbar, mais ses nébuleux points de repère étaient des fleuves, des cratères et des chaînes de cette même région. Nous lûmes, par exemple, que les terres basses de Tsal Jaldoum et le delta de l'Axa définissent la frontière sud et que les chevaux sauvages procréent dans les îles de ce delta. Cela, au début de la page 918. Dans la partie historique (p. 920) nous apprîmes qu'en raison des persécutions religieuses du XIIIe siècle, les orthodoxes cherchèrent refuge dans les îles, où subsistent encore leurs obélisques et où il n'est pas rare d'exhumer leurs miroirs de pierre. La partie « langue et littérature » était brève. Un seul trait mémorable : la littérature d'Uqbar était de caractère fantastique, ses épopées et ses légendes ne se rapportaient jamais à la réalité, mais aux deux régions imaginaires de Mlejnas et de Tlön... La bibliographie énumérait quatre volumes que nous n'avons pas trouvés jusqu'à présent, bien que le troisième — Silas Haslam[1] : *History of the Land Called Uqbar*, 1874 — figure dans les catalogues de librairie de Bernard Quaritch*. Le premier, *Lesbare und Lesenswerthe Bemerkungen über das Land Ukkbar in Klein-Asien*, date de 1641. Il est l'œuvre de Johannes Valentinus Andreä. Le fait est significatif;

---

1. Borges donne la paternité de deux œuvres fictives à Silas Haslam, dont le nom rappelle celui de sa propre grand-mère paternelle, Fanny Haslam, d'origine anglaise.

* Haslam a publié aussi *A General History of Labyrinths*. [Les notes appelées par astérisque sont de J. L. Borges.]

un par de años después, di con ese nombre en las inesperadas páginas de De Quincey (*Writings*, decimotercero volumen) y supe que era el de un teólogo alemán que a principios del siglo XVII describió la imaginaria comunidad de la Rosa-Cruz —que otros luego fundaron, a imitación de lo prefigurado por él.

Esa noche visitamos la Biblioteca Nacional. En vano fatigamos atlas, catálogos, anuarios de sociedades geográficas, memorias de viajeros e historiadores: nadie había estado nunca en Uqbar. El índice general de la enciclopedia de Bioy tampoco registraba ese nombre. Al día siguiente, Carlos Mastronardi (a quien yo había referido el asunto) advirtió en una librería de Corrientes y Talcahuano los negros y dorados lomos de la *Anglo-American Cyclopaedia*... Entró e interrogó el volumen XXVI. Naturalmente, no dio con el menor indicio de Uqbar.

II

Algún recuerdo limitado y menguante de Herbert Ashe, ingeniero de los ferrocarriles del Sur, persiste en el hotel de Adrogué, entre las efusivas madreselvas y en el fondo ilusorio de los espejos. En vida padeció de irrealidad, como tantos ingleses; muerto, no es siquiera el fantasma que ya era entonces. Era alto y desganado y su cansada barba rectangular había sido roja.

deux ans plus tard, je trouvai ce nom dans les pages inattendues de De Quincey (*Writings*, treizième volume) et j'appris que c'était celui d'un théologien allemand qui, au début du XVIIe siècle, avait décrit la communauté imaginaire de la Rose-Croix — que d'autres fondèrent ensuite à l'instar de ce qu'il avait lui-même préfiguré.

Ce soir-là nous visitâmes la Bibliothèque nationale : c'est en vain que nous fatiguâmes atlas, catalogues, annuaires de sociétés géographiques, mémoires de voyageurs et d'historiens : personne n'était jamais allé en Uqbar. L'index général de l'encyclopédie de Bioy ne consignait pas davantage ce nom. Le lendemain, Carlos Mastronardi[1] (à qui j'avais conté l'affaire) remarqua dans une librairie située au coin des rues Corrientes et Talcahuano les dos noir et or de l'*Anglo-American Cyclopaedia*... Il entra et interrogea le volume XXVI. Naturellement, il ne trouva pas la moindre trace d'Uqbar.

II

À l'hôtel d'Adrogué, parmi les chèvrefeuilles débordants et dans le fond illusoire des miroirs, persiste quelque souvenir limité et décroissant d'Herbert Ashe, ingénieur des Chemins de fer du Sud. Il souffrit d'irréalité sa vie durant, comme tant d'Anglais ; mort, il n'est même plus le fantôme qu'il était déjà alors. Il était grand et dégoûté, et sa barbe rectangulaire fatiguée avait été rousse.

1. Carlos Mastronardi (1901-1976) : écrivain argentin.

Entiendo que era viudo, sin hijos. Cada tantos años iba a Inglaterra: a visitar (juzgo por unas fotografías que nos mostró) un reloj de sol y unos robles. Mi padre había estrechado con él (el verbo es excesivo) una de esas amistades inglesas que empiezan por excluir la confidencia y que muy pronto omiten el diálogo. Solían ejercer un intercambio de libros y de periódicos; solían batirse al ajedrez, taciturnamente... Lo recuerdo en el corredor del hotel, con un libro de matemáticas en la mano, mirando a veces los colores irrecuperables del cielo. Una tarde, hablamos del sistema duodecimal de numeración (en el que doce se escribe 10). Ashe dijo que precisamente estaba trasladando no sé qué tablas duodecimales a sexagesimales (en las que sesenta se escribe 10). Agregó que ese trabajo le había sido encargado por un noruego: en Rio Grande do Sul. Ocho años que lo conocíamos y no había mencionado nunca su estadía en esa región... Hablamos de vida pastoril, de *capangas,* de la etimología brasilera de la palabra *gaucho* (que algunos viejos orientales todavía pronuncian *gaúcho*) y nada más se dijo —Dios me perdone— de funciones duodecimales. En setiembre de 1937 (no estábamos nosotros en el hotel) Herbert Ashe murió de la rotura de un aneurisma. Días antes, había recibido del Brasil un paquete sellado y certificado. Era un libro en octavo mayor. Ashe lo dejó en el bar, donde —meses después— lo encontré.

Je crois qu'il était veuf, sans enfants. Il allait de temps en temps en Angleterre pour visiter (j'en juge d'après des photographies qu'il nous a montrées) un cadran solaire et quelques chênes. Mon père s'était lié avec lui (le verbe est excessif) d'une de ces amitiés anglaises qui commencent par exclure la confidence et qui bientôt omettent le dialogue. Ils avaient pris l'habitude d'échanger des livres et des journaux et de s'affronter aux échecs, sans mot dire... Je me le rappelle dans le couloir de l'hôtel, un livre de mathématiques à la main, regardant parfois les couleurs irrécupérables du ciel. Un après-midi, nous parlâmes du système duodécimal de numération (dans lequel « douze » s'écrit « dix »). Ashe dit qu'il était précisément en train de traduire je ne sais quelles tables duodécimales en tables sexagésimales (dans lesquelles « soixante » s'écrit « dix »). Il ajouta que ce travail lui avait été commandé par un Norvégien, dans le Rio Grande do Sul. Huit ans que nous le connaissions et il n'avait jamais mentionné son séjour dans cette région... Nous parlâmes de vie pastorale, de *capangas*[1], de l'étymologie brésilienne du mot *gaucho* (que quelques vieux Uruguayens prononcent encore *gaoucho*) et nous ne dîmes rien de plus — Dieu me pardonne — des fonctions duodécimales. En septembre 1937 (nous n'étions pas à l'hôtel) Herbert Ashe mourut d'une rupture d'anévrisme. Quelques jours auparavant, il avait reçu du Brésil un paquet cacheté et recommandé. C'était un grand in-octavo. Ashe le laissa au bar où — plusieurs mois après — je le trouvai.

---

1. Le terme *capanga* désigne de manière péjorative le contremaître d'une plantation de *quebracho* (arbre américain au bois très dur).

Me puse a hojearlo y sentí un vértigo asombrado y ligero que no describiré, porque ésta no es la historia de mis emociones sino de Uqbar y Tlön y Orbis Tertius. En una noche del Islam que se llama la Noche de las Noches se abren de par en par las secretas puertas del cielo y es más dulce el agua en los cántaros; si esas puertas se abrieran, no sentiría lo que en esa tarde sentí. El libro estaba redactado en inglés y lo integraban 1 001 páginas. En el amarillo lomo de cuero leí estas curiosas palabras que la falsa carátula repetía: *A First Encyclopaedia of Tlön. Vol. XI. Hlaer to Jangr*. No había indicación de fecha ni de lugar. En la primera página y en una hoja de papel de seda que cubría una de las láminas en colores había estampado un óvalo azul con esta inscripción: *Orbis Tertius*. Hacía dos años que yo había descubierto en un tomo de cierta enciclopedia pirática una somera descripción de un falso país; ahora me deparaba el azar algo más precioso y más arduo. Ahora tenía en las manos un vasto fragmento metódico de la historia total de un planeta desconocido, con sus arquitecturas y sus barajas, con el pavor de sus mitologías y el rumor de sus lenguas, con sus emperadores y sus mares, con sus minerales y sus pájaros y sus peces, con su álgebra y su fuego, con su controversia teológica y metafísica. Todo ello articulado, coherente, sin visible propósito doctrinal o tono paródico.

En el "onceno tomo" de que hablo hay alusiones a tomos ulteriores y precedentes.

Je me mis à le feuilleter et j'éprouvai un vertige étonné et léger que je ne décrirai pas, parce qu'il ne s'agit pas de l'histoire de mes émotions, mais d'Uqbar, de Tlön et d'Orbis Tertius. Au cours d'une nuit de l'Islam qu'on appelle la Nuit des Nuits, les portes secrètes du ciel s'ouvrent toutes grandes et l'eau est plus douce dans les cruches; si ces portes s'ouvraient, je n'éprouverais pas ce que j'éprouvai ce jour-là. Le livre était rédigé en anglais et comprenait mille et une pages. Sur son dos en cuir jaune je lus ces mots curieux que reproduisait le frontispice : *A First Encyclopaedia of Tlön. Vol. XI. Hlaer to Jangr.* Il n'y avait aucune indication de date ni de lieu. À la première page et sur une feuille de papier de soie qui recouvrait une des planches en couleurs était imprimé un ovale bleu avec cette inscription : *Orbis Tertius.* Deux ans auparavant j'avais découvert dans un volume d'une certaine encyclopédie pirate la description sommaire d'un faux pays ; à présent le hasard me procurait quelque chose de plus précieux et de plus ardu. À présent j'avais entre les mains un vaste fragment méthodique de l'histoire totale d'une planète inconnue, avec ses architectures et ses querelles, avec la frayeur de ses mythologies et la rumeur de ses langues, avec ses empereurs et ses mers, avec ses minéraux et ses oiseaux et ses poissons, avec son algèbre et son feu, avec ses controverses théologiques et métaphysiques. Tout cela articulé, cohérent, sans aucune visible intention doctrinale ou parodique.

Dans le onzième tome dont je parle, il y a des allusions à des volumes ultérieurs et précédents.

Néstor Ibarra, en un artículo ya clásico de la *NRF,* ha negado que existen esos aláteres; Ezequiel Martínez Estrada y Drieu La Rochelle han refutado, quizá victoriosamente, esa duda. El hecho es que hasta ahora las pesquisas más diligentes han sido estériles. En vano hemos desordenado las bibliotecas de las dos Américas y de Europa. Alfonso Reyes, harto de esas fatigas subalternas de índole policial, propone que entre todos acometamos la obra de reconstruir los muchos y macizos tomos que faltan: *ex ungue leonem.* Calcula, entre veras y burlas, que una generación de *tlönistas* puede bastar. Ese arriesgado cómputo nos retrae al problema fundamental: ¿Quiénes inventaron a Tlön? El plural es inevitable, porque la hipótesis de un solo inventor —de un infinito Leibniz obrando en la tiniebla y en la modestia— ha sido descartada unánimemente. Se conjetura que este *brave new world* es obra de una sociedad secreta de astrónomos, de biólogos, de ingenieros, de metafísicos, de poetas, de químicos, de algebristas, de moralistas, de pintores, de geómetras... dirigidos por un oscuro hombre de genio. Abundan individuos que dominan esas disciplinas diversas, pero no los capaces de invención y menos los capaces de subordinar la invención a un riguroso plan sistemático. Ese plan es tan vasto que la contribución de cada escritor es infinitesimal. Al principio se creyó que Tlön era un mero caos, una irresponsable licencia de la imaginación;

Nestor Ibarra[1], dans un article déjà classique de la *NRF*, a nié l'existence de ces à-côtés. Ezequiel Martínez Estrada[2] et Drieu La Rochelle ont réfuté, peut-être victorieusement, ce doute. Le fait est que jusqu'à présent les enquêtes les plus diligentes ont été stériles. C'est en vain que nous avons bouleversé les bibliothèques des deux Amériques et d'Europe. Alfonso Reyes, excédé de ces fatigues subalternes de caractère policier, propose qu'à nous tous nous entreprenions le travail de reconstituer *ex ungue leonem* les tomes nombreux et massifs qui manquent. Il estime, sérieux et badin à la fois, qu'une génération de *tlönistes* peut y suffire. Ce calcul hasardeux nous ramène au problème fondamental : Quels furent les inventeurs de Tlön ? Le pluriel est inévitable, car l'hypothèse d'un seul inventeur — d'un Leibniz infini travaillant dans les ténèbres et dans la modestie — a été écartée à l'unanimité. On conjecture que ce *brave new world* est l'œuvre d'une société secrète d'astronomes, de biologistes, d'ingénieurs, de métaphysiciens, de poètes, de chimistes, d'algébristes, de moralistes, de peintres, de géomètres... dirigés par un obscur homme de génie. Les individus qui dominent ces disciplines diverses abondent, mais non les hommes capables d'invention et moins encore ceux qui sont capables de subordonner l'invention à un plan systématique rigoureux. Ce plan est si vaste que la contribution de chaque écrivain est infinitésimale. Au début, on crut que Tlön était un pur chaos, une irresponsable licence de l'imagination ;

---

1. Nestor Ibarra : traducteur et ami de Borges.
2. Ezequiel Martínez Estrada (1895-1964) : écrivain argentin, auteur de *La radiographie de la pampa* (1933).

ahora se sabe que es un cosmos y las íntimas leyes que lo rigen han sido formuladas, siquiera en modo provisional. Básteme recordar que las contradicciones aparentes del Onceno Tomo son la piedra fundamental de la prueba de que existen los otros: tan lúcido y tan justo es el orden que se ha observado en él. Las revistas populares han divulgado, con perdonable exceso, la zoología y la topografía de Tlön; yo pienso que sus tigres transparentes y sus torres de sangre no merecen, tal vez, la continua atención de *todos* los hombres. Yo me atrevo a pedir unos minutos para su concepto del universo.

Hume notó para siempre que los argumentos de Berkeley no admiten la menor réplica y no causan la menor convicción. Ese dictamen es del todo verídico en su aplicación a la tierra; del todo falso en Tlön. Las naciones de ese planeta son —congénitamente— idealistas. Su lenguaje y las derivaciones de su lenguaje —la religión, las letras, la metafísica— presuponen el idealismo. El mundo para ellos no es un concurso de objetos en el espacio; es una serie heterogénea de actos independientes. Es sucesivo, temporal, no espacial. No hay sustantivos en la conjetural *Ursprache* de Tlön, de la que proceden los idiomas "actuales" y los dialectos: hay verbos impersonales, calificados por sufijos (o prefijos) monosilábicos de valor adverbial. Por ejemplo: no hay palabra que corresponda a la palabra *luna*, pero hay un verbo que sería en español *lunecer* o *lunar*.

on sait maintenant que c'est un cosmos, et les lois intimes qui le régissent ont été formulées, du moins provisoirement. Qu'il me suffise de rappeler que l'ordre observé dans le onzième tome est si lucide et si juste que les contradictions apparentes de ce volume sont la pierre fondamentale de la preuve que les autres existent. Les revues populaires ont divulgué, avec un excès pardonnable, la zoologie et la topographie de Tlön ; je pense que ses tigres transparents et ses tours de sang ne méritent pas, peut-être, l'attention continuelle de *tous* les hommes. J'ai l'audace de demander quelques minutes pour exposer sa conception de l'univers.

Hume a noté pour toujours que les arguments de Berkeley n'admettaient pas la moindre réplique et n'entraînaient pas la moindre conviction. Cette opinion est tout à fait juste quand on l'applique à la terre ; tout à fait fausse dans Tlön. Les peuples de cette planète sont — congénitalement — idéalistes. Leur langage et les dérivations de celui-ci — la religion, les lettres, la métaphysique — présupposent l'idéalisme. Pour eux, le monde n'est pas une réunion d'objets dans l'espace ; c'est une série hétérogène d'actes indépendants. Il est successif, temporel, non spatial. Il n'y a pas de substantifs dans la conjecturale *Ursprache* de Tlön, d'où proviennent les langues « actuelles » et les dialectes : il y a des verbes impersonnels, qualifiés par des suffixes (ou des préfixes) monosyllabiques à valeur adverbiale. Par exemple : il n'y a pas de mot qui corresponde au mot « lune », mais il y a un verbe qui serait en français « lunescer » ou « luner ».

Surgió la luna sobre el río se dice *hlör u fang axaxaxas mlö* o sea en su orden: hacia arriba (*upward*) detrás duradero-fluir luneció. (Xul Solar traduce con brevedad: upa tras perfluyue lunó. *Upward, behind the onstreaming it mooned*.)

Lo anterior se refiere a los idiomas del hemisferio austral. En los del hemisferio boreal (de cuya *Ursprache* hay muy pocos datos en el Onceno Tomo) la célula primordial no es el verbo, sino el adjetivo monosilábico. El sustantivo se forma por acumulación de adjetivos. No se dice *luna*: se dice *aéreo-claro sobre oscuro-redondo* o *anaranjado-tenue-del cielo* o cualquier otra agregación. En el caso elegido la masa de adjetivos corresponde a un objeto real; el hecho es puramente fortuito. En la literatura de este hemisferio (como en el mundo subsistente de Meinong) abundan los objetos ideales, convocados y disueltos en un momento, según las necesidades poéticas. Los determina, a veces, la mera simultaneidad. Hay objetos compuestos de dos términos, uno de carácter visual y otro auditivo: el color del naciente y el remoto grito de un pájaro. Los hay de muchos: el sol y el agua contra el pecho del nadador, el vago rosa trémulo que se ve con los ojos cerrados, la sensación de quien se deja llevar por un río y también por el sueño. Esos objetos de segundo grado pueden combinarse con otros; el proceso, mediante ciertas abreviaturas, es prácticamente infinito.

« La lune surgit sur le fleuve » se dit *hlör u fang axaxaxas mlö* soit, dans l'ordre : « vers le haut *(upward)* « après une fluctuation persistante, il luna. » (Xul Solar[1] traduit brièvement : « Il hop-après-fluence-luna » *Upward, behind the onstreaming it mooned*.)

Ce qui précède se rapporte aux langues de l'hémisphère austral. Pour celles de l'hémisphère boréal (sur l'*Ursprache* duquel il y a fort peu de renseignements dans le onzième tome) la cellule primordiale n'est pas le verbe, mais l'adjectif monosyllabique. Le substantif est formé par une accumulation d'adjectifs. On ne dit pas « lune », mais « aérien-clair-sur-rond-obscur » ou « orangé-ténu-du-ciel » ou n'importe quelle autre association. Dans le cas choisi, la masse d'adjectifs correspond à un objet réel; le fait est purement fortuit. Dans la littérature de cet hémisphère (comme dans le monde subsistant de Meinong) abondent les objets idéaux, convoqués et dissous en un moment, selon les besoins poétiques. Ils sont quelquefois déterminés par la pure simultanéité. Il y a des objets composés de deux termes, l'un de caractère visuel et l'autre auditif : la couleur de l'aurore et le cri lointain d'un oiseau. D'autres sont composés de nombreux termes : le soleil et l'eau contre la poitrine du nageur, le rose vague et frémissant que l'on voit les yeux fermés, la sensation de quelqu'un se laissant emporter par un fleuve et aussi par le rêve. Ces objets au second degré peuvent se combiner à d'autres; grâce à certaines abréviations, le processus est pratiquement infini.

---

1. Xul Solar (1887-1963) : peintre argentin ami de Borges. Il fut également un très inventif créateur de langues (neocriollo, panlingua).

Hay poemas famosos compuestos de una sola enorme palabra. Esta palabra integra un *objeto poético* creado por el autor. El hecho de que nadie crea en la realidad de los sustantivos hace, paradójicamente, que sea interminable su número. Los idiomas del hemisferio boreal de Tlön poseen todos los nombres de las lenguas indoeuropeas— y otros muchos más.

No es exagerado afirmar que la cultura clásica de Tlön comprende una sola disciplina: la psicología. Las otras están subordinadas a ella. He dicho que los hombres de ese planeta conciben el universo como una serie de procesos mentales, que no se desenvuelven en el espacio sino de modo sucesivo en el tiempo. Spinoza atribuye a su inagotable divinidad los atributos de la extensión y del pensamiento; nadie comprendería en Tlön la yuxtaposición del primero (que sólo es típico de ciertos estados) y del segundo —que es un sinónimo perfecto del cosmos—. Dicho sea con otras palabras: no conciben que lo espacial perdure en el tiempo. La percepción de una humareda en el horizonte y después del campo incendiado y después del cigarro a medio apagar que produjo la quemazón es considerada un ejemplo de asociación de ideas.

Este monismo o idealismo total invalida la ciencia. Explicar (o juzgar) un hecho es unirlo a otro; esa vinculación, en Tlön, es un estado posterior del sujeto, que no puede afectar o iluminar el estado anterior. Todo estado mental es irreductible: el mero hecho de nombrarlo —*id est*, de clasificarlo— importa un falseo. De ello cabría deducir que no hay ciencias en Tlön— ni siquiera razonamientos.

Il y a des poèmes fameux composés d'un seul mot énorme. Ce mot intègre un *objet poétique* créé par l'auteur. Le fait que personne ne croie à la réalité des substantifs rend, paradoxalement, leur nombre interminable. Les langues de l'hémisphère boréal de Tlön possèdent tous les noms des langues indo-européennes — et bien d'autres encore.

Il n'est pas exagéré d'affirmer que la culture classique de Tlön comporte une seule discipline : la psychologie. Les autres lui sont subordonnées. J'ai dit que les hommes de cette planète conçoivent l'univers comme une série de processus mentaux, qui ne se développent pas dans l'espace mais successivement dans le temps. Spinoza attribue à son inépuisable divinité les attributs de l'étendue et de la pensée ; personne dans Tlön ne comprendrait la juxtaposition du premier (qui est seulement typique de certains états) et du second — qui est un synonyme parfait du cosmos. Soit dit en d'autres termes : ils ne conçoivent pas que le spatial dure dans le temps. La perception d'une fumée à l'horizon, puis du champ incendié, puis de la cigarette à moitié éteinte qui produisit le feu, est considérée comme un exemple d'associations d'idées.

Ce monisme ou idéalisme total annule la science. Expliquer (ou juger) un fait c'est l'unir à un autre ; cet enchaînement, dans Tlön, est un état postérieur du sujet, qui ne peut affecter ou éclairer l'état antérieur. Tout état mental est irréductible : le simple fait de le nommer — *id est,* de le classer — implique une adultération. On pourrait en déduire qu'il n'y a pas de sciences dans Tlön — ni même de raisonnements.

La paradójica verdad es que existen, en casi innumerable número. Con las filosofías acontece lo que acontece con los sustantivos en el hemisferio boreal. El hecho de que toda filosofía sea de antemano un juego dialéctico, una *Philosophie des Als Ob,* ha contribuido a multiplicarlas. Abundan los sistemas increíbles, pero de arquitectura agradable o de tipo sensacional. Los metafísicos de Tlön no buscan la verdad ni siquiera la verosimilitud: buscan el asombro. Juzgan que la metafísica es una rama de la literatura fantástica. Saben que un sistema no es otra cosa que la subordinación de todos los aspectos del universo a uno cualquiera de ellos. Hasta la frase "todos los aspectos" es rechazable, porque supone la imposible adición del instante presente y de los pretéritos. Tampoco es lícito el plural "los pretéritos", porque supone otra operación imposible... Una de las escuelas de Tlön llega a negar el tiempo: razona que el presente es indefinido, que el futuro no tiene realidad sino como esperanza presente, que el pasado no tiene realidad sino como recuerdo presente*. Otra escuela declara que ha transcurrido ya *todo el tiempo* y que nuestra vida es apenas el recuerdo o reflejo crepuscular, y sin duda falseado y mutilado, de un proceso irrecuperable. Otra, que la historia del universo —y en ella nuestras vidas y el más tenue detalle de nuestras vidas— es la escritura que produce un dios subalterno para entenderse con un demonio.

---

* Russell (*The Analysis of Mind,* 1921, página 159) supone que el planeta ha sido creado hace pocos minutos, provisto de una humanidad que "recuerda" un pasado ilusorio.

La vérité paradoxale est qu'elles existent, en nombre presque innombrable. Pour les philosophies, il en est de même que pour les substantifs dans l'hémisphère boréal. Le fait que toute philosophie soit *a priori* un jeu dialectique, une *Philosophie des Als Ob*, a contribué à les multiplier. Les systèmes incroyables abondent, mais ils ont une architecture agréable ou sont de type sensationnel. Les métaphysiciens de Tlön ne cherchent pas la vérité ni même la vraisemblance : ils cherchent l'étonnement. Ils jugent que la métaphysique est une branche de la littérature fantastique. Ils savent qu'un système n'est pas autre chose que la subordination de tous les aspects de l'univers à l'un quelconque d'entre eux. La phrase *tous les aspects* doit même être rejetée, car elle suppose l'addition impossible de l'instant présent et des passés. Le pluriel *les passés* n'est pas légitime non plus, car il suppose une autre opération impossible... Une des écoles de Tlön en arrive à nier le temps ; elle raisonne ainsi : le présent est indéfini, le futur n'a de réalité qu'en tant qu'espoir présent, le passé n'a de réalité qu'en tant que souvenir présent[*]. Une autre école déclare que *tout le temps* est déjà révolu et que notre vie est à peine le souvenir ou le reflet crépusculaire, et sans doute faussé et mutilé, d'un processus irrécupérable. Une autre, que l'histoire de l'univers — et dans celle-ci nos vies et le détail le plus ténu de nos vies — est le texte que produit un dieu subalterne pour s'entendre avec un démon.

---

[*] Russell (*The Analysis of Mind*, 1921, p. 159) suppose que la planète a été créée il y a quelques minutes, pourvue d'une humanité qui se « rappelle » un passé illusoire.

Otra, que el universo es comparable a esas criptografías en las que no valen todos los símbolos y que sólo es verdad lo que sucede cada trescientas noches. Otra, que mientras dormimos aquí, estamos despiertos en otro lado y que así cada hombre es dos hombres.

Entre las doctrinas de Tlön, ninguna ha merecido tanto escándalo como el materialismo. Algunos pensadores lo han formulado, con menos claridad que fervor, como quien adelanta una paradoja. Para facilitar el entendimiento de esa tesis inconcebible, un heresiarca del undécimo siglo* ideó el sofisma de las nueve monedas de cobre, cuyo renombre escandaloso equivale en Tlön al de las aporías eleáticas. De ese "razonamiento especioso" hay muchas versiones, que varían el número de monedas y el número de hallazgos; he aquí la más común:

El martes, X atraviesa un camino desierto y pierde nueve monedas de cobre. El jueves, Y encuentra en el camino cuatro monedas, algo herrumbradas por la lluvia del miércoles. El viernes, Z descubre tres monedas en el camino. El viernes de mañana, X encuentra dos monedas en el corredor de su casa. El heresiarca quería deducir de esa historia la realidad —*id est* la continuidad— de las nueve monedas recuperadas. *Es absurdo* (afirmaba) *imaginar que cuatro de las monedas no han existido entre el martes y el jueves, tres entre el martes y la tarde del viernes, dos entre el martes y la madrugada del viernes.*

---

* Siglo, de acuerdo con el sistema duodecimal, significa un período de ciento cuarenta y cuatro años.

Une autre, que l'univers est comparable à ces cryptographies dans lesquelles tous les symboles n'ont pas la même valeur et que seul est vrai ce qui arrive toutes les trois cents nuits. Une autre, que pendant que nous dormons ici, nous sommes éveillés ailleurs et qu'ainsi chaque homme est deux hommes.

Parmi les doctrines de Tlön, aucune n'a mérité autant le scandale que le matérialisme. Quelques penseurs l'ont formulé, avec moins de clarté que de ferveur, comme qui avance un paradoxe. Pour faciliter l'intelligence de cette thèse inconcevable, un hérésiarque du XIe siècle * imagina le sophisme des neuf pièces de cuivre. Le renom scandaleux de ce sophisme équivaut dans Tlön à celui des apories éléatiques. De ce « raisonnement spécieux » il existe de nombreuses versions, qui font varier le nombre des pièces et le nombre de fois qu'elles furent trouvées ; voici la plus commune :

« Le mardi, X traverse un chemin désert et perd neuf pièces de cuivre. Le jeudi, Y trouve sur le chemin quatre pièces, un peu rouillées par la pluie du mercredi. Le vendredi, Z découvre trois pièces sur le chemin. Le vendredi matin, X trouve deux pièces dans le couloir de sa maison. » L'hérésiarque voulait déduire de cette histoire la réalité — *id est*, la continuité — des neuf pièces récupérées. « Il est absurde (affirmait-il) d'imaginer que quatre des pièces n'ont pas existé entre le mardi et le jeudi, trois entre le mardi et l'après-midi du vendredi, deux entre le mardi et le matin du vendredi.

---

* Siècle, en accord avec le système duodécimal, signifie une période de cent quarante-quatre ans.

Es lógico pensar que han existido —siquiera de algún modo secreto, de comprensión vedada a los hombres— en todos los momentos de esos tres plazos.

El lenguaje de Tlön se resistía a formular esa paradoja; los más no la entendieron. Los defensores del sentido común se limitaron, al principio, a negar la veracidad de la anécdota. Repitieron que era una falacia verbal, basada en el empleo temerario de dos voces neológicas, no autorizadas por el uso y ajenas a todo pensamiento severo: los verbos *encontrar y perder,* que comportan una petición de principio, porque presuponen la identidad de las nueve primeras monedas y de las últimas. Recordaron que todo sustantivo (hombre, moneda, jueves, miércoles, lluvia) sólo tiene un valor metafórico. Denunciaron la pérfida circunstancia *algo herrumbradas por la lluvia del miércoles,* que presupone lo que se trata de demostrar: la persistencia de las cuatro monedas, entre el jueves y el martes. Explicaron que una cosa es *igualdad* y otra *identidad* y formularon una especie de *reductio ad absurdum,* o sea el caso hipotético de nueve hombres que en nueve sucesivas noches padecen un vivo dolor. ¿No sería ridículo —interrogaron— pretender que ese dolor, es el mismo*? Dijeron que al heresiarca no lo movía sino el blasfematorio propósito de atribuir la divina categoría de *ser* a unas simples monedas y que a veces negaba la pluralidad y otras no.

---

* En el día de hoy, una de las iglesias de Tlön sostiene platónicamente que tal dolor, que tal matiz verdoso del amarillo, que tal temperatura, que tal sonido, son la única realidad. Todos los hombres, en el vertiginoso instante del coito, son el mismo hombre. Todos los hombres que repiten una línea de Shakespeare, *son* William Shakespeare.

Il est logique de penser qu'elles ont existé — du moins secrètement, d'une façon incompréhensible pour les hommes — pendant tous les instants de ces trois délais. »

Le langage de Tlön se refusait à formuler ce paradoxe ; la plupart ne le comprirent pas. Les défenseurs du sens commun se bornèrent, au début, à nier la véracité de l'anecdote. Ils répétèrent que c'était une duperie verbale, fondée sur l'emploi téméraire de deux néologismes, non autorisés par l'usage et étrangers à toute pensée sérieuse : les verbes « trouver » et « perdre », qui comportaient une pétition de principe, parce qu'ils présupposaient l'identité des neuf premières pièces et des dernières. Ils rappelèrent que tout substantif (« homme », « pièce », « jeudi », « mercredi », « pluie ») n'a qu'une valeur métaphorique. Ils dénoncèrent la circonstance perfide : « un peu rouillées par la pluie du mercredi », qui présuppose ce qu'il s'agit de démontrer : la persistance des quatre pièces, entre le jeudi et le mardi. Ils expliquèrent que l'*égalité* est une chose et que l'*identité* en est une autre et ils formulèrent une sorte de *reductio ad absurdum*, soit le cas hypothétique de neuf hommes qui au cours de neuf nuits successives souffrent d'une vive douleur. Ne serait-il pas ridicule — interrogèrent-ils — de prétendre que cette douleur est la même* ? Ils dirent que l'hérésiarque n'était mû que par le dessein blasphématoire d'attribuer la divine catégorie *d'être* à de simples pièces et que tantôt il niait la pluralité et tantôt pas.

---

* Aujourd'hui, une des églises de Tlön soutient platoniquement que telle douleur, telle nuance verdâtre du jaune, telle température, tel son constituent la seule réalité. Tous les hommes, au moment vertigineux du coït, sont le même homme. Tous les hommes qui répètent une ligne de Shakespeare, *sont* William Shakespeare.

Argumentaron: si la igualdad comporta la identidad, habría que admitir asimismo que las nueve monedas son una sola.

Increíblemente, esas refutaciones no resultaron definitivas. A los cien años de enunciado el problema, un pensador no menos brillante que el heresiarca pero de tradición ortodoxa, formuló una hipótesis muy audaz. Esa conjetura feliz afirma que hay un solo sujeto, que ese sujeto indivisible es cada uno de los seres del universo y que éstos son los órganos y máscaras de la divinidad. X es Y y es Z. Z descubre tres monedas porque recuerda que se le perdieron a X; X encuentra dos en el corredor porque recuerda que han sido recuperadas las otras... El onceno tomo deja entender que tres razones capitales determinaron la victoria total de ese panteísmo idealista. La primera, el repudio del solipsismo; la segunda, la posibilidad de conservar la base psicológica de las ciencias; la tercera, la posibilidad de conservar el culto de los dioses. Schopenhauer (el apasionado y lúcido Schopenhauer) formula una doctrina muy parecida en el primer volumen de *Parerga und Paralipomena*.

La geometría de Tlön comprende dos disciplinas algo distintas: la visual y la táctil. La última corresponde a la nuestra y la subordinan a la primera. La base de la geometría visual es la superficie, no el punto. Esta geometría desconoce las paralelas y declara que el hombre que se desplaza modifica las formas que lo circundan. La base de su aritmética es la noción de números indefinidos. Acentúan la importancia de los conceptos de mayor y menor,

Ils argumentèrent : si l'égalité comporte l'identité, il faudrait aussi admettre que les neuf pièces en sont une seule.

Incroyablement, ces réfutations ne furent pas définitives. Cent ans après que fut énoncé le problème, un penseur non moins brillant que l'hérésiarque, mais de tradition orthodoxe, formula une hypothèse très audacieuse. Cette heureuse conjecture affirme qu'il y a un seul sujet, que ce sujet indivisible est chacun des êtres de l'univers et que ceux-ci sont les organes et les masques de la divinité. X est Y et Z. Z découvre trois pièces parce qu'il se rappelle que X les a perdues ; X en trouve deux dans le couloir parce qu'il se rappelle que les autres ont été récupérées... Le onzième tome laisse entendre que trois raisons capitales déterminèrent la victoire totale de ce panthéisme idéaliste. La première, le rejet du solipsisme ; la deuxième, la possibilité de conserver la base psychologique des sciences ; la troisième, la possibilité de conserver le culte des dieux. Schopenhauer (le passionné et lucide Schopenhauer) formule une doctrine fort semblable dans le premier volume de *Parerga und Paralipomena*.

La géométrie de Tlön comprend deux disciplines assez distinctes : la visuelle et la tactile. Cette dernière correspond à la nôtre et on la subordonne à la première. La base de la géométrie visuelle est la surface, non le point. Cette géométrie ignore les parallèles et déclare que l'homme qui se déplace modifie les formes qui l'entourent. La base de son arithmétique est la notion des nombres indéfinis. Les Tlöniens accentuent l'importance des concepts « plus grand » et « plus petit »,

que nuestros matemáticos simbolizan por > y por <. Afirman que la operación de contar modifica las cantidades y las convierte de indefinidas en definidas. El hecho de que varios individuos que cuentan una misma cantidad logran un resultado igual, es para los psicólogos un ejemplo de asociación de ideas o de buen ejercicio de la memoria. Ya sabemos que en Tlön el sujeto del conocimiento es uno y eterno.

En los hábitos literarios también es todopoderosa la idea de un sujeto único. Es raro que los libros estén firmados. No existe el concepto del plagio: se ha establecido que todas las obras son obra de un solo autor, que es intemporal y es anónimo. La crítica suele inventar autores: elige dos obras disímiles —el Tao Te King y las 1001 Noches, digamos—, las atribuye a un mismo escritor y luego determina con probidad la psicología de ese interesante *homme de lettres*...

También son distintos los libros. Los de ficción abarcan un solo argumento, con todas las permutaciones imaginables. Los de naturaleza filosófica invariablemente contienen la tesis y la antítesis, el riguroso pro y el contra de una doctrina. Un libro que no encierra su contralibro es considerado incompleto.

Siglos y siglos de idealismo no han dejado de influir en la realidad. No es infrecuente, en las regiones más antiguas de Tlön, la duplicación de objetos perdidos. Dos personas buscan un lápiz; la primera lo encuentra y no dice nada;

que nos mathématiciens symbolisent par > et par <. Ils affirment que l'opération de compter modifie les quantités et les convertit d'indéfinies en définies. Le fait que plusieurs individus qui comptent une même quantité obtiennent un résultat égal est, pour les psychologues, un exemple d'association d'idées ou de bon entraînement de la mémoire. Nous savons déjà que dans Tlön le sujet de la connaissance est un et éternel.

Dans les habitudes littéraires, l'idée d'un sujet unique est également toute-puissante. Il est rare que les livres soient signés. La conception du plagiat n'existe pas : on a établi que toutes les œuvres sont l'œuvre d'un seul auteur, qui est intemporel et anonyme. La critique invente habituellement des auteurs ; elle choisit deux œuvres dissemblables — disons le *Tao Te King* et *Les Mille et Une Nuits* —, les attribue à un même écrivain, puis détermine en toute probité la psychologie de cet intéressant *homme de lettres*[1].

Les livres sont également différents. Les ouvrages de fiction embrassent un seul argument, avec toutes les permutations imaginables. Ceux qui sont de nature philosophique contiennent invariablement la thèse et l'antithèse, le pour et le contre rigoureux d'une doctrine. Un livre qui ne contient pas son contre-livre est considéré comme incomplet.

Des siècles et des siècles d'idéalisme n'ont pas manqué d'influer sur la réalité. Dans les régions les plus anciennes de Tlön, le dédoublement d'objets perdus n'est pas rare. Deux personnes cherchent un crayon ; la première le trouve et ne dit rien ;

1. En français dans le texte.

la segunda encuentra un segundo lápiz no menos real, pero más ajustado a su expectativa. Esos objetos secundarios se llaman *hrönir* y son, aunque de forma desairada, un poco más largos. Hasta hace poco los *hrönir* fueron hijos casuales de la distracción y el olvido. Parece mentira que su metódica producción cuente apenas cien años, pero así lo declara el Onceno Tomo. Los primeros intentos fueron estériles. El *modus operandi*, sin embargo, merece recordación. El director de una de las cárceles del estado comunicó a los presos que en el antiguo lecho de un río había ciertos sepulcros y prometió la libertad a quienes trajeran un hallazgo importante. Durante los meses que precedieron a la excavación les mostraron láminas fotográficas de lo que iban a hallar. Ese primer intento probó que la esperanza y la avidez pueden inhibir; una semana de trabajo con la pala y el pico no logró exhumar otro *hrön* que una rueda herrumbrada, de fecha posterior al experimento. Éste se mantuvo secreto y se repitió después en cuatro colegios. En tres fue casi total el fracaso; en el cuarto (cuyo director murió casualmente durante las primeras excavaciones) los discípulos exhumaron —o produjeron— una máscara de oro, una espada arcaica, dos o tres ánforas de barro y el verdinoso y mutilado torso de un rey con una inscripción en el pecho que no se ha logrado aún descifrar. Así se descubrió la improcedencia de testigos que conocieran la naturaleza experimental de la busca... Las investigaciones en masa producen objetos contradictorios;

la seconde trouve un deuxième crayon non moins réel, mais plus conforme à son attente. Ces objets secondaires s'appellent *hrönir* et sont, quoique de forme disgracieuse, un peu plus longs. Jusqu'à ces derniers temps les *hrönir* furent les produits fortuits de la distraction ou de l'oubli. Il semble invraisemblable que leur production méthodique compte à peine cent ans mais c'est ce que déclare le onzième tome. Les premiers essais furent stériles. Le *modus operandi* mérite toutefois d'être rappelé. Le directeur d'une des prisons de l'État communiqua aux prisonniers que dans l'ancien lit d'un fleuve il y avait certains sépulcres et promit la liberté à ceux qui lui apporteraient une trouvaille importante. Pendant les mois qui précédèrent les fouilles on leur montra des planches photographiques de ce qu'ils allaient trouver. Ce premier essai prouva que l'espoir et l'avidité peuvent inhiber ; une semaine de travail à la pelle et au pic ne réussit pas à exhumer d'autre *hrön* qu'une roue couverte de rouille, de date postérieure à l'expérience. Celle-ci fut maintenue secrète et répétée ensuite dans quatre collèges. Dans trois d'entre eux l'échec fut presque total ; dans le quatrième (dont le directeur mourut fortuitement pendant les premières fouilles) les élèves exhumèrent — ou produisirent — un masque en or, une épée archaïque, deux ou trois amphores de terre et le torse verdâtre et mutilé d'un roi portant sur la poitrine une inscription qu'on n'a pas encore réussi à déchiffrer. C'est ainsi qu'on découvrit l'incapacité de témoins qui connaîtraient la nature expérimentale des recherches... Les investigations en masse produisent des objets contradictoires ;

ahora se prefiere los trabajos individuales y casi improvisados. La metódica elaboración de *hrönir* (dice el Onceno Tomo) ha prestado servicios prodigiosos a los arqueólogos. Ha permitido interrogar y hasta modificar el pasado, que ahora no es menos plástico y menos dócil que el porvenir. Hecho curioso: los *hrönir* de segundo y de tercer grado —los *hrönir* derivados de otro *hrön*, los *hrönir* derivados del *hrön* de un *hrön*— exageran las aberraciones del inicial; los de quinto son casi uniformes; los de noveno se confunden con los de segundo; en los de undécimo hay una pureza de líneas que los originales no tienen. El proceso es periódico: el *hrön* de duodécimo grado ya empieza a decaer. Más extraño y más puro que todo *hrön* es a veces el *ur*: la cosa producida por sugestión, el objeto educido por la esperanza. La gran máscara de oro que he mencionado es un ilustre ejemplo.

Las cosas se duplican en Tlön; propenden asimismo a borrarse y a perder los detalles cuando los olvida la gente. Es clásico el ejemplo de un umbral que perduró mientras lo visitaba un mendigo y que se perdió de vista a su muerte. A veces unos pájaros, un caballo, han salvado las ruinas de un anfiteatro.

Salto Oriental, 1940.

Posdata de 1947. —Reproduzco el artículo anterior tal como apareció en la *Antología de la literatura fantástica,*

on préfère maintenant les travaux individuels et presque improvisés. L'élaboration méthodique des *hrönir* (dit le onzième tome) a rendu des services prodigieux aux archéologues. Elle a permis d'interroger et même de modifier le passé, qui maintenant n'est pas moins malléable et docile que l'avenir. Fait curieux : les *hrönir* au second et au troisième degré — les *hrönir* dérivés d'un autre *hrön*, les *hrönir* dérivés du *hrön* d'un *hrön* — exagèrent les aberrations du premier ; ceux du cinquième degré sont presque uniformes ; ceux du neuvième se confondent avec ceux du second ; dans ceux du onzième il y a une pureté de lignes que les originaux n'ont pas. Le processus est périodique : le *hrön* au douzième degré commence déjà à déchoir. Plus étrange et plus pur que tout *hrön* est parfois le *ur* : la chose produite par suggestion, l'objet déduit par l'espoir. Le grand masque en or que j'ai mentionné en est un exemple illustre.

Dans Tlön les choses se dédoublent ; elles ont aussi une propension à s'effacer et à perdre leurs détails quand les gens les oublient. Classique est l'exemple d'un seuil qui subsista tant qu'un mendiant s'y rendit et que l'on perdit de vue à la mort de celui-ci. Parfois des oiseaux, un cheval, ont sauvé les ruines d'un amphithéâtre.

1940. Salto Oriental.

Post-scriptum de 1947[1]. — Je reproduis l'article précédent tel qu'il parut dans l'*Anthologie de la littérature fantastique,*

---

1. Ce texte figure dans l'édition originale de 1941.

1940, sin otra escisión que algunas metáforas y que una especie de resumen burlón que ahora resulta frívolo. Han ocurrido tantas cosas desde esa fecha... Me limitaré a recordarlas.

En marzo de 1941 se descubrió una carta manuscrita de Gunnar Erfjord en un libro de Hinton que había sido de Herbert Ashe. El sobre tenía el sello postal de Ouro Preto; la carta elucidaba enteramente el misterio de Tlön. Su texto corrobora las hipótesis de Martínez Estrada. A principios del siglo XVII, en una noche de Lucerna o de Londres, empezó la espléndida historia. Una sociedad secreta y benévola (que entre sus afiliados tuvo a Dalgarno y después a George Berkeley) surgió para inventar un país. En el vago programa inicial figuraban los "estudios herméticos", la filantropía y la cábala. De esa primera época data el curioso libro de Andreä. Al cabo de unos años de conciliábulos y de síntesis prematuras comprendieron que una generación no bastaba para articular un país. Resolvieron que cada uno de los maestros que la integraban eligiera un discípulo para la continuación de la obra. Esa disposición hereditaria prevaleció; después de un hiato de dos siglos la perseguida fraternidad resurge en América. Hacia 1824, en Memphis (Tennessee) uno de los afiliados conversa con el ascético millonario Ezra Buckley. Éste lo deja hablar con algún desdén —y se ríe de la modestia del proyecto. Le dice que en América es absurdo inventar un país y le propone la invención de un planeta.

1940[1], sans autre amputation que quelques métaphores et une sorte de résumé railleur qui maintenant est devenu frivole. Tant de choses se sont passées depuis cette date... Je me bornerai à les rappeler.

En mars 1941 on découvrit une lettre manuscrite de Gunnar Erfjord dans un livre de Hinton qui avait appartenu à Herbert Ashe. L'enveloppe portait le cachet d'Ouro Preto; la lettre élucidait entièrement le mystère de Tlön. Son texte corroborait les hypothèses de Martínez Estrada. C'est au début du XVIIe siècle, une nuit de Lucerne ou de Londres, que la splendide histoire commença. Une société secrète et bénévole (qui parmi ses affiliés compta Dalgarno puis George Berkeley) surgit pour inventer un pays. Dans le vague programme initial figuraient les *études hermétiques,* la philanthropie et la cabale. C'est de cette première époque que date le livre curieux d'Andreä. Après quelques années de conciliabules et de synthèses prématurées on comprit qu'il ne suffisait pas d'une génération pour articuler un pays. On décida que chacun des maîtres qui la composaient choisirait un disciple pour continuer l'œuvre. Cette disposition héréditaire prévalut; après un hiatus de deux siècles la fraternité poursuivie resurgit en Amérique. Vers 1824, à Memphis (Tennessee) un des affiliés converse avec l'ascétique millionnaire Ezra Buckley. Celui-ci le laisse parler avec un certain dédain — et se moque de la modestie du projet. Il lui dit qu'en Amérique il est absurde d'inventer un pays et il lui propose l'invention d'une planète.

---

1. Cette anthologie est l'œuvre collective de Jorge Luis Borges, Silvina Ocampo et Adolfo Bioy Casares.

A esa gigantesca idea añade otra, hija de su nihilismo*: la de guardar en el silencio la empresa enorme. Circulaban entonces los veinte tomos de la *Encyclopaedia Britannica;* Buckley sugiere una enciclopedia metódica del planeta ilusorio. Les dejará sus cordilleras auríferas, sus ríos navegables, sus praderas holladas por el toro y por el bisonte, sus negros, sus prostíbulos y sus dólares, bajo una condición: "La obra no pactará con el impostor Jesucristo." Buckley descree de Dios, pero quiere demostrar al Dios no existente que los hombres mortales son capaces de concebir un mundo. Buckley es envenenado en Baton Rouge en 1828; en 1914 la sociedad remite a sus colaboradores, que son trescientos, el volumen final de la Primera Enciclopedia de Tlön. La edición es secreta: los cuarenta volúmenes que comprende (la obra más vasta que han acometido los hombres) serían la base de otra más minuciosa, redactada no ya en inglés, sino en alguna de las lenguas de Tlön. Esa revisión de un mundo ilusorio se llama provisoriamente *Orbis Tertius* y uno de sus modestos demiurgos fue Herbert Ashe, no sé si como agente de Gunnar Erfjord o como afiliado. Su recepción de un ejemplar del Onceno Tomo parece favorecer lo segundo. Pero ¿y los otros? Hacia 1942 arreciaron los hechos. Recuerdo con singular nitidez uno de los primeros y me parece que algo sentí de su carácter premonitorio. Ocurrió en un departamento de la calle Laprida,

---

* Buckley era librepensador, fatalista y defensor de la esclavitud.

À cette idée gigantesque, il en ajoute une autre, issue de son nihilisme*, à savoir : passer sous silence l'énorme entreprise. Les vingt tomes de l'*Encyclopaedia Britannica* circulaient alors ; Buckley suggère une encyclopédie méthodique de la planète illusoire. Il leur abandonnera les cordillères aurifères, les fleuves navigables, les prairies parcourues par les taureaux et les bisons, les nègres, les lupanars et les dollars à une condition : « L'œuvre ne pactisera pas avec l'imposteur Jésus-Christ. » Buckley ne croit pas en Dieu, mais il veut démontrer au Dieu inexistant que les mortels sont capables de concevoir un monde. Buckley est empoisonné à Baton Rouge en 1828 ; en 1914 la société remet à ses collaborateurs, au nombre de trois cents, le volume final de la *Première Encyclopédie* de Tlön. L'édition est secrète : les quarante volumes qu'elle comporte (l'œuvre la plus vaste que les hommes aient entreprise) seraient la base d'une autre plus minutieuse, rédigée non plus en anglais, mais dans l'une des langues de Tlön. Cette revision d'un monde illusoire s'appelle provisoirement *Orbis Tertius* et l'un de ses modestes démiurges fut Herbert Ashe, j'ignore si en tant qu'agent de Gunnar Erfjord ou en tant qu'affilié. Le fait qu'il ait reçu un exemplaire du onzième tome plaide en faveur de la seconde hypothèse. Mais, et les autres ? Vers 1942 les faits redoublèrent. Je me rappelle l'un des premiers avec une singulière netteté, et il me semble que j'eus un peu le sentiment de son caractère prémonitoire. Il se produisit dans un appartement de la rue Laprida,

---

* Buckley était libre penseur, fataliste et défenseur de l'esclavage.

frente a un claro y alto balcón que miraba el ocaso. La princesa de Faucigny Lucinge había recibido de Poitiers su vajilla de plata. Del vasto fondo de un cajón rubricado de sellos internacionales iban saliendo finas cosas inmóviles: platería de Utrecht y de París con dura fauna heráldica, un samovar. Entre ellas —con un perceptible y tenue temblor de pájaro dormido— latía misteriosamente una brújula. La princesa no la reconoció. La aguja azul anhelaba el norte magnético; la caja de metal era cóncava; las letras de la esfera correspondían a uno de los alfabetos de Tlön. Tal fue la primera intrusión del mundo fantástico en el mundo real. Un azar que me inquieta hizo que yo también fuera testigo de la segunda. Ocurrió unos meses después, en la pulpería de un brasilero, en la Cuchilla Negra. Amorim y yo regresábamos de Sant'Anna. Una creciente del río Tacuarembó nos obligó a probar (y a sobrellevar) esa rudimentaria hospitalidad. El pulpero nos acomodó unos catres crujientes en una pieza grande, entorpecida de barriles y cueros. Nos acostamos, pero no nos dejó dormir hasta el alba la borrachera de un vecino invisible, que alternaba denuestos inextricables con rachas de milongas —más bien con rachas de una sola milonga. Como es de suponer, atribuimos a la fogosa caña del patrón ese griterío insistente... A la madrugada, el hombre estaba muerto en el corredor. La aspereza de la voz nos había engañado: era un muchacho joven.

en face d'un balcon clair et élevé qui donnait au couchant. La princesse de Faucigny Lucinge [1] avait reçu de Poitiers sa vaisselle d'argent. Du vaste fond d'une grande caisse bariolée de timbres internationaux sortaient de fines choses immobiles : argenterie d'Utrecht et de Paris avec une dure faune héraldique, un samovar. Parmi celles-ci — avec un frémissement perceptible et léger d'oiseau endormi — palpitait mystérieusement une boussole. La princesse ne la reconnut pas. L'aiguille bleue cherchait le nord magnétique ; les lettres du cadran correspondaient à un des alphabets de Tlön. Telle fut la première intrusion du monde fantastique dans le monde réel. Un hasard qui m'intrigue voulut que je fusse aussi témoin de la seconde. Elle eut lieu quelques mois plus tard, dans l'épicerie d'un Brésilien, à la Cuchilla Negra. Nous revenions de Sant'Anna, Amorim et moi. Une crue du Tacuarembo nous obligea à expérimenter (et à supporter) cette hospitalité rudimentaire. L'épicier nous installa des lits de camp qui craquaient dans une grande pièce encombrée de tonneaux et de peaux. Nous nous couchâmes, mais nous ne pûmes dormir avant l'aube à cause de l'ivresse d'un voisin invisible qui faisait alterner des jurons inextricables et des rafales de *milongas* — ou plutôt des rafales d'une seule *milonga*. Cela va sans dire, nous attribuâmes ces vociférations persistantes au rhum fougueux du patron... À l'aube, l'homme était étendu mort dans le couloir. La dureté de sa voix nous avait abusés : c'était un jeune homme.

---

1. María Lidia Lloveras, épouse du prince Bertrand de Faucigny-Lucinge, faisait partie du groupe des amies favorites de Borges dans les années quarante.

En el delirio se le habían caído del tirador unas cuantas monedas y un cono de metal reluciente, del diámetro de un dado. En vano un chico trató de recoger ese cono. Un hombre apenas acertó a levantarlo. Yo lo tuve en la palma de la mano algunos minutos: recuerdo que su peso era intolerable y que después de retirado el cono, la opresión perduró. También recuerdo el círculo preciso que me grabó en la carne. Esa evidencia de un objeto muy chico y a la vez pesadísimo dejaba una impresión desagradable de asco y de miedo. Un paisano propuso que lo tiraran al río correntoso. Amorim lo adquirió mediante unos pesos. Nadie sabía nada del muerto, salvo "que venía de la frontera". Esos conos pequeños y muy pesados (hechos de un metal que no es de este mundo) son imagen de la divinidad, en ciertas religiones de Tlön.

Aquí doy término a la parte personal de mi narración. Lo demás está en la memoria (cuando no en la esperanza o en el temor) de todos mis lectores. Básteme recordar o mencionar los hechos subsiguientes, con una mera brevedad de palabras que el cóncavo recuerdo general enriquecerá o ampliará. Hacia 1944 un investigador del diario *The American* (de Nashville, Tennessee) exhumó en una biblioteca de Memphis los cuarenta volúmenes de la Primera Enciclopedia de Tlön. Hasta el día de hoy se discute si ese descubrimiento fue casual o si lo consintieron los directores del todavía nebuloso *Orbis Tertius*. Es verosímil lo segundo. Algunos rasgos increíbles del Onceno Tomo (verbigracia, la multiplicación de los *hrönir*) han sido eliminados o atenuados en el ejemplar de Memphis;

Dans son délire, il avait fait tomber de sa ceinture quelques pièces de monnaie et un cône de métal brillant, du diamètre d'un dé. C'est en vain qu'un enfant essaya de ramasser ce cône. Un homme put à peine le soulever. Je le tins quelques minutes dans la paume de ma main : je me rappelle que son poids était intolérable et qu'après avoir retiré le cône, la pression demeura. Je me rappelle aussi le cercle précis qu'il m'avait gravé sur la peau. L'évidence d'un objet tout petit et très lourd à la fois laissait une impression désagréable de dégoût et de peur. Un paysan proposa de le jeter dans le fleuve torrentueux; Amorim en fit l'acquisition moyennant quelques pesos. Personne ne savait rien du mort, sinon « qu'il venait de la frontière ». Ces petits cônes très lourds (faits d'un métal qui n'est pas de ce monde) sont l'image de la divinité dans certaines religions de Tlön.

Je mets fin ici à la partie personnelle de mon récit. Le reste est dans la mémoire (si ce n'est dans l'espoir ou la frayeur) de tous mes lecteurs. Qu'il me suffise de rappeler ou de mentionner les faits suivants, avec une simple brièveté de mots que le souvenir concave général enrichira ou amplifiera. Vers 1944, un chercheur du journal *The American* (de Nashville, Tennessee) exhuma d'une bibliothèque de Memphis les quarante volumes de la Première Encyclopédie de Tlön. On se demande encore aujourd'hui si cette découverte fut fortuite ou si elle fut consentie par les directeurs de l'*Orbis Tertius* encore nébuleux. La seconde hypothèse est vraisemblable. Quelques traits incroyables du onzième tome (par exemple : la multiplication des *hrönir*) ont été éliminés ou atténués dans l'exemplaire de Memphis :

es razonable imaginar que esas tachaduras obedecen al plan de exhibir un mundo que no sea demasiado incompatible con el mundo real. La diseminación de objetos de Tlön en diversos países complementaría ese plan*... El hecho es que la prensa internacional voceó infinitamente el "hallazgo". Manuales, antologías, resúmenes, versiones literales, reimpresiones autorizadas y reimpresiones piráticas de la Obra Mayor de los Hombres abarrotaron y siguen abarrotando la tierra. Casi inmediatamente, la realidad cedió en más de un punto. Lo cierto es que anhelaba ceder. Hace diez años bastaba cualquier simetría con apariencia de orden —el materialismo dialéctico, el antisemitismo, el nazismo— para embelesar a los hombres. ¿Cómo no someterse a Tlön, a la minuciosa y vasta evidencia de un planeta ordenado? Inútil responder que la realidad también está ordenada. Quizá lo esté, pero de acuerdo a leyes divinas —traduzco: a leyes inhumanas— que no acabamos nunca de percibir. Tlön será un laberinto, pero es un laberinto urdido por hombres, un laberinto destinado a que lo descifren los hombres.

El contacto y el hábito de Tlön han desintegrado este mundo. Encantada por su rigor, la humanidad olvida y torna a olvidar que es un rigor de ajedrecistas, no de ángeles. Ya ha penetrado en las escuelas el (conjetural) "idioma primitivo" de Tlön; ya la enseñanza de su historia armoniosa (y llena de episodios conmovedores) ha obliterado a la que presidió mi niñez;

---

* Queda, naturalmente, el problema de la *materia* de algunos objetos.

il est raisonnable d'imaginer que ces corrections obéissent à l'intention de présenter un monde qui ne soit pas trop incompatible avec le monde réel. La dissémination d'objets de Tlön dans divers pays compléterait ce dessein*... Le fait est que la presse internationale divulgua à l'infini la « découverte »... Manuels, anthologies, résumés, versions littérales, réimpressions autorisées et réimpressions pirates de la *Grande Œuvre des hommes* inondèrent et continuent à inonder la terre. Presque immédiatement, la réalité céda sur plus d'un point. Certes, elle ne demandait qu'à céder. Il y a dix ans il suffisait de n'importe quelle symétrie ayant l'apparence d'ordre — le matérialisme dialectique, l'antisémitisme, le nazisme — pour ébaubir les hommes. Comment ne pas se soumettre à Tlön, à la minutieuse et vaste évidence d'une planète ordonnée ? Inutile de répondre que la réalité est également ordonnée. Peut-être l'est-elle, mais suivant des lois divines — je traduis : « des lois humaines » — que nous ne finissons jamais de percevoir. Tlön est peut-être un labyrinthe, mais un labyrinthe ourdi par des hommes et destiné à être déchiffré par les hommes.

Le contact et la fréquentation de Tlön ont désintégré ce monde. Enchantée par sa rigueur, l'humanité oublie et oublie de nouveau qu'il s'agit d'une rigueur de joueurs d'échecs et non d'anges. Dans les écoles a déjà pénétré la « langue primitive » (conjecturale) de Tlön ; déjà l'enseignement de son histoire harmonieuse (et pleine d'épisodes émouvants) a oblitéré celle qui présida mon enfance ;

---

* Il reste, naturellement, le problème de la *matière* de quelques objets.

ya en las memorias un pasado ficticio ocupa el sitio de otro, del que nada sabemos con certidumbre — ni siquiera que es falso. Han sido reformadas la numismática, la farmacología y la arqueología. Entiendo que la biología y las matemáticas aguardan también su avatar... Una dispersa dinastía de solitarios ha cambiado la faz del mundo. Su tarea prosigue. Si nuestras previsiones no erran, de aquí cien años alguien descubrirá los cien tomos de la Segunda Enciclopedia de Tlön.

Entonces desaparecerán del planeta el inglés y el francés y el mero español. El mundo será Tlön. Yo no hago caso, yo sigo revisando en los quietos días del hotel de Adrogué una indecisa traducción quevediana (que no pienso dar a la imprenta) del *Urn Burial* de Browne.

déjà dans les mémoires un passé fictif occupe la place d'un autre, dont nous ne savons rien avec certitude — pas même qu'il est faux. La numismatique, la pharmacologie et l'archéologie ont été réformées. Je suppose que la biologie et les mathématiques attendent aussi leur avatar... Une dynastie dispersée de solitaires a changé la face du monde. Sa tâche se poursuit. Si nos prévisions sont exactes, d'ici cent ans quelqu'un découvrira les cent tomes de la *Seconde Encyclopédie* de Tlön.

Alors l'anglais, le français et l'espagnol lui-même disparaîtront de la planète. Le monde sera Tlön. Je ne m'en soucie guère, je continue à revoir, pendant les jours tranquilles de l'hôtel d'Adrogué[1], une indécise traduction quévédienne (que je ne pense pas donner à l'impression) de l'*Urn Burial* de Browne[2].

---

1. Durant de nombreuses années, la famille Borges passa ses vacances d'été à l'hôtel Las Delicias de cette petite ville située au sud de Buenos Aires.
2. Borges tenait Sir Thomas Browne (1605-1682) pour le meilleur prosateur des lettres anglaises.

PIERRE MENARD,
AUTOR DEL QUIJOTE

A Silvina Ocampo.

La obra visible que ha dejado este novelista es de fácil y breve enumeración. Son, por lo tanto, imperdonables las omisiones y adiciones perpetradas por Madame Henri Bachelier en un catálogo falaz que cierto diario cuya tendencia *protestante* no es un secreto ha tenido la desconsideración de inferir a sus deplorables lectores —si bien éstos son pocos y calvinistas, cuando no masones y circuncisos. Los amigos auténticos de Menard han visto con alarma ese catálogo y aun con cierta tristeza. Diríase que ayer nos reunimos ante el mármol final y entre los cipreses infaustos y ya el Error trata de empañar su Memoria... Decididamente, una breve rectificación es inevitable.

Me consta que es muy fácil recusar mi pobre autoridad. Espero, sin embargo, que no me prohibirán mencionar dos altos testimonios.

PIERRE MÉNARD,
AUTEUR DU « QUICHOTTE »

À Silvina Ocampo[1].

L'œuvre *visible* qu'a laissée ce romancier peut être facilement et brièvement passée en revue. Impardonnables par conséquent sont les omissions et les additions perpétrées par Madame Henri Bachelier dans un catalogue fallacieux qu'un certain journal — dont la tendance *protestante* n'est pas un secret — a irrespectueusement infligé à ses déplorables lecteurs — d'ailleurs en petit nombre et calvinistes, sinon francs-maçons et circoncis. Les amis authentiques de Ménard ont vu ce catalogue avec effroi et même avec une certaine tristesse. Hier, pour ainsi dire, nous nous réunissions devant le marbre final, sous les cyprès funestes, et déjà l'Erreur essaye de ternir sa mémoire... Décidément, une brève rectification s'impose.

Je sais qu'il est très facile de récuser ma pauvre autorité. J'espère pourtant qu'on ne m'interdira pas de citer deux éminents témoignages.

---

1. Silvina Ocampo (1903-1993) : écrivain argentin. Elle fut l'une des amies les plus chères et les plus fidèles de Borges.

La baronesa de Bacourt (en cuyos *vendredis* inolvidables tuve el honor de conocer al llorado poeta) ha tenido a bien aprobar las líneas que siguen. La condesa de Bagnoregio, uno de los espíritus más finos del principado de Mónaco (y ahora de Pittsburg, Pennsylvania, después de su reciente boda con el filántropo internacional Simón Kautzsch, tan calumniado ¡ay! por las víctimas de sus desinteresadas maniobras) ha sacrificado "a la veracidad y a la muerte" (tales son sus palabras) la señoril reserva que la distingue y en una carta abierta publicada en la revista *Luxe* me concede asimismo su beneplácito. Esas ejecutorias, creo, no son insuficientes.

He dicho que la obra *visible* de Menard es fácilmente enumerable. Examinado con esmero su archivo particular, he verificado que consta de las piezas que siguen:

a) Un soneto simbolista que apareció dos veces (con variaciones) en la revista *La conque* (números de marzo y octubre de 1899).

b) Una monografía sobre la posibilidad de construir un vocabulario poético de conceptos que no fueran sinónimos o perífrasis de los que informan el lenguaje común, "sino objetos ideales creados por una convención y esencialmente destinados a las necesidades poéticas" (Nîmes, 1901).

c) Una monografía sobre "ciertas conexiones o afinidades" del pensamiento de Descartes, de Leibniz y de John Wilkins (Nîmes, 1903).

La baronne de Bacourt (au cours des *vendredis*[1] inoubliables de qui j'eus l'honneur de connaître le regretté poète) a bien voulu approuver les lignes qui suivent. La comtesse de Bagnoregio, un des esprits les plus fins de la principauté de Monaco (et maintenant de Pittsburg, en Pennsylvanie, depuis son récent mariage avec le philanthrope international Simon Kautzch si calomnié, hélas, par les victimes de ses manœuvres désintéressées, a sacrifié « à la véracité et à la mort » (ce sont ses propres termes) la réserve princière qui la caractérise, et, dans une lettre ouverte publiée par la revue *Luxe*, m'accorde également son approbation. Ces titres de noblesse, je pense, ne sont pas insuffisants.

J'ai dit que l'œuvre *visible* de Ménard peut être facilement dénombrée. Après avoir examiné soigneusement ses archives particulières, j'ai constaté qu'elles comprennent les pièces suivantes :

a) Un sonnet symboliste qui parut deux fois (avec des variantes) dans la revue *La Conque* (numéros de mars et d'octobre 1899).

b) Une monographie sur la possibilité de constituer un vocabulaire poétique de concepts qui ne seraient pas des synonymes ou des périphrases de ceux qui forment le langage courant, « mais des objets idéaux de convention destinés essentiellement aux besoins poétiques » (Nîmes, 1901).

c) Une monographie sur « certains rapports ou certaines affinités » entre la pensée de Descartes, de Leibniz et de John Wilkins (Nîmes, 1903).

---

1. En français dans le texte.

d) Una monografía sobre la *Characteristica universalis* de Leibniz (Nîmes, 1904).

e) Un artículo técnico sobre la posibilidad de enriquecer el ajedrez eliminando uno de los peones de torre. Menard propone, recomienda, discute y acaba por rechazar esa innovación.

f) Una monografía sobre el *Ars magna generalis* de Ramón Lull (Nîmes, 1906).

g) Una traducción con prólogo y notas del *Libro de la invención liberal y arte del juego del axedrez* de Ruy López de Segura (Paris, 1907).

h) Los borradores de una monografía sobre la lógica simbólica de George Boole.

i) Un examen de las leyes métricas esenciales de la prosa francesa, ilustrado con ejemplos de Saint-Simon (*Revue des langues romanes*, Montpellier, octubre de 1909).

j) Una réplica a Luc Durtain (que había negado la existencia de tales leyes) ilustrada con ejemplos de Luc Durtain (*Revue des langues romanes*, Montpellier, diciembre de 1909).

k) Una traducción manuscrita de la *Aguja de navegar cultos* de Quevedo, intitulada *La boussole des précieux*.

l) Un prefacio al catálogo de la exposición de litografías de Carolus Hourcade (Nîmes, 1914).

m) La obra *Les problèmes d'un problème* (Paris, 1917) que discute en orden cronológico las soluciones del ilustre problema de Aquiles y la tortuga. Dos ediciones de este libro han aparecido hasta ahora; la segunda trae como epígrafe el consejo de Leibniz "Ne craignez point, monsieur, la tortue",

d) Une monographie sur la *Characteristica universalis* de Leibniz (Nîmes, 1904).

e) Un article technique sur la possibilité d'enrichir le jeu d'échecs en éliminant un des pions de la tour. Ménard propose, recommande, discute et finit par rejeter cette innovation.

f) Une monographie sur l'*Ars magna generalis* de Raymond Lulle (Nîmes, 1906).

g) Une traduction avec prologue et notes du *Livre de l'invention libérale et art du jeu d'échecs* de Ruy López de Segura (Paris, 1907).

h) Les brouillons d'une monographie sur la logique symbolique de George Boole.

i) Un examen des lois métriques essentielles de la prose française, illustré d'exemples tirés de Saint-Simon (*Revue des langues romanes*, Montpellier, décembre 1909).

j) Une réplique à Luc Durtain (qui avait nié l'existence desdites lois) illustrée d'exemples tirés de Luc Durtain (*Revue des langues romanes*, Montpellier, décembre 1909).

k) Une traduction manuscrite de *La Aguja de navegar cultos* de Quevedo, intitulée *La boussole des précieux*.

l) Une préface au catalogue de l'exposition de lithographies de Carolus Hourcade (Nîmes, 1914).

m) L'ouvrage *Les problèmes d'un problème* (Paris, 1917) qui discute, dans l'ordre chronologique, les solutions du fameux problème d'Achille et de la tortue. Deux éditions de ce livre ont paru jusqu'à présent ; la deuxième porte en épigraphe le conseil de Leibniz : « Ne craignez point, monsieur, la tortue »,

y renueva los capítulos dedicados a Russell y a Descartes.

n) Un obstinado análisis de las "costumbres sintácticas" de Toulet (*NRF*, marzo de 1921). Menard —recuerdo— declaraba que censurar y alabar son operaciones sentimentales que nada tienen que ver con la crítica.

o) Una trasposición en alejandrinos del *Cimetière marin* de Paul Valéry (*NRF*, enero de 1928).

p) Una invectiva contra Paul Valéry, en las *Hojas para la supresión de la realidad* de Jacques Reboul. (Esa invectiva, dicho sea entre paréntesis, es el reverso exacto de su verdadera opinión sobre Valéry. Éste así lo entendió y la amistad antigua de los dos no corrió peligro.)

q) Una "definición" de la condesa de Bagnoregio, en el "victorioso volumen" —la locución es de otro colaborador, Gabriele D'Annunzio— que anualmente publica esta dama para rectificar los inevitables falseos del periodismo y presentar "al mundo y a Italia" una auténtica efigie de su persona, tan expuesta (en razón misma de su belleza y de su actuación) a interpretaciones erróneas o apresuradas.

r) Un ciclo de admirables sonetos para la baronesa de Bacourt (1934).

s) Una lista manuscrita de versos que deben su eficacia a la puntuación*.

---

* Madame Henri Bachelier enumera asimismo una versión literal de la versión literal que hizo Quevedo de la *Introduction à la vie dévote* de San Francisco de Sales. En la biblioteca de Pierre Menard no hay rastros de tal obra. Debe tratarse de una broma de nuestro amigo, mal escuchada.

et renouvelle les chapitres consacrés à Russell et à Descartes.

n) Une analyse obstinée des « coutumes syntaxiques » de Toulet[1] (*NRF*, mars 1921). Ménard, je me rappelle, déclarait que blâmer et encenser sont des opérations sentimentales qui n'ont rien à voir avec la critique.

o) Une transposition en alexandrins du *Cimetière marin* de Paul Valéry (*NRF*, janvier 1928).

p) Une invective contre Paul Valéry, dans les *Feuilles pour la suppression de la réalité* de Jacques Reboul. (Cette invective, soit dit entre parenthèses, est exactement à l'opposé de sa véritable opinion sur Valéry. C'est bien ainsi que celui-ci le comprit et leur ancienne amitié ne courut aucun danger.)

q) Une « définition » de la comtesse de Bagnoregio, dans « le volume victorieux » — la locution est d'un autre collaborateur, Gabriele D'Annunzio — que cette dame publie annuellement pour rectifier les inévitables mensonges du journalisme et présenter « au monde et à l'Italie » un portrait authentique de sa personne, si exposée (en raison même de sa beauté et de son activité) à des interprétations erronées ou hâtives.

r) Un cycle d'admirables sonnets pour la baronne de Bacourt (1934).

s) Une liste manuscrite de vers qui doivent leur efficacité à la ponctuation*.

1. Jean-Paul Toulet (1867-1920) : poète français pour lequel Borges a toujours manifesté beaucoup d'intérêt.

* Madame Henri Bachelier dénombre aussi une version littérale de la version littérale que fit Quevedo de l'*Introduction à la vie dévote* de saint François de Sales. Il n'y a pas trace de cet ouvrage dans la bibliothèque de Pierre Ménard. Il doit s'agir d'une plaisanterie mal entendue de notre ami.

Hasta aquí (sin otra omisión que unos vagos sonetos circustanciales para el hospitalario, o ávido, álbum de Madame Henri Bachelier) la obra *visible* de Menard, en su orden cronológico. Paso ahora a la otra: la subterránea, la interminablemente heroica, la impar. También ¡ay de las posibilidades del hombre! la inconclusa. Esa obra, tal vez la más significativa de nuestro tiempo, consta de los capítulos noveno y trigésimo octavo de la primera parte del don Quijote y de un fragmento del capítulo veintidós. Yo sé que tal afirmación parece un dislate; justificar ese "dislate" es el objeto primordial de esta nota*.

Dos textos de valor desigual inspiraron la empresa. Uno es aquel fragmento filológico de Novalis —el que lleva el número 2005 en la edición de Dresden— que esboza el tema de la *total identificación* con un autor determinado. Otro es uno de esos libros parasitarios que sitúan a Cristo en un bulevar, a Hamlet en la Canebière o a don Quijote en Wall Street. Como todo hombre de buen gusto, Menard abominaba de esos carnavales inútiles, sólo aptos —decía— para ocasionar el plebeyo placer del anacronismo o (lo que es peor) para embelesarnos con la idea primaria de que todas las épocas son iguales o de que son distintas. Más interesante, aunque de ejecución contradictoria y superficial, le parecía el famoso propósito de Daudet:

---

* Tuve también el propósito secundario de bosquejar la imagen de Pierre Menard. Pero ¿cómo atreverme a competir con las páginas áureas que me dicen prepara la baronesa de Bacourt o con el lápiz delicado y puntual de Carolus Hourcade?

Voilà (sans autre omission que quelques vagues sonnets de circonstance pour l'album hospitalier, ou avide, de Madame Henri Bachelier) l'œuvre *visible* de Ménard, dans l'ordre chronologique. Je passe maintenant à l'autre : la souterraine, l'interminablement héroïque, la sans pareille. Également, hélas — pauvres possibilités humaines —, l'inachevée. Cette œuvre, peut-être la plus significative de notre temps, se compose des chapitres IX et XXXVIII de la première partie du *Don Quichotte* et d'un fragment du chapitre XXII. Je sais qu'une telle affirmation a tout l'air d'une absurdité ; justifier cette « absurdité » est le but principal de cette note*.

Deux textes d'inégale valeur m'ont inspiré cette entreprise. L'un est ce fragment philologique de Novalis — celui qui porte le numéro 2005 dans l'édition de Dresde — qui ébauche le thème de la *totale* identification avec un auteur déterminé. L'autre est un de ces livres parasitaires qui situent le Christ sur un boulevard, Hamlet sur la Canebière ou Don Quichotte à Wall Street. Comme tout homme de bon goût, Ménard avait horreur de ces mascarades inutiles, tout juste bonnes — disait-il — à procurer le plaisir plébéien de l'anachronisme ou (ce qui est pire) à nous ébaubir avec l'idée primaire que toutes les époques sont semblables ou différentes. Plus intéressant, bien que présentant des contradictions et réalisé superficiellement, lui semblait le fameux dessein de Daudet :

---

* J'ai eu aussi l'intention secondaire d'esquisser le portrait de Pierre Ménard. Mais comment avoir l'audace de rivaliser avec les pages d'or que prépare — me dit-on — la baronne de Bacourt ou avec le crayon délicat et précis de Carolus Hourcade ?

conjugar en *una* figura, que es Tartarín, al Ingenioso Hidalgo y a su escudero... Quienes han insinuado que Menard dedicó su vida a escribir un Quijote contemporáneo, calumnian su clara memoria.

No quería componer otro Quijote —lo cual es fácil— sino *el Quijote*. Inútil agregar que no encaró nunca una transcripción mecánica del original; no se proponía copiarlo. Su admirable ambición era producir unas páginas que coincidieran —palabra por palabra y línea por línea— con las de Miguel de Cervantes.

"Mi propósito es meramente asombroso" me escribió el 30 de setiembre de 1934 desde Bayonne. "El término final de una demostración teológica o metafísica —el mundo externo, Dios, la casualidad, las formas universales— no es menos anterior y común que mi divulgada novela. La sola diferencia es que los filósofos publican en agradables volúmenes las etapas intermediarias de su labor y que yo he resuelto perderlas". En efecto, no queda un solo borrador que atestigüe ese trabajo de años.

El método inicial que imaginó era relativamente sencillo. Conocer bien el español, recuperar la fe católica, guerrear contra los moros o contra el turco, olvidar la historia de Europa entre los años de 1602 y de 1918, *ser* Miguel de Cervantes. Pierre Menard estudió ese procedimiento (sé que logró un manejo bastante fiel del español del siglo diecisiete) pero lo descartó por fácil. ¡Mas bien por imposible! dirá el lector. De acuerdo, pero la empresa era de antemano imposible y de todos los medios imposibles para llevarla a término, éste era el menos interesante.

conjuguer en *une* figure, c'est-à-dire Tartarin, l'Ingénieux Hidalgo et son écuyer... Ceux qui ont insinué que Ménard a consacré sa vie à écrire un Quichotte contemporain ont calomnié sa claire mémoire.

Il ne voulait pas composer un autre Quichotte — ce qui est facile — mais le *Quichotte*. Inutile d'ajouter qu'il n'envisagea jamais une transcription mécanique de l'original; il ne se proposait pas de le copier. Son admirable ambition était de reproduire quelques pages qui coïncideraient — mot à mot et ligne à ligne — avec celles de Miguel de Cervantès.

« Mon dessein est purement stupéfiant, m'écrivit-il de Bayonne le 30 septembre 1934. Le terme final d'une démonstration théologique ou métaphysique — le monde extérieur, Dieu, la causalité, les formes universelles — n'est pas moins antérieur et commun que mon roman divulgué. La seule différence est que les philosophes publient dans des volumes agréables les étapes intermédiaires de leur travail et que, moi, j'ai décidé de les perdre. » Effectivement, il ne subsiste pas un seul brouillon qui témoigne de ce travail de plusieurs années.

La méthode initiale qu'il imagina était relativement simple. Bien connaître l'espagnol, retrouver la foi catholique, guerroyer contre les Maures ou contre le Turc, oublier l'histoire de l'Europe entre les années 1602 et 1918, *être* Miguel de Cervantès. Pierre Ménard étudia ce procédé (je sais qu'il réussit à manier assez fidèlement l'espagnol du XVIIe siècle) mais il l'écarta, le trouvant trop facile. Plutôt impossible, dira le lecteur. D'accord, mais l'entreprise était *a priori* impossible, et de tous les moyens impossibles pour la mener à bonne fin, celui-ci était le moins intéressant.

Ser en el siglo veinte un novelista popular del siglo diecisiete le pareció una disminución. Ser, de alguna manera, Cervantes y llegar al Quijote le pareció menos arduo —por consiguiente, menos interesante— que seguir siendo Pierre Menard y llegar al Quijote, a través de las experiencias de Pierre Menard. (Esa convicción, dicho sea de paso, le hizo excluir el prólogo autobiográfico de la segunda parte del don Quijote. Incluir ese prólogo hubiera sido crear otro personaje —Cervantes— pero también hubiera significado presentar el Quijote en función de ese personaje y no de Menard. Éste, naturalmente, se negó a esa facilidad). "Mi empresa no es difícil, esencialmente" leo en otro lugar de la carta. "Me bastaría ser inmortal para llevarla a cabo". ¿Confesaré que suelo imaginar que la terminó y que leo el Quijote —todo el Quijote— como si lo hubiera pensado Menard? Noches pasadas, al hojear el capítulo XXVI —no ensayado nunca por él— reconocí el estilo de nuestro amigo y como su voz en esta frase excepcional: *las ninfas de los ríos, la dolorosa y húmida Eco*. Esa conjunción eficaz de un adjetivo moral y otro físico me trajo a la memoria un verso de Shakespeare, que discutimos una tarde:

Where a malignant and a turbaned Turk...

¿Por qué precisamente el Quijote? dirá nuestro lector. Esa preferencia, en un español, no hubiera sido inexplicable; pero sin duda lo es en un simbolista de Nîmes, devoto esencialmente de Poe,

Être au XXᵉ siècle un romancier populaire du XVIIᵉ lui sembla une diminution. Être, en quelque sorte, Cervantès et arriver au Quichotte lui sembla moins ardu — par conséquent moins intéressant — que continuer à être Pierre Ménard et arriver au Quichotte à travers les expériences de Pierre Ménard. (Cette conviction, soit dit en passant, lui fit exclure le prologue autobiographique de la deuxième partie du *Don Quichotte*. Inclure ce prologue c'était créer un autre personnage — Cervantès — mais c'était aussi présenter le *Quichotte* en fonction de ce personnage et non de Ménard ; naturellement, celui-ci ne voulut pas de cette facilité.) « Mon entreprise n'est pas essentiellement difficile », lis-je ailleurs dans sa lettre. « Il me suffirait d'être immortel pour la mener jusqu'au bout. » Avouerai-je que je m'imagine souvent qu'il a réussi et que je lis le *Quichotte* — tout le *Quichotte* — comme si c'était Ménard qui l'avait conçu ? Il y a quelques soirs, en feuilletant le chapitre XXVI — qu'il n'a jamais essayé d'écrire —, je reconnus le style de notre ami et comme sa voix dans cette phrase exceptionnelle : « Les nymphes des rivières, la douloureuse et humide Écho. » Cette conjonction efficace d'un adjectif moral et d'un adjectif physique me rappelle un vers de Shakespeare dont nous discutâmes un jour :

Where a malignant and a turbaned Turk...

Pourquoi précisément le *Quichotte* ? dira notre lecteur. Cette préférence, chez un Espagnol, n'aurait pas été inexplicable ; mais elle l'est sans doute chez un symboliste de Nîmes, essentiellement dévot de Poe,

que engendró a Baudelaire, que engendró a Mallarmé, que engendró a Valéry, que engendró a Edmond Teste. La carta precitada ilumina el punto. "El Quijote", aclara Menard, "me interesa profundamente, pero no me parece ¿cómo lo diré? inevitable. No puedo imaginar el universo sin la interjección de Poe:

Ah, bear in mind this garden was enchanted!

o sin el *Bateau ivre* o el *Ancient Mariner*, pero me sé capaz de imaginarlo sin el Quijote. (Hablo, naturalmente, de mi capacidad personal, no de la resonancia histórica de las obras). El Quijote es un libro contingente, el Quijote es innecesario. Puedo premeditar su escritura, puedo escribirlo, sin incurrir en una tautología. A los doce o trece años lo leí, tal vez íntegramente. Después he releído con atención algunos capítulos, aquellos que no intentaré por ahora. He cursado asimismo los entremeses, las comedias, la Galatea, las novelas ejemplares, los trabajos sin duda laboriosos de Persiles y Segismunda y el Viaje del Parnaso... Mi recuerdo general del Quijote, simplificado por el olvido y la indiferencia, puede muy bien equivaler a la imprecisa imagen anterior de un libro no escrito. Postulada esa imagen (que nadie en buena ley me puede negar) es indiscutible que mi problema es harto más difícil que el de Cervantes. Mi complaciente precursor no rehusó la colaboración del azar:

qui engendra Baudelaire, qui engendra Mallarmé, qui engendra Valéry, qui engendra Edmond Teste. La lettre précitée éclaircit ce point. » Le *Quichotte*, explique Ménard, m'intéresse profondément, mais il ne me semble pas, comment dirai-je, inévitable. Je ne peux imaginer l'univers sans l'exclamation d'Edgar Allan Poe :

Ah, bear mind this garden was enchanted !

ou sans le *Bateau ivre* ou l'*Ancient Mariner,* mais je me sais capable de l'imaginer sans le *Quichotte*. (Je parle naturellement de ma capacité personnelle, non de la résonance historique des œuvres.) Le *Quichotte* est un livre contingent, le *Quichotte* n'est pas nécessaire. Je peux préméditer sa composition, je peux l'écrire, sans tomber dans une tautologie. À douze ou treize ans, je l'ai lu, peut-être intégralement. Puis j'ai relu attentivement quelques chapitres, ceux que je n'essaierai pas d'écrire pour le moment. J'ai étudié aussi les *entremeses*, les *comedias*, la *Galatée*, les *nouvelles exemplaires*, les travaux sans aucun doute laborieux de Persiles et Segismonde et le Voyage au Parnasse... Mon souvenir général du *Quichotte*, simplifié par l'oubli et l'indifférence, peut très bien être équivalent à la vague image antérieure d'un livre non écrit. Une fois postulée cette image (qu'en toute justice personne ne peut me refuser) il est indiscutable que mon problème est singulièrement plus difficile que celui de Cervantès. Mon complaisant précurseur ne repoussa pas la collaboration du hasard :

iba componiendo la obra inmortal un poco *à la diable*, llevado por inercias del lenguaje y de la invención. Yo he contraído el misterioso deber de reconstruir literalmente su obra espontánea. Mi solitario juego está gobernado por dos leyes polares. La primera me permite ensayar variantes de tipo formal o psicológico; la segunda me obliga a sacrificarlas al texto 'original' y a razonar de un modo irrefutable esa aniquilación... A esas trabas artificiales hay que sumar otra, congénita. Componer el Quijote a principios del siglo diecisiete era una empresa razonable, necesaria, acaso fatal; a principios del veinte, es casi imposible. No en vano han transcurrido trescientos años, cargados de complejísimos hechos. Entre ellos, para mencionar uno solo: el mismo Quijote."

A pesar de esos tres obstáculos, el fragmentario Quijote de Menard es más sutil que el de Cervantes. Éste, de un modo burdo, opone a las ficciones caballerescas la pobre realidad provinciana de su país; Menard elige como "realidad" la tierra de Carmen durante el siglo de Lepanto y de Lope. ¡Qué españoladas no habría aconsejado esa elección a Maurice Barrès o al doctor Rodríguez Larreta! Menard, con toda naturalidad, las elude. En su obra no hay gitanerías ni conquistadores ni místicos ni Felipe Segundo ni autos de fe. Desatiende o proscribe el color local.

Pierre Ménard, auteur du « Quichotte »

il composait l'œuvre immortelle un peu *à la diable*[1], entraîné par la force d'inertie du langage et de l'invention. Moi, j'ai contracté le mystérieux devoir de reconstituer littéralement son œuvre spontanée. Mon jeu solitaire est régi par deux lois diamétralement opposées. La première me permet d'essayer des variantes de type formel ou psychologique : la seconde m'oblige à les sacrifier au texte " original " et à raisonner cet anéantissement avec des arguments irréfutables... À ces entraves artificielles il faut en ajouter une autre, congénitale. Composer le *Quichotte* au début du XVIIe siècle était une entreprise raisonnable, nécessaire, peut-être fatale ; au début du XXe, elle est presque impossible. Ce n'est pas en vain que se sont écoulées trois cents années pleines de faits très complexes. Parmi lesquels, pour n'en citer qu'un seul, le *Quichotte* lui-même. »

Malgré ces trois obstacles, le fragmentaire *Quichotte* de Ménard est plus subtil que celui de Cervantès. Celui-ci oppose grossièrement aux fictions chevaleresques la pauvre réalité provinciale de son pays ; Ménard choisit comme « réalité » le pays de Carmen pendant le siècle de Lépante et de Lope de Vega. Quelles « espagnolades » ce choix n'aurait-il pas conseillées à Maurice Barrès ou au docteur Rodríguez Larreta[2] ! Ménard, avec un grand naturel, les élude. Dans son ouvrage, il n'y a ni « gitaneries », ni conquistadores, ni mystiques, ni Philippe II, ni autodafés. Il néglige ou proscrit la couleur locale.

---

1. En français dans le texte.
2. Enrique Rodríguez Larreta (1873-1961) : écrivain et diplomate argentin de souche espagnole, auteur du roman *La gloire de Don Ramiro* (une vie à l'époque de Philippe II).

Ese desdén indica un sentido nuevo de la novela histórica. Ese desdén condena a *Salammbô*, inapelablemente.

No menos asombroso es considerar capítulos aislados. Por ejemplo, examinemos el XXXVIII de la primera parte, "que trata del curioso discurso que hizo don Quixote de las armas y las letras". Es sabido que D. Quijote (como Quevedo en el pasaje análogo, y posterior, de *La hora de todos*) falla el pleito contra las letras y en favor de las armas. Cervantes era un viejo militar: su fallo se explica. ¡Pero que el don Quijote de Pierre Menard —hombre contemporáneo de *La trahison des clercs* y de Bertrand Russell— reincida en esas nebulosas sofisterías! Madame Bachelier ha visto en ellas una admirable y típica subordinación del autor a la psicología del héroe; otros (nada perspicazmente) una *transcripción* del Quijote; la baronesa de Bacourt, la influencia de Nietzsche. A esa tercera interpretación (que juzgo irrefutable) no sé si me atreveré a añadir una cuarta, que condice muy bien con la casi divina modestia de Pierre Menard: su hábito resignado o irónico de propagar ideas que eran el estricto reverso de las preferidas por él. (Rememoremos otra vez su diatriba contra Paul Valéry en la efímera hoja superrealista de Jacques Reboul.) El texto de Cervantes y el de Menard son verbalmente idénticos, pero el segundo es casi infinitamente más rico.

Ce dédain indique un sentiment nouveau du roman historique. Ce dédain condamne *Salammbô* sans appel.

Il n'est pas moins stupéfiant de considérer des chapitres isolés. Examinons, par exemple, le chapitre XXXVIII de la première partie, « qui traite du curieux discours que don Quichotte fit sur les armes et les lettres ». On sait que *Don Quichotte* (comme Quevedo dans le passage analogue et postérieur de *L'heure de tous*) tranche contre les lettres et en faveur des armes. Cervantès était un vieux militaire : son arrêt s'explique. Mais, que le *Don Quichotte* de Pierre Ménard — homme contemporain de *La trahison des clercs*[1] et de Bertrand Russell[2] — retombe dans ces sophistications nébuleuses ! Madame Bachelier y a vu une admirable et typique subordination de l'auteur à la psychologie du héros ; d'autres (dépourvus totalement de perspicacité) une *transcription* du *Quichotte* ; la baronne de Bacourt, l'influence de Nietzsche. À cette troisième interprétation (que je juge irréfutable) je ne sais si j'oserai en ajouter une quatrième, qui s'accorde fort bien avec la modestie presque divine de Pierre Ménard : son habitude résignée ou ironique de propager des idées strictement contraires à celles qu'il préférait. (Rappelons encore une fois sa diatribe contre Paul Valéry, dans la feuille surréaliste éphémère de Jacques Reboul.) Le texte de Cervantès et celui de Ménard sont verbalement identiques, mais le second est presque infiniment plus riche.

---

1. *La trahison des clercs*, publiée en 1918, est l'ouvrage capital de Julien Benda (1867-1956).
2. Bertrand Russell (1872-1970) : moraliste et militant politique anglais, prix Nobel de littérature en 1950.

(Más ambiguo, dirán sus detractores; pero la ambigüedad es una riqueza.)

Es una revelación cotejar el don Quijote de Menard con el de Cervantes. Éste, por ejemplo, escribió (Don Quijote, primera parte, noveno capítulo):

...la verdad, cuya madre es la historia, émula del tiempo, depósito de las acciones, testigo de lo pasado, ejemplo y aviso de lo presente, advertencia de lo por venir.

Redactada en el siglo diecisiete, redactada por el "ingenio lego" Cervantes, esa enumeración es un mero elogio retórico de la historia. Menard, en cambio, escribe:

...la verdad, cuya madre es la historia, émula del tiempo, depósito de las acciones, testigo de lo pasado, ejemplo y aviso de lo presente, advertencia de lo por venir.

La historia, *madre* de la verdad; la idea es asombrosa. Menard, contemporáneo de William James, no define la historia como una indagación de la realidad sino como su origen. La verdad histórica, para él, no es lo que sucedió; es lo que juzgamos que sucedió. Las cláusulas finales —*ejemplo y aviso de lo presente, advertencia de lo por venir*— son descaradamente pragmáticas.

También es vívido el contraste de los estilos. El estilo arcaizante de Menard —extranjero al fin— adolece de alguna afectación. No así el del precursor,

(Plus ambigu, diront ses détracteurs ; mais l'ambiguïté est une richesse.)

Comparer le *Don Quichotte* de Ménard à celui de Cervantès est une révélation. Celui-ci, par exemple, écrivit (*Don Quichotte*, Ire partie, chap. IX) :

... la vérité, dont la mère est l'histoire, émule du temps, dépôt des actions, témoin du passé, exemple et connaissance du présent, avertissement de l'avenir.

Rédigée au XVIIe siècle, rédigée par le « génie ignorant » Cervantès, cette énumération est un pur éloge rhétorique de l'histoire. Ménard écrit en revanche :

[...] la vérité, dont la mère est l'histoire, émule du temps, dépôt des actions, témoin du passé, exemple et connaissance du présent, avertissement de l'avenir.

L'histoire, *mère* de la vérité ; l'idée est stupéfiante. Ménard, contemporain de William James [1], ne définit pas l'histoire comme une recherche de la réalité mais comme son origine. La vérité historique, pour lui, n'est pas ce qui s'est passé ; c'est ce que nous pensons qui s'est passé. Les termes de la fin — « exemple et connaissance du présent, avertissement de l'avenir » — sont effrontément pragmatiques.

Le contraste entre les deux styles est également vif. Le style archaïsant de Ménard — tout compte fait étranger — souffre de quelque affectation. Il n'en est pas de même pour son précurseur,

---

1. William James (1842-1910) : philosophe et psychologue américain, est le frère aîné de Henry James.

que maneja con desenfado el español corriente de su época.

No hay ejercicio intelectual que no sea finalmente inútil. Una doctrina filosófica es al principio una descripción verosímil del universo; giran los años y es un mero capítulo —cuando no un párrafo o un nombre— de la historia de la filosofía. En la literatura, esa caducidad final es aun más notoria. El Quijote —me dijo Menard— fue ante todo un libro agradable; ahora es una ocasión de brindis patrióticos, de soberbia gramatical, de obscenas ediciones de lujo. La gloria es una incomprensión y quizá la peor.

Nada tienen de nuevo esas comprobaciones nihilistas; lo singular es la decisión que de ellas derivó Pierre Menard. Resolvió adelantarse a la vanidad que aguarda todas las fatigas del hombre; acometió una empresa complejísima y de antemano fútil. Dedicó sus escrúpulos y vigilias a repetir en un idioma ajeno un libro preexistente. Multiplicó los borradores; corrigió tenazmente y desgarró miles de páginas manuscritas*. No permitió que fueran examinadas por nadie y cuidó que no le sobrevivieran. En vano he procurado reconstruirlas.

He reflexionado que es lícito ver en el Quijote "final" una especie de palimpsesto,

---

* Recuerdo sus cuadernos cuadriculados, sus negras tachaduras, sus peculiares símbolos tipográficos y su letra de insecto. En los atardeceres le gustaba salir a caminar por los arrabales de Nîmes; solía llevar consigo un cuaderno y hacer una alegre fogata.

qui manie avec aisance l'espagnol courant de son époque.

Il n'y a pas d'exercice intellectuel qui ne soit finalement inutile. Une doctrine philosophique est au début une description vraisemblable de l'univers ; les années tournent et c'est un pur chapitre — sinon un paragraphe ou un nom — de l'histoire de la philosophie. En littérature, cette caducité finale est encore plus notoire. Le *Quichotte* — m'a dit Ménard — fut avant tout un livre agréable ; maintenant il est un prétexte à toasts patriotiques, à superbe grammaticale, à éditions de luxe indécentes. La gloire est une incompréhension, peut-être la pire.

Ces constatations nihilistes n'ont rien de neuf ; ce qui est singulier c'est la décision que Pierre Ménard en fit dériver. Il décida d'aller au-devant de la vanité qui attend toutes les fatigues de l'homme ; il entreprit un travail très complexe et *a priori* futile. Il consacra ses scrupules et ses veilles à reproduire dans une langue étrangère un livre préexistant. Il multiplia les brouillons, corrigea avec ténacité et déchira des milliers de pages manuscrites*. Il ne permit à personne de les examiner et eut soin de ne pas les laisser lui survivre. C'est en vain que j'ai essayé de les reconstituer.

À la réflexion je pense qu'il est légitime de voir dans le *Quichotte* « final » une sorte de palimpseste,

---

* Je me rappelle ses cahiers quadrillés, ses ratures noires, ses symboles typographiques particuliers et son écriture d'insecte. Il aimait se promener dans les faubourgs de Nîmes à la tombée du soir : il emportait habituellement un cahier, et en faisait une joyeuse flambée. [Borges décrit avec humour et exactitude ses propres manuscrits et évoque des souvenirs authentiques — *N.d.T.*]

en el que deben traslucirse los rastros —tenues pero no indescifrables— de la "previa" escritura de nuestro amigo. Desgraciadamente, sólo un segundo Pierre Menard, invirtiendo el trabajo del anterior, podría exhumar y resucitar esas Troyas...

"Pensar, analizar, inventar (me escribió también) no son actos anómalos, son la normal respiración de la inteligencia. Glorificar el ocasional cumplimiento de esa función, atesorar antiguos y ajenos pensamientos, recordar con incrédulo estupor lo que el *doctor universalis* pensó, es confesar nuestra languidez o nuestra barbarie. Todo hombre debe ser capaz de todas las ideas y entiendo que en el porvenir lo será."

Menard (acaso sin quererlo) ha enriquecido mediante una técnica nueva el arte detenido y rudimentario de la lectura: la técnica del anacronismo deliberado y de las atribuciones erróneas. Esa técnica de aplicación infinita nos insta a recorrer la Odisea como si fuera posterior a la Eneida y el libro *Le jardin du Centaure* de Madame Henri Bachelier como si fuera de Madame Henri Bachelier. Esa técnica puebla de aventura los libros más calmosos. Atribuir a Louis Ferdinand Céline o a James Joyce la *Imitación de Cristo* ¿no es una suficiente renovación de esos tenues avisos espirituales?

Nîmes, 1939.

dans lequel doivent transparaître les traces — ténues mais non indéchiffrables — de l'écriture « préalable » de notre ami. Malheureusement, seul un second Pierre Ménard, en inversant le travail de son prédécesseur, pourrait exhumer et ressusciter ces villes de Troie...

« Penser, analyser, inventer (m'écrivit-il aussi) ne sont pas des actes anormaux, ils constituent la respiration normale de l'intelligence. Glorifier l'accomplissement occasionnel de cette fonction, thésauriser des pensées anciennes appartenant à autrui, se rappeler avec une stupeur incrédule que le *doctor universalis* a pensé, c'est confesser notre langueur ou notre barbarie. Tout homme doit être capable de toutes les idées et je suppose qu'il le sera dans le futur. »

Ménard (peut-être sans le vouloir) a enrichi l'art figé et rudimentaire de la lecture par une technique nouvelle : la technique de l'anachronisme délibéré et des attributions erronées. Cette technique, aux applications infinies, nous invite à parcourir *L'Odyssée* comme si elle était postérieure à *L'Énéide* et le livre *Le jardin du Centaure*, de Mme Henri Bachelier, comme s'il était de Mme Henri Bachelier. Cette technique peuple d'aventures les livres les plus paisibles. Attribuer l'*Imitation de Jésus-Christ* à Louis-Ferdinand Céline ou à James Joyce, n'est-ce pas renouveler suffisamment les frêles conseils spirituels de cet ouvrage ?

Nîmes, 1939.

LAS RUINAS CIRCULARES

«And if he left off dreaming about you...»
Through the Looking-Glass, IV.

Nadie lo vio desembarcar en la unánime noche, nadie vio la canoa de bambú sumiéndose en el fango sagrado, pero a los pocos días nadie ignoraba que el hombre taciturno venía del Sur y que su patria era una de las infinitas aldeas que están aguas arriba, en el flanco violento de la montaña, donde el idioma zend no está contaminado de griego y donde es infrecuente la lepra. Lo cierto es que el hombre gris besó el fango, repechó la ribera sin apartar (probablemente, sin sentir) las cortaderas que le diláceraban las carnes y se arrastró, mareado y ensangrentado, hasta el recinto circular que corona un tigre o caballo de piedra, que tuvo alguna vez el color del fuego y ahora el de la ceniza. Ese redondel es un templo que devoraron los incendios antiguos, que la selva palúdica ha profanado y cuyo dios no recibe honor de los hombres. El forastero se tendió bajo el pedestal. Lo despertó el sol alto.

LES RUINES CIRCULAIRES

« And if left off dreaming about you [1]... »
Through the Looking-Glass, IV.

Nul ne le vit débarquer dans la nuit unanime, nul ne vit le canot de bambou s'enfoncer dans la fange sacrée, mais, quelques jours plus tard, nul n'ignorait que l'homme taciturne venait du Sud et qu'il avait pour patrie un des villages infinis qui sont en amont, sur le flanc violent de la montagne, où la langue zend [2] n'est pas contaminée par le grec et où la lèpre est rare. Ce qui est sûr c'est que l'homme gris baisa la fange, monta sur la rive sans écarter (probablement sans sentir) les roseaux qui lui laceraient la peau et se traîna, étourdi et ensanglanté, jusqu'à l'enceinte circulaire surmontée d'un tigre ou d'un cheval de pierre, jadis couleur de feu et maintenant couleur de cendre. Cette enceinte est un temple dévoré par les incendies anciens et profané par la forêt paludéenne, dont le dieu ne reçoit pas les honneurs des hommes. L'étranger s'allongea contre le piédestal. Le soleil haut l'éveilla.

1. « Et s'il cessait de rêver de vous, où croyez-vous donc que vous seriez ? » (L. Carroll, *De l'autre côté du miroir*, chap. IV).
2. Langue zend ou avestique, de l'Iran antique.

Comprobó sin asombro que las heridas habían cicatrizado; cerró los ojos pálidos y durmió, no por flaqueza de la carne sino por determinación de la voluntad. Sabía que ese templo era el lugar que requería su invencible propósito; sabía que los árboles incesantes no habían logrado estrangular, río abajo, las ruinas de otro templo propicio, también de dioses incendiados y muertos; sabía que su inmediata obligación era el sueño. Hacia la medianoche lo despertó el grito inconsolable de un pájaro. Rastros de pies descalzos, unos higos y un cántaro le advirtieron que los hombres de la región habían espiado con respeto su sueño y solicitaban su amparo o temían su magia. Sintió el frío del miedo y buscó en la muralla dilapidada un nicho sepulcral y se tapó con hojas desconocidas.

El propósito que lo guiaba no era imposible, aunque sí sobrenatural. Quería soñar un hombre: quería soñarlo con integridad minuciosa e imponerlo a la realidad. Ese proyecto mágico había agotado el espacio entero de su alma; si alguien le hubiera preguntado su propio nombre o cualquier rasgo de su vida anterior, no habría acertado a responder. Le convenía el templo inhabitado y despedazado, porque era un mínimo de mundo visible; la cercanía de los leñadores también, porque éstos se encargaban de subvenir a sus necesidades frugales. El arroz y las frutas de su tributo eran pábulo suficiente para su cuerpo, consagrado a la única tarea de dormir y soñar.

Al principio, los sueños eran caóticos; poco después, fueron de naturaleza dialéctica.

Il constata sans étonnement que ses blessures s'étaient cicatrisées ; il ferma ses yeux pâles et s'endormit, non par faiblesse de la chair mais par décision de la volonté. Il savait que ce temple était le lieu requis pour son invincible dessein ; il savait que les arbres incessants n'avaient pas réussi à étrangler, en aval, les ruines d'un autre temple propice, aux dieux incendiés et morts également ; il savait que son devoir immédiat était de dormir. Vers minuit il fut réveillé par le cri inconsolable d'un oiseau. Des traces de pieds nus, des figues et une cruche l'avertirent que les hommes de la région avaient épié respectueusement son sommeil et sollicitaient sa protection ou craignaient sa magie. Il sentit le froid de la peur, il chercha dans la muraille dilapidée une niche sépulcrale et se couvrit de feuilles inconnues.

Le dessein qui le guidait n'était pas impossible, bien que surnaturel. Il voulait rêver un homme : il voulait le rêver avec une intégrité minutieuse et l'imposer à la réalité. Ce projet magique avait épuisé tout l'espace de son âme ; si quelqu'un lui avait demandé son propre nom ou quelque trait de sa vie antérieure, il n'aurait pas su répondre. Le temple inhabité et en ruine lui convenait, parce que c'était un minimum de monde visible ; le voisinage des paysans aussi, car ceux-ci se chargeaient de subvenir à ses besoins frugaux. Le riz et les fruits de leur tribut étaient un aliment suffisant pour son corps, consacré à la seule tâche de dormir et de rêver.

Au début, ses rêves étaient chaotiques ; ils furent bientôt de nature dialectique.

El forastero se soñaba en el centro de un anfiteatro circular que era de algún modo el templo incendiado: nubes de alumnos taciturnos fatigaban las gradas; las caras de los últimos pendían a muchos siglos de distancia y a una altura estelar, pero eran del todo precisas. El hombre les dictaba lecciones de anatomía, de cosmografía, de magia: los rostros escuchaban con ansiedad y procuraban responder con entendimiento, como si adivinaran la importancia de aquel examen, que redimiría a uno de ellos de su condición de vana apariencia y lo interpolaría en el mundo real. El hombre, en el sueño y en la vigilia, consideraba las respuestas de sus fantasmas, no se dejaba embaucar por los impostores, adivinaba en ciertas perplejidades una inteligencia creciente. Buscaba un alma que mereciera participar en el universo.

A las nueve o diez noches comprendió con alguna amargura que nada podía esperar de aquellos alumnos que aceptaban con pasividad su doctrina y sí de aquellos que arriesgaban, a veces, una contradicción razonable. Los primeros, aunque dignos de amor y de bueno afecto, no podían ascender a individuos; los últimos preexistían un poco más. Una tarde (ahora también las tardes eran tributarias del sueño, ahora no velaba sino un par de horas en el amanecer) licenció para siempre el vasto colegio ilusorio y se quedó con un solo alumno. Era un muchacho taciturno, cetrino, díscolo a veces, de rasgos afilados que repetían los de su soñador. No lo desconcertó por mucho tiempo la brusca eliminación de los condiscípulos; su progreso, al cabo de unas pocas lecciones particulares,

L'étranger se rêvait au centre d'un amphithéâtre circulaire qui était en quelque sorte le temple incendié : des nuées d'élèves taciturnes fatiguaient les gradins ; les visages des derniers pendaient à des siècles de distance et à une hauteur stellaire, mais ils étaient tout à fait précis. L'homme leur dictait des leçons d'anatomie, de cosmographie, de magie ; les visages écoutaient avidement et essayaient de répondre avec intelligence, comme s'ils eussent deviné l'importance de cet examen, qui rachèterait l'un d'eux de sa condition de vaine apparence et l'interpolerait dans le monde réel. Dans son rêve et dans sa veille, l'homme considérait les réponses de ses fantômes, ne se laissait pas enjôler par les imposteurs, devinait à de certaines perplexités un entendement croissant. Il cherchait une âme qui méritât de participer à l'univers.

Au bout de neuf ou dix nuits il comprit avec quelque amertume qu'il ne pouvait rien espérer des élèves qui acceptaient passivement sa doctrine mais plutôt de ceux qui risquaient, parfois, une contradiction raisonnable. Les premiers, quoique dignes d'amour et d'affection, ne pouvaient accéder au rang d'individus ; les derniers préexistaient un peu plus. Un après-midi (maintenant les après-midi aussi étaient tributaires du sommeil, maintenant il ne veillait que quelques heures à l'aube) il licencia pour toujours le vaste collège illusoire et resta avec un seul élève. C'était un garçon taciturne, mélancolique, parfois rebelle, aux traits anguleux qui répétaient ceux de son rêveur. Il ne fut pas longtemps déconcerté par la brusque élimination de ses condisciples ; ses progrès, au bout de quelques leçons particulières,

pudo maravillar al maestro. Sin embargo, la catástrofe sobrevino. El hombre, un día, emergió del sueño como de un desierto viscoso, miró la vana luz de la tarde que al pronto confundió con la aurora y comprendió que no había soñado. Toda esa noche y todo el día, la intolerable lucidez del insomnio se abatió contra él. Quiso explorar la selva, extenuarse; apenas alcanzó entre la cicuta unas rachas de sueño débil, veteadas fugazmente de visiones de tipo rudimental: inservibles. Quiso congregar el colegio y apenas hubo articulado unas breves palabras de exhortación, éste se deformó, se borró. En la casi perpetua vigilia, lágrimas de ira le quemaban los viejos ojos.

Comprendió que el empeño de modelar la materia incoherente y vertiginosa de que se componen los sueños es el más arduo que puede acometer un varón, aunque penetre todos los enigmas del orden superior y del inferior: mucho más arduo que tejer una cuerda de arena o que amonedar el viento sin cara. Comprendió que un fracaso inicial era inevitable. Juró olvidar la enorme alucinación que lo había desviado al principio y buscó otro método de trabajo. Antes de ejercitarlo, dedicó un mes a la reposición de las fuerzas que había malgastado el delirio. Abandonó toda premeditación de soñar y casi acto continuo logró dormir un trecho razonable del día. Las raras veces que soñó durante ese período, no reparó en los sueños. Para reanudar la tarea, esperó que el disco de la luna fuera perfecto. Luego, en la tarde, se purificó en las aguas del río, adoró los dioses planetarios, pronunció las sílabas lícitas de un nombre poderoso y durmió.

purent étonner le maître. Pourtant, la catastrophe survint. L'homme, un jour, émergea du rêve comme d'un désert visqueux, regarda la vaine lumière de l'après-midi qu'il confondit tout d'abord avec l'aurore et comprit qu'il n'avait pas rêvé. Toute cette nuit-là et toute la journée, l'intolérable lucidité de l'insomnie s'abattit sur lui. Il voulut explorer la forêt, s'exténuer ; à peine obtint-il par la ciguë quelques moments de rêve débile, veinés fugacement de visions de type rudimentaire : inutilisables. Il voulut rassembler le collège et à peine eut-il articulé quelques brèves paroles d'exhortation, que celui-ci se déforma, s'effaça. Dans sa veille presque perpétuelle, des larmes de colère brûlaient ses vieilles prunelles.

Il comprit que l'entreprise de modeler la matière incohérente et vertigineuse dont se composent les rêves est la plus ardue que puisse tenter un homme, même s'il pénètre toutes les énigmes de l'ordre supérieur et de l'ordre inférieur : bien plus ardue que de tisser une corde de sable ou de monnayer le vent sans face. Il comprit qu'un échec initial était inévitable. Il jura d'oublier l'énorme hallucination qui l'avait égaré au début et chercha une autre méthode de travail. Avant de l'éprouver, il consacra un mois à la restauration des forces que le délire avait gaspillées. Il abandonna toute préméditation de rêve et presque sur-le-champ parvint à dormir pendant une raisonnable partie du jour. Les rares fois qu'il rêva durant cette période, il ne fit pas attention aux rêves. Pour reprendre son travail, il attendit que le disque de la lune fût parfait. Puis, l'après-midi, il se purifia dans les eaux du fleuve, adora les dieux planétaires, prononça les syllabes licites d'un nom puissant et s'endormit.

Casi inmediatamente, soñó con un corazón que latía.

Lo soñó activo, caluroso, secreto, del grandor de un puño cerrado, color granate en la penumbra de un cuerpo humano aun sin cara ni sexo; con minucioso amor lo soñó, durante catorce lúcidas noches. Cada noche, lo percibía con mayor evidencia. No lo tocaba: se limitaba a atestiguarlo, a observarlo, tal vez a corregirlo con la mirada. Lo percibía, lo vivía, desde muchas distancias y muchos ángulos. La noche catorcena rozó la arteria pulmonar con el índice y luego todo el corazón, desde afuera y adentro. El examen lo satisfizo. Deliberadamente no soñó durante una noche: luego retomó el corazón, invocó el nombre de un planeta y emprendió la visión de otro de los órganos principales. Antes de un año llegó al esqueleto, a los párpados. El pelo innumerable fue tal vez la tarea más difícil. Soñó un hombre íntegro, un mancebo, pero éste no se incorporaba ni hablaba ni podía abrir los ojos. Noche tras noche, el hombre lo soñaba dormido.

En las cosmogonías gnósticas, los demiurgos amasan un rojo Adán que no logra ponerse de pie; tan inhábil y rudo y elemental como ese Adán de polvo era el Adán de sueño que las noches del mago habían fabricado. Una tarde, el hombre casi destruyó toda su obra, pero se arrepintió. (Más le hubiera valido destruirla.) Agotados los votos a los númenes de la tierra y del río, se arrojó a los pies de la efigie que tal vez era un tigre y tal vez un potro, e imploró su desconocido socorro. Ese crepúsculo, soñó con la estatua.

Presque immédiatement, il rêva d'un cœur qui battait.

Il le rêva actif, chaud, secret, de la grandeur d'un poing fermé, grenat dans la pénombre d'un corps humain encore sans visage ni sexe ; il le rêva avec un minutieux amour pendant quatorze nuits lucides. Chaque nuit, il le percevait avec une plus grande évidence. Il ne le touchait pas : il se bornait à l'attester, à l'observer, parfois à le corriger du regard. Il le percevait, le vivait du fond de multiples distances et sous de nombreux angles. La quatorzième nuit il frôla de l'index l'artère pulmonaire et puis tout le cœur, du dehors et du dedans. L'examen lui donna satisfaction. Délibérément il ne rêva pas pendant une nuit : puis il reprit le cœur, invoqua le nom d'une planète et entreprit de voir un autre des organes principaux. Avant un an, il en arriva au squelette, aux paupières. Imaginer les cheveux innombrables fut peut-être la tâche la plus difficile. Il rêva un homme entier, un jeune homme, mais celui-ci ne se dressait pas ni ne parlait ni ne pouvait ouvrir les yeux. Nuit après nuit, l'homme le rêvait endormi.

Dans les cosmogonies gnostiques les démiurges pétrissent un rouge Adam qui ne parvient pas à se mettre debout ; aussi inhabile et rude et élémentaire que cet Adam de poussière était l'Adam de rêve que les nuits du magicien avaient fabriqué. Un après-midi l'homme détruisit presque toute son œuvre, mais il se repentit. (Il aurait mieux valu pour lui qu'il la détruisît.) Après avoir épuisé les vœux aux esprits de la terre et du fleuve, il se jeta aux pieds de l'effigie qui était peut-être un tigre et peut-être un poulain, et implora son secours inconnu. Ce jour-là au crépuscule, il rêva de la statue.

La soñó viva, trémula: no era un atroz bastardo de tigre y potro, sino a la vez esas dos criaturas vehementes y también un toro, una rosa, una tempestad. Ese múltiple dios le reveló que su nombre terrenal era Fuego, que en ese templo circular (y en otros iguales) le habían rendido sacrificios y culto y que mágicamente animaría al fantasma soñado, de suerte que todas las criaturas, excepto el Fuego mismo y el soñador, lo pensaran un hombre de carne y hueso. Le ordenó que una vez instruido en los ritos, lo enviaría al otro templo despedazado cuyas pirámides persisten aguas abajo, para que alguna voz lo glorificara en aquel edificio desierto. En el sueño del hombre que soñaba, el soñado se despertó.

El mago ejecutó esas órdenes. Consagró un plazo (que finalmente abarcó dos años) a descubrirle los arcanos del universo y del culto del fuego. Íntimamente, le dolía apartarse de él. Con el pretexto de la necesidad pedagógica, dilataba cada día las horas dedicadas al sueño. También rehizo el hombro derecho, acaso deficiente. A veces, lo inquietaba una impresión de que ya todo eso había acontecido... En general, sus días eran felices; al cerrar los ojos pensaba: *Ahora estaré con mi hijo.* O, más raramente: *El hijo que he engendrado me espera y no existirá si no voy.*

Gradualmente, lo fue acostumbrando a la realidad. Una vez le ordenó que embanderara una cumbre lejana. Al otro día, flameaba la bandera en la cumbre. Ensayó otros experimentos análogos, cada vez más audaces.

Il la rêva vivante, frémissante : ce n'était pas un atroce bâtard de tigre et de poulain, mais ces deux créatures véhémentes à la fois et aussi un taureau, une rose, une tempête. Ce dieu multiple lui révéla que son nom terrestre était Feu, que dans ce temple circulaire (et dans d'autres semblables) on lui avait offert des sacrifices et rendu un culte et qu'il animerait magiquement le fantôme rêvé, de sorte que toutes les créatures, excepté le Feu lui-même et le rêveur, le prendraient pour un homme en chair et en os. Il lui ordonna de l'envoyer, une fois instruit dans les rites, jusqu'à l'autre temple en ruine dont les pyramides persistent en aval, pour qu'une voix le glorifiât dans cet édifice désert. Dans le rêve de l'homme qui rêvait, le rêvé s'éveilla.

Le magicien exécuta ces ordres. Il consacra un délai (qui finalement embrassa deux ans) à lui découvrir les arcanes de l'univers et du culte du feu. Il souffrait intimement de se séparer de lui. Sous le prétexte de la nécessité pédagogique, il reculait chaque jour les heures consacrées au sommeil. Il refit aussi l'épaule droite, peut-être déficiente. Parfois, il était tourmenté par l'impression que tout cela était déjà arrivé... En général, ses jours étaient heureux ; en fermant les yeux il pensait : « Maintenant je serai avec mon fils. » Ou, plus rarement : « Le fils que j'ai engendré m'attend et n'existera pas si je n'y vais pas. »

Il l'accoutuma graduellement à la réalité. Une fois il lui ordonna de dresser un drapeau sur une cime lointaine. Le lendemain, le drapeau flottait sur la cime. Il essaya d'autres expériences analogues, de plus en plus audacieuses.

Comprendió con cierta amargura que su hijo estaba listo para nacer —y tal vez impaciente. Esa noche lo besó por primera vez y lo envió al otro templo cuyos despojos blanqueaban río abajo, a muchas leguas de inextricable selva y de ciénaga. Antes (para que no supiera nunca que era un fantasma, para que se creyera un hombre como los otros) le infundió el olvido total de sus años de aprendizaje.

Su victoria y su paz quedaron empañadas de hastío. En los crepúsculos de la tarde y del alba, se prosternaba ante la figura de piedra, tal vez imaginando que su hijo irreal ejecutaba idénticos ritos, en otras ruinas circulares, aguas abajo; de noche no soñaba, o soñaba como lo hacen todos los hombres. Percibía con cierta palidez los sonidos y formas del universo: el hijo ausente se nutría de esas disminuciones de su alma. El propósito de su vida estaba colmado; el hombre persistió en una suerte de éxtasis. Al cabo de un tiempo que ciertos narradores de su historia prefieren computar en años y otros en lustros, lo despertaron dos remeros a medianoche: no pudo ver sus caras, pero le hablaron de un hombre mágico en un templo del Norte, capaz de hollar el fuego y de no quemarse. El mago recordó bruscamente las palabras del dios. Recordó que de todas las criaturas que componen el orbe, el fuego era la única que sabía que su hijo era un fantasma. Ese recuerdo, apaciguador al principio, acabó por atormentarlo. Temió que su hijo meditara en ese privilegio anormal y descubriera de algún modo su condición de mero simulacro.

Il comprit avec une certaine amertume que son enfant était prêt à naître — et peut-être impatient. Cette nuit-là il l'embrassa pour la première fois et l'envoya dans l'autre temple dont les vestiges blanchoient en aval, à un grand nombre de lieues de forêt inextricable et de marécage. Auparavant (pour qu'il ne puisse jamais savoir qu'il était un fantôme, pour qu'il se croie un homme comme les autres) il lui infusa l'oubli total de ses années d'apprentissage.

Sa victoire et sa paix furent ternies par l'ennui. Dans les crépuscules du soir et de l'aube, il se prosternait devant l'image de pierre, se figurant peut-être que son fils exécutait des rites identiques, dans d'autres ruines circulaires, en aval; la nuit il ne rêvait pas, ou rêvait comme le font tous les hommes. Il percevait avec une certaine pâleur les sons et les formes de l'univers : le fils absent s'alimentait de ces diminutions de son âme. Le dessein de sa vie était comblé ; l'homme demeura dans une sorte d'extase. Au bout d'un temps que certains narrateurs de son histoire préfèrent calculer en années et d'autres en lustres, il fut réveillé à minuit par deux rameurs : il ne put voir leurs visages, mais ils lui parlèrent d'un magicien dans un temple du Nord, capable de marcher sur le feu et de ne pas se brûler. Le magicien se rappela brusquement les paroles du dieu. Il se rappela que de toutes les créatures du globe, le feu était la seule qui savait que son fils était un fantôme. Ce souvenir, apaisant tout d'abord, finit par le tourmenter. Il craignit que son fils ne méditât sur ce privilège anormal et découvrît de quelque façon sa condition de pur simulacre.

No ser un hombre, ser la proyección del sueño de otro hombre ¡qué humillación incomparable, qué vértigo! A todo padre le interesan los hijos que ha procreado (que ha permitido) en una mera confusión o felicidad; es natural que el mago temiera por el porvenir de aquel hijo, pensado entraña por entraña y rasgo por rasgo, en mil y una noches secretas.

El término de sus cavilaciones fue brusco, pero lo prometieron algunos signos. Primero (al cabo de una larga sequía) una remota nube en un cerro, liviana como un pájaro; luego, hacia el Sur, el cielo que tenía el color rosado de la encía de los leopardos; luego las humaredas que herrumbraron el metal de las noches; después la fuga pánica de las bestias. Porque se repitió lo acontecido hace muchos siglos. Las ruinas del santuario del dios del fuego fueron destruidas por el fuego. En un alba sin pájaros el mago vio cernirse contra los muros el incendio concéntrico. Por un instante, pensó refugiarse en las aguas, pero luego comprendió que la muerte venía a coronar su vejez y a absolverlo de sus trabajos. Caminó contra los jirones de fuego. Éstos no mordieron su carne, éstos lo acariciaron y lo inundaron sin calor y sin combustión. Con alivio, con humillación, con terror, comprendió que él también era una apariencia, que otro estaba soñándolo.

Ne pas être un homme, être la projection du rêve d'un autre homme, quelle humiliation incomparable, quel vertige! Tout père s'intéresse aux enfants qu'il a procréés (qu'il a permis) dans une pure confusion ou dans le bonheur; il est naturel que le magicien ait craint pour l'avenir de ce fils, pensé entraille par entraille et trait par trait, en mille et une nuits secrètes.

Le terme de ses réflexions fut brusque, mais il fut annoncé par quelques signes. D'abord (après une longue sécheresse) un nuage lointain sur une colline, léger comme un oiseau; puis, vers le Sud, le ciel qui avait la couleur rose de la gencive des léopards; puis les grandes fumées qui rouillèrent le métal des nuits; ensuite la fuite panique des bêtes. Car ce qui était arrivé il y a bien des siècles se répéta. Les ruines du sanctuaire du dieu du feu furent détruites par le feu. Dans une aube sans oiseaux le magicien vit fondre sur les murs l'incendie concentrique. Un instant, il pensa se réfugier dans les eaux, mais il comprit aussitôt que la mort venait couronner sa vieillesse et l'absoudre de ses travaux. Il marcha sur les lambeaux de feu. Ceux-ci ne mordirent pas sa chair, ils le caressèrent et l'inondèrent sans chaleur et sans combustion. Avec soulagement, avec humiliation, avec terreur, il comprit qu'il était lui aussi une apparence et qu'un autre était en train de le rêver.

LA LOTERÍA EN BABILONIA

Como todos los hombres de Babilonia, he sido procónsul; como todos, esclavo; también he conocido la omnipotencia, el aprobio, las cárceles. Miren: a mi mano derecha le falta el índice. Miren: por este desgarrón de la capa se ve en mi estómago un tatuaje bermejo: es el segundo símbolo, Beth. Esta letra, en las noches de luna llena, me confiere poder sobre los hombres cuya marca es Ghimel, pero me subordina a los de Aleph, que en las noches sin luna deben obediencia a los de Ghimel. En el crepúsculo del alba, en un sótano, he yugulado ante una piedra negra toros sagrados. Durante un año de la luna, he sido declarado invisible: gritaba y no me respondían, robaba el pan y no me decapitaban. He conocido lo que ignoran los griegos: la incertidumbre. En una cámara de bronce, ante el pañuelo silencioso del estrangulador, la esperanza me ha sido fiel; en el río de los deleites, el pánico.

LA LOTERIE À BABYLONE

Comme tous les hommes de Babylone, j'ai été proconsul ; comme eux tous, esclave ; j'ai connu comme eux tous l'omnipotence, l'opprobre, les prisons. Regardez : à ma main droite il manque l'index. Regardez : cette déchirure de mon manteau laisse voir sur mon estomac un tatouage vermeil ; c'est le deuxième symbole, Beth. Les nuits de pleine lune, cette lettre me donne le pouvoir sur les hommes dont la marque est Ghimel, mais elle me subordonne à ceux d'Aleph, qui dans les nuits sans lune doivent obéissance à ceux de Ghimel. Au crépuscule de l'aube, dans une cave, j'ai égorgé des taureaux sacrés devant une pierre noire. Toute une année de lune durant, j'ai été déclaré invisible : je criais et on ne me répondait pas, je volais le pain et je n'étais pas décapité. J'ai connu ce qu'ignorent les Grecs : l'incertitude. Dans une chambre de bronze, devant le mouchoir silencieux du strangulateur, l'espérance me fut fidèle ; dans le fleuve des délices, la panique.

Heraclides Póntico refiere con admiración que Pitágoras recordaba haber sido Pirro y antes Euforbo y antes algún otro mortal; para recordar vicisitudes análogas yo no preciso recurrir a la muerte ni aún a la impostura.

Debo esa variedad casi atroz a una institución que otras repúblicas ignoran o que obra en ellas de modo imperfecto y secreto: la lotería. No he indagado su historia; sé que los magos no logran ponerse de acuerdo; sé de sus poderosos propósitos lo que puede saber de la luna el hombre no versado en astrología. Soy de un país vertiginoso donde la lotería es parte principal de la realidad: hasta el día de hoy, he pensado tan poco en ella como en la conducta de los dioses indescifrables o de mi corazón. Ahora, lejos de Babilonia y de sus queridas costumbres, pienso con algún asombro en la lotería y en las conjeturas blasfemas que en el crepúsculo murmuran los hombres velados.

Mi padre refería que antiguamente —¿cuestión de siglos, de años?— la lotería en Babilonia era un juego de carácter plebeyo. Refería (ignoro si con verdad) que los barberos despachaban por monedas de cobre rectángulos de hueso o de pergamino adornados de símbolos. En pleno día se verificaba un sorteo: los agraciados recibían, sin otra corroboración del azar, monedas acuñadas de plata. El procedimiento era elemental, como ven ustedes.

Pythagore, si l'on en croit le récit émerveillé d'Héraclide du Pont[1], se souvenait d'avoir été Pyrrhus, et auparavant, Euphorbe, et avant Euphorbe encore quelque autre mortel; pour me remémorer d'analogues vicissitudes je n'ai point besoin d'avoir recours à la mort, ni même à l'imposture.

Je dois cette diversité presque atroce à une institution que d'autres républiques ignorent ou qui n'opère chez elles que de façon imparfaite et secrète : la loterie. Je n'en ai pas scruté son histoire : je sais que les magiciens restent là-dessus divisés; je sais de ses puissants desseins, ce que peut savoir de la lune l'homme non versé en astrologie. J'appartiens à un pays vertigineux, où la loterie est une part essentielle du réel; jusqu'au jour présent, j'avais pensé à elle aussi peu souvent qu'à la conduite des dieux indéchiffrables ou de mon propre cœur. Aujourd'hui, loin de Babylone et de ses chères coutumes, c'est avec quelque surprise que j'évoque la loterie et les conjectures blasphématoires que les hommes voilés murmurent au crépuscule.

Mon père me rapportait qu'autrefois — parlait-il d'années ou de siècles ? — la loterie était à Babylone un jeu de caractère plébéien. Il racontait, mais je ne sais s'il disait vrai, que les barbiers débitaient alors contre quelques monnaies de cuivre des rectangles d'os ou de parchemin ornés de symboles. Un tirage au sort s'effectuait en plein jour, et les favorisés recevaient, sans autre corroboration du hasard, des pièces d'argent frappées. Le procédé était rudimentaire, comme vous le voyez.

1. Héraclide le Pontique (vers 390-310) : philosophe d'Héraclée, dans le Pont, il fut un disciple de Platon.

Naturalmente, esas "loterías" fracasaron. Su virtud moral era nula. No se dirigían a todas las facultades del hombre: únicamente a su esperanza. Ante la indiferencia pública, los mercaderes que fundaron esas loterías venales comenzaron a perder el dinero. Alguien ensayó una reforma: la interpolación de unas pocas suertes adversas en el censo de números favorables. Mediante esa reforma, los compradores de rectángulos numerados corrían el doble albur de ganar una suma y de pagar una multa a veces cuantiosa. Ese leve peligro (por cada treinta números favorables había un número aciago) despertó, como es natural, el interés del público. Los babilonios se entregaron al juego. El que no adquiría suertes era considerado un pusilánime, un apocado. Con el tiempo, ese desdén justificado se duplicó. Era despreciado el que no jugaba, pero también eran despreciados los perdedores que abonaban la multa. La Compañía (así empezó a llamársela entonces) tuvo que velar por los ganadores, que no podían cobrar los premios si faltaba en las cajas el importe casi total de las multas. Entabló una demanda a los perdedores: el juez los condenó a pagar la multa original y las costas o a unos días de cárcel. Todos optaron por la cárcel, para defraudar a la Compañía. De esa bravata de unos pocos nace el todopoder de la Compañía: su valor eclesiástico, metafísico.

Poco después, los informes de los sorteos omitieron las enumeraciones de multas y se limitaron a publicar los días de prisión que designaba cada número adverso.

Naturellement, ces « loteries » échouèrent. Leur vertu morale était nulle. Elles ne s'adressaient pas à l'ensemble des facultés de l'homme, mais seulement à leur espérance. Devant l'indifférence publique, les marchands qui avaient mis sur pied ces loteries vénales commencèrent à perdre de l'argent. Une réforme fut tentée : l'intercalation d'un petit nombre de chances adverses dans la liste des nombres favorables. Grâce à cette réforme, les acheteurs de rectangles numérotés avaient la double chance de gagner une certaine somme ou de payer une amende parfois considérable. Ce léger danger (il y avait un numéro funeste tous les trente numéros favorables) éveilla naturellement l'intérêt du public. Les Babyloniens se livrèrent au jeu. Celui qui ne tentait pas sa chance était taxé de timidité, de pusillanimité. Avec le temps, ce dédain justifié se dédoubla : on méprisa non seulement celui qui ne jouait pas, mais aussi le perdant qui payait l'amende. La Compagnie (c'est le nom qu'on se mit alors à lui donner) dut prendre en main les intérêts des gagnants, qui ne pouvaient toucher leurs prix avant que n'eût été encaissé le montant presque total des amendes. Elle fit un procès aux perdants : le juge les condamna à l'amende originale plus les dépens, ou à quelques jours de prison. Tous optèrent pour la prison, pour mettre la Compagnie dans l'embarras. C'est de cette bravade d'une poignée d'hommes qu'est sortie la toute-puissance de la Compagnie, sa valeur ecclésiastique, métaphysique.

Peu après, les amendes disparurent des listes et on se borna à indiquer le nombre de jours de prison qui correspondait à chaque numéro néfaste.

Ese laconismo, casi inadvertido en su tiempo, fue de importancia capital. *Fue la primera aparición en la lotería de elementos no pecuniarios.* El éxito fue grande. Instada por los jugadores, la Compañía se vio precisada a aumentar los números adversos.

Nadie ignora que el pueblo de Babilonia es muy devoto de la lógica, y aun de la simetría. Era incoherente que los números faustos se computaran en redondas monedas y los infaustos en días y noches de cárcel. Algunos moralistas razonaron que la posesión de monedas no siempre determina la felicidad y que otras formas de la dicha son quizá más directas.

Otra inquietud cundía en los barrios bajos. Los miembros del colegio sacerdotal multiplicaban las puestas y gozaban de todas las vicisitudes del terror y de la esperanza; los pobres (con envidia razonable o inevitable) se sabían excluidos de ese vaivén, notoriamente delicioso. El justo anhelo de que todos, pobres y ricos, participasen por igual en la lotería, inspiró una indignada agitación, cuya memoria no han desdibujado los años. Algunos obstinados no comprendieron (o simularon no comprender) que se trataba de un orden nuevo, de una etapa histórica necesaria... Un esclavo robó un billete carmesí, que en el sorteo lo hizo acreedor a que le quemaran la lengua. El código fijaba esa misma pena para el que robaba un billete. Algunos babilonios argumentaban que merecía el hierro candente, en su calidad de ladrón; otros, magnánimos,

Ce laconisme, à quoi il avait d'abord été prêté peu d'attention, fut d'une importance capitale. *Ce fut la première apparition dans la loterie d'éléments non pécuniaires.* Grand fut le succès. Sous la pression des joueurs la Compagnie se voyait amenée à augmenter le nombre de chances contraires.

Nul n'ignore que le peuple de Babylone est très féru de logique, et même de symétrie. Il lui sembla incohérent que les chances favorables lui fussent comptées en rondes monnaies et les autres en jours et nuits de prison. Quelques moralistes firent remarquer que la possession de monnaies ne détermine pas toujours le bonheur et que la félicité compte peut-être d'autres formes plus directes...

Une autre inquiétude se répandait dans les bas quartiers. Les membres du collège sacerdotal multipliaient les paris et goûtaient toutes les vicissitudes de la terreur et de l'espérance ; les pauvres — avec une jalousie justifiée ou inévitable — se savaient exclus d'un va-et-vient si notoirement délicieux. La juste ambition que tous, riches et pauvres, pussent avoir un accès égal à la loterie inspira une agitation indignée dont les années n'ont pas affaibli le souvenir. Quelques obstinés ne comprirent pas — ou firent semblant de ne pas comprendre — qu'il s'agissait d'un ordre nouveau, d'une étape historique nécessaire... Un esclave vola un billet rouge carmin : d'après le tirage, le porteur du numéro devait avoir la langue brûlée. Mais le code fixait cette même peine pour les voleurs de billets. Certains Babyloniens exprimèrent alors que si l'homme méritait le fer rouge, c'était en sa qualité de voleur ; d'autres, magnanimes,

que el verdugo debía aplicárselo porque así lo había determinado el azar... Hubo disturbios, hubo efusiones lamentables de sangre; pero la gente babilónica impuso finalmente su voluntad, contra la oposición de los ricos. El pueblo consiguió con plenitud sus fines generosos. En primer término, logró que la Compañía aceptara la suma del poder público. (Esa unificación era necesaria, dada la vastedad y complejidad de las nuevas operaciones.) En segundo término, logró que la lotería fuera secreta, gratuita y general. Quedó abolida la venta mercenaria de suertes. Ya iniciado en los misterios de Bel, todo hombre libre automáticamente participaba en los sorteos sagrados, que se efectuaban en los laberintos del dios cada sesenta noches y que determinaban su destino hasta el otro ejercicio. Las consecuencias eran incalculables. Una jugada feliz podía motivar su elevación al concilio de magos o la prisión de un enemigo (notorio o íntimo) o el encontrar, en la pacífica tiniebla del cuarto, la mujer que empieza a inquietarnos o que no esperábamos rever; una jugada adversa: la mutilación, la variada infamia, la muerte. A veces un solo hecho —el tabernario asesinato de C, la apoteosis misteriosa de B— era la solución genial de treinta o cuarenta sorteos. Combinar las jugadas era difícil; pero hay que recordar que los individuos de la Compañía eran (y son) todopoderosos y astutos. En muchos casos, el conocimiento de que ciertas felicidades eran simple fábrica del azar, hubiera aminorado su virtud;

affirmèrent que le bourreau ne devait lui appliquer la peine que pour respecter les décisions du hasard... Il y eut des troubles et de lamentables effusions de sang ; mais le peuple babylonien finit par imposer fermement sa volonté, contre l'opposition des riches. Ses généreuses revendications triomphèrent. En premier lieu, il obtint que la Compagnie assumât la totalité du pouvoir public : cette unification était nécessaire, vu l'amplitude et la complexité des nouvelles opérations. En second lieu, il obtint que la loterie fût secrète, gratuite et générale. La vente mercenaire de chances fut abolie. Tout homme libre et déjà initié aux mystères de Bel participait automatiquement aux tirages sacrés, qui s'effectuaient dans les labyrinthes du dieu toutes les soixante nuits, et qui décidaient de son destin jusqu'au prochain exercice. Les conséquences étaient incalculables. Un coup heureux pouvait entraîner sa promotion au concile des mages, ou l'emprisonnement d'un ennemi notoire ou intime, ou la découverte, dans la ténèbre pacifique de la chambre, de la femme qui commence à nous inquiéter ou que nous n'espérions plus revoir ; un coup malheureux pouvait appeler sur lui la mutilation, l'infamie variée, la mort. Parfois un acte unique — l'assassinat public de C, la mystérieuse apothéose de B — était la géniale solution de trente ou quarante tirages. De pareilles combinaisons n'étaient pas aisées, mais il ne faut pas oublier que les membres de la Compagnie étaient — et sont — tout-puissants et pleins de ruse. Dans beaucoup de cas, la conviction que certaines joies étaient l'œuvre du hasard eût amoindri leur vertu ;

para eludir ese inconveniente, los agentes de la Compañía usaban de las sugestiones y de la magia. Sus pasos, sus manejos, eran secretos. Para indagar las íntimas esperanzas y los íntimos terrores de cada cual, disponían de astrólogos y de espías. Había ciertos leones de piedra, había una letrina sagrada llamada Qaphqa, había unas grietas en un polvoriento acueducto que, según opinión general, *daban a la Compañía;* las personas malignas o benévolas depositaban delaciones en esos sitios. Un archivo alfabético recogía esas noticias de variable veracidad.

Increíblemente, no faltaron murmuraciones. La Compañía, con su discreción habitual, no replicó directamente. Prefirió borrajear en los escombros de una fábrica de caretas un argumento breve, que ahora figura en las escrituras sagradas. Esa pieza doctrinal observaba que la lotería es una interpolación del azar en el orden del mundo y que aceptar errores no es contradecir el azar: es corroborarlo. Observaba asimismo que esos leones y ese recipiente sagrado, aunque no desautorizados por la Compañía (que no renunciaba al derecho de consultarlos), funcionaban sin garantía oficial.

Esa declaración apaciguó las inquietudes públicas. También produjo otros efectos, acaso no previstos por el autor. Modificó hondamente el espíritu y las operaciones de la Compañía.

pour parer à cet inconvénient, les agents de la Compagnie usaient de la suggestion et de la magie. Leurs démarches, leurs manœuvres, restaient secrètes. Pour connaître les intimes espoirs et les intimes terreurs de chacun, ils disposaient d'astrologues et d'espions. Il y avait certains lions de pierre, il y avait une latrine sacrée nommée Qaphqa[1], il y avait les crevasses d'un poussiéreux aqueduc qui, selon l'opinion générale, *donnaient sur la Compagnie ;* les personnes malignes ou bienveillantes déposaient là leurs dénonciations. Des archives alphabétiques recueillaient ces renseignements plus ou moins dignes de foi.

Chose incroyable, les médisances ne manquèrent pas. La Compagnie, avec sa discrétion habituelle, dédaigna d'y répondre directement. Elle préféra faire gribouiller sur les murs en ruine d'une fabrique de masques un bref argument qui figure à présent parmi les écritures sacrées. Cette pièce de doctrine observait que la loterie est une interpolation du hasard dans l'ordre du monde, et qu'accueillir des erreurs n'est pas contredire le hasard, mais le corroborer. Elle observait aussi que ces lions et que ce récipient sacré, bien que non désavoués par la Compagnie — qui ne se refusait pas le droit de les consulter —, fonctionnaient sans garantie officielle.

Cette déclaration apaisa les inquiétudes publiques. Elle produisit aussi d'autres effets que son auteur n'avait peut-être pas prévus. L'esprit et les opérations de la Compagnie s'en trouvèrent profondément modifiés.

---

1. En 1938, Borges a traduit et préfacé *La Métamorphose* de Franz Kafka à qui il voue une grande admiration.

Poco tiempo me queda; nos avisan que la nave está por zarpar; pero trataré de explicarlo.

Por inverosímil que sea, nadie había ensayado hasta entonces una teoría general de los juegos. El babilonio no es especulativo. Acata los dictámenes del azar, les entrega su vida, su esperanza, su terror pánico, pero no se le ocurre investigar sus leyes laberínticas, ni las esferas giratorias que lo revelan. Sin embargo, la declaración oficiosa que he mencionado inspiró muchas discusiones de carácter jurídico-matemático. De alguna de ellas nació la conjetura siguiente: Si la lotería es una intensificación del azar, una periódica infusión del caos en el cosmos ¿no convendría que el azar interviniera en todas las etapas del sorteo y no en una sola? ¿No es irrisorio que el azar dicte la muerte de alguien y que las circunstancias de esa muerte —la reserva, la publicidad, el plazo de una hora o de un siglo— no estén sujetas al azar? Esos escrúpulos tan justos provocaron al fin una considerable reforma, cuyas complejidades (agravadas por un ejercicio de siglos) no entienden sino algunos especialistas, pero que intentaré resumir, siquiera de modo simbólico.

Imaginemos un primer sorteo, que dicta la muerte de un hombre. Para su cumplimiento se procede a un otro sorteo, que propone (digamos) nueve ejecutores posibles. De esos ejecutores, cuatro pueden iniciar un tercer sorteo que dirá el nombre del verdugo,

Il me reste peu de temps : on nous avertit que le vaisseau va lever l'ancre ; je vais tâcher de m'expliquer rapidement.

Quelque invraisemblable que cela paraisse, personne n'avait tenté jusque-là une théorie générale des jeux. Les Babyloniens ne sont pas spéculatifs. Ils respectent les décisions du hasard, ils lui livrent leur vie, leur espoir, leur terreur panique, mais ils ne s'avisent pas d'interroger ses lois labyrinthiques, ni les sphères giratoires qui le révèlent. Cependant, la déclaration officieuse que j'ai rapportée inspira beaucoup de discussions de caractère juridico-mathématique. De l'une d'elles surgit la conjecture suivante : si la loterie est une intensification du hasard, une infusion périodique du chaos dans le cosmos, ne conviendrait-il pas que le hasard intervînt dans toutes les étapes du tirage et non pas dans une seule ? N'est-il pas dérisoire que le hasard dicte la mort de quelqu'un, mais que ne soient pas assujetties au même hasard les circonstances de cette mort : son caractère public ou réservé, le délai d'une heure ou d'un siècle ? De si justes scrupules provoquèrent enfin une réforme considérable dont les complexités, aggravées d'un exercice séculaire, ne sont peut-être intelligibles qu'à quelques spécialistes, mais que je tenterai de résumer, ne fût-ce que de manière symbolique.

Imaginons un premier tirage qui décrète la mort d'un homme. Pour l'exécution du verdict, on procède à un second tirage, qui propose — supposons — neuf agents possibles. De ces agents, quatre peuvent entreprendre un troisième tirage qui prononcera le nom du bourreau,

dos pueden reemplazar la orden adversa por una orden feliz (el encuentro de un tesoro, digamos), otro exacerbará la muerte (es decir la hará infame o la enriquecerá de torturas), otros pueden negarse a cumplirla... Tal es el esquema simbólico. En la realidad *el número de sorteos es infinito*. Ninguna decisión es final, todas se ramifican en otras. Los ignorantes suponen que infinitos sorteos requieren un tiempo infinito; en realidad basta que el tiempo sea infinitamente subdivisible, como lo enseña la famosa parábola del Certamen con la Tortuga. Esa infinitud condice de admirable manera con los sinuosos números del Azar y con el Arquetipo Celestial de la Lotería, que adoran los platónicos... Algún eco deforme de nuestros ritos parece haber retumbado en el Tíber: Elle Lamprido, en la *Vida de Antonino Heliogábalo*, refiere que este emperador escribía en conchas las suertes que destinaba a los convidados, de manera que uno recibía diez libras de oro y otro diez moscas, diez lirones, diez osos. Es lícito recordar que Heliogábalo se educó en el Asia Menor, entre los sacerdotes del dios epónimo.

También hay sorteos impersonales, de propósito indefinido: uno decreta que se arroje a las aguas del Éufrates un zafiro de Taprobana; otro, que desde el techo de una torre se suelte un pájaro; otro, que cada siglo se retire (o se añada) un grano de arena de los innumerables que hay en la playa. Las consecuencias son, a veces, terribles.

Bajo el influjo bienhechor de la Compañía, nuestras costumbres están saturadas de azar.

deux peuvent remplacer la sentence adverse par une sentence heureuse (par exemple la découverte d'un trésor), un autre pourra décréter l'exaspération du supplice en le rendant infâme ou en l'enrichissant de tortures, d'autres enfin peuvent se refuser à prendre une mesure quelconque. Tel est le schéma symbolique. En fait *le nombre de tirages est infini.* Aucune décision n'est finale, toutes se ramifient en d'autres. D'infinis tirages ne nécessitent pas, comme les ignorants le supposent, un temps infini; il suffit en réalité que le temps soit infiniment subdivisible, notion illustrée par la fameuse parabole de la Compétition avec la Tortue. Cette infinitude s'accorde d'admirable façon avec les sinueuses divinités du Hasard et avec l'archétype céleste de la Loterie, adoré par les platoniciens... Il semble qu'un écho difforme de nos rites ait retenti jusqu'au Tibre : Aelius Lempridius[1], dans sa *Vie d'Antonin Héliogabale,* rapporte que cet empereur écrivait sur des coquillages les chances qu'il destinait à ses invités, de sorte que tel d'entre eux recevait dix livres d'or et tel autre dix mouches, dix marmottes, dix ours. Qu'on me permette de rappeler ici qu'Héliogabale fut élevé en Asie Mineure, parmi les prêtres du dieu éponyme.

Il y a aussi des tirages impersonnels, d'une intention indéfinie; celui-ci ordonnera de jeter un saphir de Taprobane dans les eaux de l'Euphrate; cet autre, de lâcher un oiseau du haut d'une tour; cet autre, de retirer tous les siècles un grain de sable à la plage, ou de l'y ajouter. Les conséquences sont parfois terribles.

Sous l'influence bienfaisante de la Compagnie, nos coutumes sont saturées de hasard.

1. Aelius Lempridus (Lampride) : historien latin du IVe siècle.

El comprador de una docena de ánforas de vino damasceno no se maravillará si una de ellas encierra un talismán o una víbora; el escribano que redacta un contrato no deja casi nunca de introducir algún dato erróneo; yo mismo, en esta apresurada declaración, he falseado algún esplendor, alguna atrocidad. Quizá, también, alguna misteriosa monotonía... Nuestros historiadores, que son los más perspicaces del orbe, han inventado un método para corregir el azar; es fama que las operaciones de ese método son (en general) fidedignas; aunque, naturalmente, no se divulgan sin alguna dosis de engaño. Por lo demás, nada tan contaminado de ficción como la historia de la Compañía... Un documento paleográfico, exhumado en un templo, puede ser obra del sorteo de ayer o de un sorteo secular. No se publica un libro sin alguna divergencia entre cada uno de los ejemplares. Los escribas prestan juramento secreto de omitir, de interpolar, de variar. También se ejerce la mentira indirecta.

La Compañía, con modestia divina, elude toda publicidad. Sus agentes, como es natural, son secretos; las órdenes que imparte continuamente (quizá incesantemente) no difieren de las que prodigan los impostores. Además ¿quién podrá jactarse de ser un mero impostor? El ebrio que improvisa un mandato absurdo, el soñador que se despierta de golpe y ahoga con las manos a la mujer que duerme a su lado ¿no ejecutan, acaso, una secreta decisión de la Compañía? Ese funcionamiento silencioso, comparable al de Dios, provoca toda suerte de conjeturas.

L'acheteur d'une douzaine d'amphores de vin de Damas ne sera pas surpris que l'une d'elles contienne un talisman ou une vipère; le notaire qui rédige un contrat ne manque presque jamais d'y introduire quelque détail erroné; moi-même, au cours de cette hâtive déclaration, j'ai su défigurer certaines splendeurs, certaines atrocités; peut-être aussi certaines mystérieuses monotonies... Nos historiens, qui sont les plus perspicaces du globe, ont inventé une méthode pour dépister ces traditionnelles erreurs et pour corriger le hasard; on prétend que les résultats de leurs recherches sont, en général, dignes de foi; mais qu'ils ne sauraient naturellement être publiés sans une certaine dose de fausseté. Du reste, rien de plus contaminé de fiction que l'histoire elle-même de la Compagnie... Tel document paléographique, exhumé dans un temple, peut provenir du tirage d'hier comme d'un tirage séculaire. Aucun livre n'est publié sans quelque divergence entre chaque exemplaire. Les scribes prêtent le serment secret d'omettre, d'interpoler, de varier. Le mensonge indirect est également exercé.

La Compagnie, avec une modestie divine, évite toute publicité. Ses agents, comme il est naturel, sont secrets; les ordres qu'ils dictent de façon réitérée — et peut-être incessante — ne sont pas différents de ceux que prodiguent les imposteurs. Du reste, qui pourrait se vanter d'être un parfait imposteur? L'ivrogne qui improvise une injonction absurde, le rêveur qui brusquement s'éveille et étouffe de ses mains la femme qui dort à ses côtés, n'exécutent-ils pas, peut-être, quelque secrète décision de la Compagnie? Ce fonctionnement silencieux, comparable à celui de Dieu, provoque toute sorte de conjectures.

Alguna abominablemente insinúa que hace ya siglos que no existe la Compañía y que el sacro desorden de nuestras vidas es puramente hereditario, tradicional; otra la juzga eterna y enseña que perdurará hasta la última noche, cuando el último dios anonade el mundo. Otra declara que la Compañía es omnipotente, pero que sólo influye en cosas minúsculas: en el grito de un pájaro, en los matices de la herrumbre y del polvo, en los entresueños del alba. Otra, por boca de heresiarcas enmascarados, *que no ha existido nunca y no existirá*. Otra, no menos vil, razona que es indiferente afirmar o negar la realidad de la tenebrosa corporación, porque Babilonia no es otra cosa que un infinito juego de azares.

L'une d'elles insinue abominablement qu'il y a des siècles que la Compagnie n'existe plus et que le désordre sacré de nos vies est purement héréditaire, traditionnel ; une autre juge au contraire que la Compagnie est éternelle et professe qu'elle durera jusqu'à la dernière nuit, lorsque le dernier dieu anéantira le monde. Celle-ci affirme que la Compagnie est toute-puissante, mais que son champ d'influence est minuscule : le cri d'un oiseau, les nuances de la rouille et de la poussière, les demi-rêves du matin. Cette autre, par la bouche d'hérésiarques masqués, déclare qu'*elle n'a jamais existé et qu'elle n'existera jamais*. Une dernière, non moins ignoble, exprime qu'il est indifférent d'affirmer ou de nier la réalité de la ténébreuse corporation, parce que Babylone n'est rien d'autre qu'un infini jeu de hasards.

EXAMEN DE LA OBRA
DE HERBERT QUAIN

Herbert Quain ha muerto en Roscommon; he comprobado sin asombro que el Suplemento Literario del *Times* apenas le depara media columna de piedad necrológica, en la que no hay epíteto laudatorio que no esté corregido (o seriamente amonestado) por un adverbio. El *Spectator*, en su número pertinente, es sin duda menos lacónico y tal vez más cordial, pero equipara el primer libro de Quain —*The God of the Labyrinth*— a uno de Mrs. Agatha Christie y otros a los de Gertrude Stein: evocaciones que nadie juzgará inevitables y que no hubieran alegrado al difunto. Éste, por lo demás, no se creyó nunca genial; ni siquiera en las noches peripatéticas de conversación literaria, en las que el hombre que ya ha fatigado las prensas, juega invariablemente a ser Monsieur Teste o el doctor Samuel Johnson... Percibía con toda lucidez la condición experimental de sus libros: admirables tal vez por lo novedoso y por cierta lacónica probidad, pero no por las virtudes de la pasión. *Soy como las odas de Cowley*, me escribió desde Longford el seis de marzo de 1939.

EXAMEN DE L'ŒUVRE
D'HERBERT QUAIN

Herbert Quain est mort à Roscommon ; j'ai constaté sans étonnement que le « Supplément littéraire » du *Times* lui consacre à peine une demi-colonne de piété nécrologique, dans laquelle il n'y a pas une épithète laudative qui ne soit corrigée (ou sérieusement admonestée) par un adverbe. Le *Spectator,* dans son numéro pertinent, est sans doute moins laconique et peut-être plus cordial, mais il compare le premier livre de Quain — *The God of the Labyrinth* — à un livre de Mrs. Agatha Christie et d'autres à ceux de Gertrude Stein, évocations que personne ne jugera inévitables et qui n'auraient pas réjoui le défunt. Celui-ci, par ailleurs, ne s'est jamais cru génial ; pas même dans les soirées péripatéticiennes de conversation littéraire, au cours desquelles l'homme qui a déjà fatigué les presses, joue invariablement à être M. Teste ou le docteur Samuel Johnson... Il percevait avec une entière lucidité le caractère expérimental de ses livres : admirables peut-être par leur originalité et une certaine probité laconique, mais non par les vertus de la passion. « Je suis comme les odes de Cowley, m'écrivit-il de Longford le 6 mars 1939.

No pertenezco al arte, sino a la mera historia del arte. No había, para él, disciplina inferior a la historia.

He repetido una modestia de Herbert Quain; naturalmente, esa modestia no agota su pensamiento. Flaubert y Henry James nos han acostumbrado a suponer que las obras de arte son infrecuentes y de ejecución laboriosa; el siglo dieciséis (recordemos el *Viaje del Parnaso,* recordemos el destino de Shakespeare) no compartía esa desconsolada opinión. Herbert Quain, tampoco. Le parecía que la buena literatura es harto común y que apenas hay diálogo callejero que no la logre. También le parecía que el hecho estético no puede prescindir de algún elemento de asombro y que asombrarse de memoria es difícil. Deploraba con sonriente sinceridad "la servil y obstinada conservación" de libros pretéritos... Ignoro si su vaga teoría es justificable; sé que sus libros anhelan demasiado el asombro.

Deploro haber prestado a una dama, irreversiblemente, el primero que publicó. He declarado que se trata de una novela policial: *The God of the Labyrinth;* puedo agradecer que el editor la propuso a la venta en los últimos días de noviembre de 1933. En los primeros de diciembre, las agradables y arduas involuciones del *Siamese Twin Mystery* atarearon a Londres y a Nueva York; yo prefiero atribuir a esa coincidencia ruinosa el fracaso de la novela de nuestro amigo.

« Je n'appartiens pas à l'art, mais à la pure histoire de l'art. » Pour lui, il n'y avait pas de discipline inférieure à l'histoire.

J'ai reproduit un trait de modestie d'Herbert Quain ; naturellement, cette modestie n'épuise pas sa pensée. Flaubert et Henry James nous ont habitués à supposer que les œuvres d'art sont rares et d'une réalisation laborieuse ; le XVIe siècle (rappelons le *Voyage au Parnasse*[1], rappelons le destin de Shakespeare) ne partageait pas cette opinion désolante. Herbert Quain pas davantage. Il lui semblait que la bonne littérature est assez commune et que c'est à peine si le dialogue de la rue ne la vaut pas. Il lui semblait aussi que le fait esthétique ne saurait se passer de quelque élément de surprise, et qu'il est difficile d'être surpris de mémoire. Il déplorait avec une souriante sincérité « la conservation servile et obstinée » de livres du passé... J'ignore si sa vague théorie est justifiable ; je sais que ses livres recherchent trop la surprise.

Je déplore d'avoir prêté à une dame, irréversiblement, le premier livre qu'il publia. J'ai déclaré qu'il s'agit d'un roman policier, *The God of the Labyrinth* ; je peux ajouter que l'éditeur le proposa à la vente dans les derniers jours de novembre 1933. Les premiers jours de décembre, les involutions agréables et ardues du *Siamese Twin Mystery* affairèrent Londres et New York ; je préfère attribuer à cette coïncidence destructrice l'échec du roman de notre ami,

---

[1]. Ouvrage de Miguel de Cervantès écrit à la fin de sa vie, en 1614.

También (quiero ser del todo sincero) a su ejecución deficiente y a la vana y frígida pompa de ciertas descripciones del mar. Al cabo de siete años, me es imposible recuperar los pormenores de la acción; he aquí su plan; tal como ahora lo empobrece (tal como ahora lo purifica) mi olvido. Hay un indescifrable asesinato en las páginas iniciales, una lenta discusión en las intermedias, una solución en las últimas. Ya aclarado el enigma, hay un párrafo largo y retrospectivo que contiene esta frase: *Todos creyeron que el encuentro de los dos jugadores de ajedrez había sido casual*. Esa frase deja entender que la solución es errónea. El lector, inquieto, revisa los capítulos pertinentes y descubre *otra* solución, que es la verdadera. El lector de ese libro singular es más perspicaz que el *detective*.

Aun más heterodoxa es la "novela regresiva, ramificada" *April March*, cuya tercera (y única) parte es de 1936. Nadie, al juzgar esa novela, se niega a descubrir que es un juego; es lícito recordar que el autor no la consideró nunca otra cosa. *Yo reivindico para esa obra*, le oí decir, *los rasgos esenciales de todo juego: la simetría, las leyes arbitrarias, el tedio*. Hasta el nombre es un débil *calembour*: no significa *Marcha de abril* sino literalmente *Abril marzo*. Alguien ha percibido en sus páginas un eco de las doctrinas de Dunne; el prólogo de Quain prefiere evocar aquel inverso mundo de Bradley, en que la muerte precede al nacimiento y la cicatriz a la herida y la herida al golpe (*Appearance and Reality*, 1897,

ainsi qu'à sa réalisation déficiente (je veux être tout à fait sincère) et à la vaine et froide pompe de certaines descriptions de la mer. Au bout de sept ans, il m'est impossible de reconstituer les détails de l'action ; en voici le plan tel que mon oubli l'appauvrit maintenant (tel que maintenant il le purifie). Il y a un indéchiffrable assassinat dans les pages initiales, une lente discussion dans celles du milieu, une solution dans les dernières. Une fois l'énigme éclaircie, il y a un long paragraphe rétrospectif qui contient cette phrase : « Tout le monde crut que la rencontre des deux joueurs d'échecs avait été fortuite. » Cette phrase laisse entendre que la solution est erronée. Le lecteur, inquiet, revoit les chapitres pertinents et découvre *une autre* solution, la véritable. Le lecteur de ce livre singulier est plus perspicace que le *détective*.

Encore plus hétérodoxe est le « roman régressif, ramifié » *April March*, dont la troisième (et unique) partie est de 1936. Personne, en jugeant ce roman, ne se refuse à découvrir qu'il s'agit d'un jeu ; il est légitime de rappeler que l'auteur ne l'a jamais considéré autrement. « Je revendique pour cette œuvre, lui ai-je entendu dire, les traits essentiels de tout jeu : la symétrie, les lois arbitraires, l'ennui. » Le nom même est un faible « calembour » : il ne signifie pas « marche d'avril » mais littéralement « avril mars ». Quelqu'un a perçu dans ses pages un écho des doctrines de Dunne ; le prologue de Quain préfère évoquer ce monde inverse de Bradley[1], dans lequel la mort précède la naissance, la cicatrice précède la blessure et la blessure, le coup (*Appearance and reality*, 1897,

1. Francis H. Bradley (1846-1926) : philosophe anglais.

página 215)*. Los mundos que propone *April March* no son regresivos; lo es la manera de historiarlos. Regresiva y ramificada, como ya dije. Trece capítulos integran la obra. El primero refiere el ambiguo diálogo de unos desconocidos en un andén. El segundo refiere los sucesos de la víspera del primero. El tercero, también retrógrado, refiere los sucesos de *otra* posible víspera del primero; el cuarto, los de otra. Cada una de esas tres vísperas (que rigurosamente se excluyen) se ramifica en otras tres vísperas, de índole muy diversa. La obra total consta pues de nueve novelas; cada novela, de tres largos capítulos. (El primero es común a todas ellas, naturalmente.) De esas novelas, una es de carácter simbólico; otra, sobrenatural; otra, policial; otra, psicológica; otra, comunista; otra, anticomunista, etcétera. Quizá un esquema ayude a comprender la estructura.

---

* Ay de la erudición de Herbert Quain, ay de la página 215 de un libro de 1897. Un interlocutor del *Político*, de Platón, ya había descrito una regresión parecida: la de los Hijos de la Tierra o Autóctonos que, sometidos al influjo de una rotación inversa del cosmos, pasaron de la vejez a la madurez, de la madurez a la niñez, de la niñez a la desaparición y la nada. También Teopompo, en su *Filípica*, habla de ciertas frutas boreales que originan en quien las come, el mismo proceso retrógrado... Más interesante es imaginar una inversión del Tiempo: un estado en el que recordáramos el porvenir e ignoráramos, o apenas presintiéramos, el pasado. *Cf.* el canto décimo del *Infierno*, versos 97-102, donde se comparan la visión profética y la presbicia.

p. 215)*. Les mondes que propose *April March* ne sont pas régressifs ; ce qui l'est c'est la manière d'en raconter l'histoire. Régressive et ramifiée, comme je l'ai déjà dit. L'ouvrage comprend treize chapitres. Le premier rapporte le dialogue ambigu de quelques inconnus sur un quai. Le second rapporte les événements de la veille du premier. Le troisième, également rétrograde, rapporte les événements d'*une autre* veille possible du premier ; le quatrième, ceux d'une autre. Chacune de ces trois veilles (qui s'excluent rigoureusement) se ramifie en trois autres veilles, de caractère très différent. La totalité de l'ouvrage comporte donc neuf romans ; chaque roman, trois longs chapitres. (Le chapitre premier, naturellement, est commun à tous les romans.) De ces romans, l'un est de caractère symbolique ; un autre, surnaturel ; un autre, policier ; un autre, psychologique ; un autre, communiste ; un autre, anticommuniste, et caetera. Un schéma aidera peut-être à en comprendre la structure.

---

* Pauvre érudition que celle d'Herbert Quain, pauvre page 215 d'un livre de 1897. Un interlocuteur du *Politique* de Platon avait déjà décrit une régression du même genre : celle des Enfants de la Terre ou Autochtones qui, soumis à l'influence d'une rotation inverse du cosmos, passèrent de la vieillesse à la maturité, de la maturité à l'enfance, de l'enfance à la disparition et au néant. Théopompe également, dans sa *Philippique,* parle de certains fruits de l'hémisphère boréal, qui provoquent chez celui qui en mange le même processus rétrograde... Il est plus intéressant d'imaginer une inversion du temps : un état dans lequel nous nous rappellerions l'avenir et nous ignorerions, ou pressentirions à peine le passé. Cf. le chant X de l'*Enfer*, vers 97-102, où l'on compare la vision prophétique à la presbytie.

$$z \begin{cases} y1 \begin{cases} x1 \\ x2 \\ x3 \end{cases} \\ y2 \begin{cases} x4 \\ x5 \\ x6 \end{cases} \\ y3 \begin{cases} x7 \\ x8 \\ x9 \end{cases} \end{cases}$$

De esa estructura cabe repetir lo que declaró Schopenhauer de las doce categorías kantianas: todo lo sacrifica a un furor simétrico. Previsiblemente, alguno de los nueve relatos es indigno de Quain; el mejor no es el que originariamente ideó, el *x 4;* es el de naturaleza fantástica, el *x 9*. Otros están afeados por bromas lánguidas y por seudo precisiones inútiles. Quienes los leen en orden cronológico (verbigracia: *x 3, y 1, z*) pierden el sabor peculiar del extraño libro. Dos relatos —el *x 7*, el *x 8*— carecen de valor individual; la yuxtaposición les presta eficacia... No sé si debo recordar que ya publicado *April March,* Quain se arrepintió del orden ternario y predijo que los hombres que lo imitaran optarían por el binario

$$z \begin{cases} y1 \begin{cases} x1 \\ x2 \end{cases} \\ y2 \begin{cases} x3 \\ x4 \end{cases} \end{cases}$$

$$z \begin{cases} y1 \begin{cases} x1 \\ x2 \\ x3 \end{cases} \\ y2 \begin{cases} x4 \\ x5 \\ x6 \end{cases} \\ y3 \begin{cases} x7 \\ x8 \\ x9 \end{cases} \end{cases}$$

De cette structure il convient de répéter ce que Schopenhauer a déclaré à propos des douze catégories kantiennes : elle sacrifie tout à la rage de la symétrie. Comme il était à prévoir, un des neuf récits est indigne de Quain ; le meilleur n'est pas celui qu'il imagina en premier : *x 4,* mais celui de nature fantastique : *x 9.* D'autres sont gâtés par des plaisanteries languissantes et des pseudo-précisions inutiles. Ceux qui le lisent dans l'ordre chronologique (par exemple : *x 3, y 1, z*) perdent la saveur particulière de ce livre étrange. Deux récits — *x 7* et *x 8* — manquent de valeur individuelle ; leur juxtaposition fait leur efficacité... Je ne sais si je dois rappeler qu'une fois *April March* publié, Quain se repentit de l'ordre ternaire et prédit que les hommes qui l'imiteraient opteraient pour le binaire

$$z \begin{cases} y1 \begin{cases} x1 \\ x2 \end{cases} \\ y2 \begin{cases} x3 \\ x4 \end{cases} \end{cases}$$

y los demiurgos y los dioses por el infinito: infinitas historias, infinitamente ramificadas.

Muy diversa, pero retrospectiva también, es la comedia heroica en dos actos *The Secret Mirror*. En las obras ya reseñadas, la complejidad formal había entorpecido la imaginación del autor; aquí, su evolución es más libre. El primer acto (el más extenso) ocurre en la casa de campo del general Thrale, C.I.E., cerca de Melton Mowbray. El invisible centro de la trama es Miss Ulrica Thrale, la hija mayor del general. A través de algún diálogo la entrevemos, amazona y altiva; sospechamos que no suele visitar la literatura; los periódicos anuncian su compromiso con el duque de Rutland; los periódicos desmienten el compromiso. La venera un autor dramático, Wilfred Quarles; ella le ha deparado alguna vez un distraído beso. Los personajes son de vasta fortuna y de antigua sangre; los afectos, nobles aunque vehementes; el diálogo parece vacilar entre la mera vanilocuencia de Bulwer-Lytton y los epigramas de Wilde o de Mr. Philip Guedalla. Hay un ruiseñor y una noche; hay un duelo secreto en una terraza. (Casi del todo imperceptibles, hay alguna curiosa contradicción, hay pormenores sórdidos.) Los personajes del primer acto reaparecen en el segundo —con otros nombres. El "autor dramático" Wilfred Quarles es un comisionista de Liverpool; su verdadero nombre John William Quigley. Miss Thrale existe; Quigley nunca la ha visto, pero morbosamente colecciona retratos suyos del *Tatler* o del *Sketch*. Quigley es autor del primer acto.

et les démiurges et les dieux pour l'infini : histoires infinies, ramifiées à l'infini.

Très différente, mais rétrospective également, est la comédie héroïque en deux actes *The Secret Mirror*. Dans les ouvrages déjà résumés, la complexité formelle avait engourdi l'imagination de l'auteur ; ici, son évolution est plus libre. Le premier acte (le plus vaste) se passe dans la maison de campagne du général Thrale, C.I.E., près de Melton Mowbray. Le centre invisible de la trame est Miss Ulrica Thrale, la fille aînée du général. À travers un certain dialogue nous la devinons amazone et hautaine ; nous soupçonnons qu'elle n'a pas l'habitude de fréquenter la littérature ; les journaux annoncent ses fiançailles avec le duc de Rutland ; les journaux démentent ces fiançailles. Elle est vénérée par un auteur dramatique, Wilfred Quarles ; elle lui a accordé une fois un baiser distrait. Les personnages sont très fortunés et de vieille souche ; les sentiments, nobles quoique véhéments ; le dialogue semble hésiter entre la pure verbosité de Bulwer-Lytton et les épigrammes de Wilde ou de Mr. Philip Guedalla. Il y a un rossignol et une nuit : il y a un duel secret sur une terrasse. (Il y a quelque curieuse contradiction et des détails sordides presque complètement imperceptibles.) Les personnages du premier acte réapparaissent au second, sous d'autres noms. L'« auteur dramatique » Wilfred Quarles est un commissionnaire de Liverpool ; son vrai nom, John William Quigley. Miss Thrale existe ; Quigley ne l'a jamais vue, mais il collectionne morbidement ses portraits du *Tatler* ou du *Sketch*. Quigley est l'auteur du premier acte.

La inverosímil o improbable "casa de campo" es la pensión judeo-irlandesa en que vive, transfigurada y magnificada por él... La trama de los actos es paralela, pero en el segundo todo es ligeramente horrible, todo se posterga o se frustra. Cuando *The Secret Mirror* se estrenó, la crítica pronunció los nombres de Freud y de Julián Green. La mención del primero me parece del todo injustificada.

La fama divulgó que *The Secret Mirror* era una comedia freudiana; esa interpretación propicia (y falaz) determinó su éxito. Desgraciadamente, ya Quain había cumplido los cuarenta años; estaba aclimatado en el fracaso y no se resignaba con dulzura a un cambio de régimen. Resolvió desquitarse. A fines de 1939 publicó *Statements:* acaso el más original de sus libros, sin duda el menos alabado y el más secreto. Quain solía argumentar que los lectores eran una especie ya extinta. *No hay europeo* (razonaba) *que no sea un escritor, en potencia o en acto*. Afirmaba también que de las diversas felicidades que puede ministrar la literatura, la más alta era la invención. Ya que no todos son capaces de esa felicidad, muchos habrán de contentarse con simulacros. Para esos "imperfectos escritores", cuyo nombre es legión, Quain redactó los ocho relatos del libro *Statements*. Cada uno de ellos prefigura o promete un buen argumento, voluntariamente frustrado por el autor. Alguno —no el mejor— insinúa *dos* argumentos. El lector, distraído por la vanidad, cree haberlos inventado.

L'invraisemblable ou improbable « maison de campagne » est la pension judéo-irlandaise qu'il habite, transfigurée et exaltée par lui... La trame des actes est parallèle, mais au second tout est légèrement horrible, tout est différé ou échoue. À la première de *The Secret Mirror*, la critique prononça les noms de Freud et de Julien Green. La mention du premier me semble tout à fait injustifiée.

La renommée divulgua que *The Secret Mirror* était une comédie freudienne ; cette interprétation propice (et fallacieuse) en fit le succès. Malheureusement, Quain avait déjà atteint la quarantaine ; il s'était acclimaté dans l'échec et ne se résignait pas avec douceur à un changement de régime. Il décida de prendre sa revanche. À la fin de 1939, il publia *Statements* ; peut-être le plus original de ses livres, sans doute le moins loué et le plus secret. Quain se plaisait à argumenter que les lecteurs étaient une espèce déjà éteinte. « Il n'y a pas d'Européen (raisonnait-il) qui ne soit un écrivain en puissance ou en acte. » Il affirmait aussi que des divers bonheurs que peut procurer la littérature, le plus élevé était l'invention. Puisque tout le monde n'est pas capable de ce bonheur, beaucoup de gens devront se contenter de simulacres. C'est pour ces « écrivains imparfaits », qui sont légion, que Quain rédigea les huit récits du livre *Statements*. Chacun d'eux préfigure ou promet un bon argument volontairement gâché par l'auteur. L'un d'eux — non le meilleur — insinue *deux* arguments. Le lecteur, distrait par la vanité, croit les avoir inventés.

Del tercero, *The Rose of Yesterday*, yo cometí la ingenuidad de extraer *Las ruinas circulares*, que es una de las narraciones del libro *El jardín de senderos que se bifurcan*.

1941

Du troisième, *The Rose of Yesterday*, je commis l'ingénuité d'extraire *Les ruines circulaires*, un des récits du livre *Le jardin aux sentiers qui bifurquent*.

1941.

LA BIBLIOTECA DE BABEL

> « By this art you may contemplate the variation of the 23 letters... »
>
> *The Anatomy of Melancholy,*
> part. 2, sect. II, mem. IV.

El universo (que otros llaman la Biblioteca) se compone de un número indefinido, y tal vez infinito, de galerías hexagonales, con vastos pozos de ventilación en el medio, cercados por barandas bajísimas. Desde cualquier hexágono, se ven los pisos inferiores y superiores: interminablemente. La distribución de las galerías es invariable. Veinte anaqueles, a cinco largos anaqueles por lado, cubren todos los lados menos dos; su altura, que es la de los pisos, excede apenas la de un bibliotecario normal. Una de las caras libres da a un angosto zaguán, que desemboca en otra galería, idéntica a la primera y a todas. A izquierda y a derecha del zaguán hay dos gabinetes minúsculos.

---

1. *La bibliothèque de Babel* reprend un autre récit, *La bibliothèque totale*, publié en 1939 dans la revue argentine *SUR*.

LA BIBLIOTHÈQUE DE BABEL[1]

> « By this art you may contemplate the variation of the 23 letters... »
>
> *The Anatomy of Melancholy*[2],
> part 2, sect. II, mem. IV.

L'univers (que d'autres nomment la Bibliothèque) se compose d'un nombre indéfini, et peut-être infini, de galeries hexagonales, avec au centre de vastes puits d'aération bordés par des balustrades très basses. De chacun de ces hexagones on aperçoit les étages inférieurs et supérieurs, interminablement. La distribution des galeries est invariable. Vingt longues étagères, à raison de cinq par côté, couvrent tous les murs moins deux ; leur hauteur, qui est celle des étages eux-mêmes, ne dépasse guère la taille d'un bibliothécaire normalement constitué. Chacun des pans libres donne sur un étroit corridor, lequel débouche sur une autre galerie, identique à la première et à toutes. À droite et à gauche du couloir il y a deux cabinets minuscules.

---

2. « Par ce stratagème, vous pouvez contempler la variation des vingt-trois lettres... » (Robert Burton, *L'Anatomie de la mélancolie*).

Uno permite dormir de pie; otro, satisfacer las necesidades finales. Por ahí pasa la escalera espiral, que se abisma y se eleva hacia lo remoto. En el zaguán hay un espejo, que fielmente duplica las apariencias. Los hombres suelen inferir de ese espejo que la Biblioteca no es infinita (si lo fuera realmente ¿a qué esa duplicación ilusoria?); yo prefiero soñar que las superficies bruñidas figuran y prometen el infinito... La luz procede de unas frutas esféricas que llevan el nombre de lámparas. Hay dos en cada hexágono: transversales. La luz que emiten es insuficiente, incesante.

Como todos los hombres de la Biblioteca, he viajado en mi juventud; he peregrinado en busca de un libro, acaso del catálogo de catálogos; ahora que mis ojos casi no pueden descifrar lo que escribo, me preparo a morir a unas pocas leguas del hexágono en que nací. Muerto, no faltarán manos piadosas que me tiren por la baranda; mi sepultura será el aire insondable; mi cuerpo se hundirá largamente y se corromperá y disolverá en el viento engendrado por la caída, que es infinita. Yo afirmo que la Biblioteca es interminable. Los idealistas arguyen que las salas hexagonales son una forma necesaria del espacio absoluto o, por lo menos, de nuestra intuición del espacio. Razonan que es inconcebible una sala triangular o pentagonal. (Los místicos pretenden que el éxtasis les revela una cámara circular con un gran libro circular de lomo continuo,

L'un permet de dormir debout ; l'autre de satisfaire à ses gros besoins. À proximité passe l'escalier en colimaçon, qui s'abîme et s'élève à perte de vue. Dans le corridor il y a une glace, qui double fidèlement les apparences. Les hommes en tirent la conclusion que la Bibliothèque n'est pas infinie ; si elle l'était réellement, à quoi bon cette duplication illusoire ? Pour ma part, je préfère rêver que ces surfaces polies sont là pour figurer l'infini et pour le promettre... Des sortes de fruits sphériques appelés « lampes » assurent l'éclairage. Au nombre de deux par hexagone et placés transversalement, ces globes émettent une lumière insuffisante, incessante.

Comme tous les hommes de la Bibliothèque, j'ai voyagé dans ma jeunesse ; j'ai effectué des pérégrinations à la recherche d'un livre et peut-être du catalogue des catalogues ; maintenant que mes yeux sont à peine capables de déchiffrer ce que j'écris, je me prépare à mourir à quelques courtes lieues de l'hexagone où je suis né. Mort, il ne manquera pas de mains pieuses pour me jeter par-dessus la balustrade : mon tombeau sera l'air insondable ; mon corps s'enfoncera longuement, se corrompra, se dissoudra dans le vent engendré par la chute, qui est infinie. J'affirme que la Bibliothèque est interminable. Pour les idéalistes, les salles hexagonales sont une forme nécessaire de l'espace absolu, ou du moins de notre intuition de l'espace. Ils estiment qu'une salle triangulaire ou pentagonale serait inconcevable. (Quant aux mystiques, ils prétendent que l'extase leur révèle une chambre circulaire avec un grand livre également circulaire à dos continu,

que da toda la vuelta de las paredes; pero su testimonio es sospechoso; sus palabras, oscuras. Ese libro cíclico es Dios.) Básteme, por ahora, repetir el dictamen clásico: *La Biblioteca es una esfera cuyo centro cabal es cualquier hexágono, cuya circunferencia es inaccesible.*

A cada uno de los muros de cada hexágono corresponden cinco anaqueles: cada anaquel encierra treinta y dos libros de formato uniforme; cada libro es de cuatrocientas diez páginas; cada página, de cuarenta renglones; cada renglón, de unas ochenta letras de color negro. También hay letras en el dorso de cada libro; esas letras no indican o prefiguran lo que dirán las páginas. Sé que esa inconexión, alguna vez, pareció misteriosa. Antes de resumir la solución (cuyo descubrimiento, a pesar de sus trágicas proyecciones, es quizá el hecho capital de la historia) quiero rememorar algunos axiomas.

El primero: La Biblioteca existe *ab aeterno*. De esa verdad cuyo colorario inmediato es la eternidad futura del mundo, ninguna mente razonable puede dudar. El hombre, el imperfecto bibliotecario, puede ser obra del azar o de los demiurgos malévolos; el universo, con su elegante dotación de anaqueles, de tomos enigmáticos, de infatigables escaleras para el viajero y de letrinas para el bibliotecario sentado, sólo puede ser obra de un dios. Para percibir la distancia que hay entre lo divino y lo humano, basta comparar estos rudos símbolos trémulos que mi falible mano garabatea en la tapa de un libro,

qui fait le tour complet des murs ; mais leur témoignage est suspect, leurs paroles obscures : ce livre cyclique, c'est Dieu.) Qu'il me suffise, pour le moment, de redire la sentence classique : « La Bibliothèque est une sphère dont le centre véritable est un hexagone quelconque, et dont la circonférence est inaccessible. »

Chacun des murs de chaque hexagone porte cinq étagères ; chaque étagère contient trente-deux livres, tous de même format ; chaque livre a quatre cent dix pages ; chaque page, quarante lignes, et chaque ligne, environ quatre-vingts caractères noirs. Il y a aussi des lettres sur le dos de chaque livre ; ces lettres n'indiquent ni ne préfigurent ce que diront les pages : incohérence qui, je le sais, a parfois paru mystérieuse. Avant de résumer la solution (dont la découverte, malgré ses tragiques projections, est peut-être le fait capital de l'histoire) je veux rappeler quelques axiomes.

Premier axiome : la Bibliothèque existe *ab aeterno*. De cette vérité dont le corollaire immédiat est l'éternité future du monde, aucun esprit raisonnable ne peut douter. Il se peut que l'homme, que l'imparfait bibliothécaire, soit l'œuvre du hasard ou de démiurges malveillants ; l'univers, avec son élégante provision d'étagères, de tomes énigmatiques, d'infatigables escaliers pour le voyageur et de latrines pour le bibliothécaire assis, ne peut être que l'œuvre d'un dieu. Pour percevoir la distance qui sépare le divin de l'humain, il suffit de comparer ces symboles frustes et vacillants que ma faillible main griffonne sur la couverture d'un livre,

con las letras orgánicas del interior: puntuales, delicadas, negrísimas, inimitablemente simétricas.

El segundo: *El número de símbolos ortográficos es veinticinco**. Esa comprobación permitió, hace trescientos años, formular una teoría general de la Biblioteca y resolver satisfactoriamente el problema que ninguna conjetura había descifrado: la naturaleza informe y caótica de casi todos los libros. Uno, que mi padre vio en un hexágono del circuito quince noventa y cuatro, constaba de las letras M C V perversamente repetidas desde el renglón primero hasta el último. Otro (muy consultado en esta zona) es un mero laberinto de letras, pero la página penúltima dice *Oh tiempo tus pirámides*. Ya se sabe: por una línea razonable o una recta noticia hay leguas de insensatas cacofonías, de fárragos verbales y de incoherencias. (Yo sé de una región cerril cuyos bibliotecarios repudian la supersticiosa y vana costumbre de buscar sentido en los libros y la equiparan a la de buscarlo en los sueños o en las líneas caóticas de la mano... Admiten que los inventores de la escritura imitaron los veinticinco símbolos naturales, pero sostienen que esa aplicación es casual y que los libros nada significan en sí. Ese dictamen, ya veremos, no es del todo falaz.)

---

* El manuscrito original no contiene guarismos o mayúsculas. La puntuación ha sido limitada a la coma y al punto. Esos dos signos, el espacio y las veintidós letras del alfabeto son los veinticinco símbolos suficientes que enumera el desconocido. (*Nota del Editor.*)

avec les lettres organiques de l'intérieur : ponctuelles, délicates, d'un noir profond, inimitablement symétriques.

Deuxième axiome : « Le nombre des symboles orthographiques est de vingt-cinq*. » Ce fut cette observation qui permit, il y a quelque trois cents ans, de formuler une théorie générale de la Bibliothèque, et de résoudre de façon satisfaisante le problème que nulle conjecture n'avait pu déchiffrer : la nature informe et chaotique de presque tous les livres. L'un de ceux-ci, que mon père découvrit dans un hexagone du circuit quinze quatre-vingt-quatorze, comprenait les seules lettres M C V perversement répétées de la première à la dernière ligne. Un autre (très consulté dans ma zone) est un pur labyrinthe de lettres, mais à l'avant-dernière page on trouve cette phrase : « Ô temps tes pyramides. » Il n'est plus permis de l'ignorer : pour une ligne raisonnable, pour un renseignement exact, il y a des lieues et des lieues de cacophonies insensées, de galimatias et d'incohérences. (Je connais un district barbare où les bibliothécaires répudient comme superstitieuse et vaine l'habitude de chercher aux livres un sens quelconque, et la comparent à celle d'interroger les rêves ou les lignes chaotiques de la main... Ils admettent que les inventeurs de l'écriture ont imité les vingt-cinq symboles naturels, mais ils soutiennent que cette application est occasionnelle et que les livres ne veulent rien dire par eux-mêmes. Cette opinion, nous le verrons, n'est pas complètement fallacieuse.)

* Le manuscrit original du présent texte ne contient ni chiffres ni majuscules. La ponctuation a été limitée à la virgule et au point. Ces deux signes, l'espace et les vingt-deux lettres de l'alphabet sont les vingt-cinq symboles suffisants énumérés par l'inconnu. *(Note de l'éditeur.)*

Durante mucho tiempo se creyó que esos libros impenetrables correspondían a lenguas pretéritas o remotas. Es verdad que los hombres más antiguos, los primeros bibliotecarios, usaban un lenguaje asaz diferente del que hablamos ahora; es verdad que unas millas a la derecha la lengua es dialectal y que noventa pisos más arriba, es incomprensible. Todo eso, lo repito, es verdad, pero cuatrocientas diez páginas de inalterables M C V no pueden corresponder a ningún idioma, por dialectal o rudimentario que sea. Algunos insinuaron que cada letra podía influir en la subsiguiente y que el valor de M C V en la tercera línea de la página 71 no era el que puede tener la misma serie en otra posición de otra página, pero esa vaga tesis no prosperó. Otros pensaron en criptografías; universalmente esa conjetura ha sido aceptada, aunque no en el sentido en que la formularon sus inventores.

Hace quinientos años, el jefe de un hexágono superior * dio con un libro tan confuso como los otros, pero que tenía casi dos hojas de líneas homogéneas. Mostró su hallazgo a un descifrador ambulante, que le dijo que estaban redactadas en portugués; otros le dijeron que en yiddish.

---

* Antes, por cada tres hexágonos había un hombre. El suicidio y las enfermedades pulmonares han destruido esa proporción. Memoria de indecible melancolía: a veces he viajado muchas noches por corredores y escaleras pulidas sin hallar un solo bibliotecario.

La bibliothèque de Babel 157

On a cru pendant longtemps que ces livres impénétrables répondaient à des idiomes oubliés ou reculés. Il est vrai que les hommes les plus anciens, les premiers bibliothécaires, se servaient d'une langue fort différente de celle que nous parlons maintenant; il est vrai que quelques dizaines de milles à droite la langue devient dialectale, et quatre-vingt-dix étages plus haut, incompréhensible. Tout cela, je le répète, est exact, mais quatre cent dix pages d'inaltérables M C V ne peuvent correspondre à aucune langue, quelque dialectale ou rudimentaire qu'elle soit. D'aucuns insinuèrent que chaque lettre pouvait influer sur la suivante et que la valeur de M C V à la troisième ligne de la page 71 n'était pas celle de ce groupe à telle autre ligne d'une autre page, mais cette vague proposition ne prospéra point. D'autres envisagèrent qu'il s'agissait de cryptographies; c'est cette hypothèse qui a fini par prévaloir et par être universellement acceptée, bien que dans un sens différent du primitif.

Il y a cinq cents ans, le chef d'un hexagone supérieur* mit la main sur un livre aussi confus que les autres, mais qui avait deux pages, ou peu s'en faut, de lignes homogènes et vraisemblablement lisibles. Il montra sa trouvaille à un déchiffreur ambulant, qui lui dit qu'elles étaient rédigées en portugais; d'autres prétendirent que c'était du yiddish.

---

* Anciennement, il y avait un homme tous les trois hexagones. Le suicide et les maladies pulmonaires ont détruit cette proportion. Souvenir d'une indicible mélancolie : il m'est arrivé de voyager des nuits et des nuits à travers couloirs et escaliers polis sans rencontrer un seul bibliothécaire.

Antes de un siglo pudo establecerse el idioma: un dialecto samoyedo-lituano del guaraní, con inflexiones de árabe clásico. También se descifró el contenido: nociones de análisis combinatorio, ilustradas por ejemplos de variaciones con repetición ilimitada. Esos ejemplos permitieron que un bibliotecario de genio descubriera la ley fundamental de la Biblioteca. Este pensador observó que todos los libros, por diversos que sean, constan de elementos iguales: el espacio, el punto, la coma, las veintidós letras del alfabeto. También alegó un hecho que todos los viajeros han confirmado: *No hay, en la vasta Biblioteca, dos libros idénticos*. De esas premisas incontrovertibles dedujo que la Biblioteca es total y que sus anaqueles registran todas las posibles combinaciones de los veintitantos símbolos ortográficos (número, aunque vastísimo, no infinito) o sea todo lo que es dable expresar: en todos los idiomas. Todo: la historia minuciosa del porvenir, las autobiografías de los arcángeles, el catálogo fiel de la Biblioteca, miles y miles de catálogos falsos, la demostración de la falacia de esos catálogos, la demostración de la falacia del catálogo verdadero, el evangelio gnóstico de Basílides, el comentario de ese evangelio, el comentario del comentario de ese evangelio, la relación verídica de tu muerte, la versión de cada libro a todas las lenguas, las interpolaciones de cada libro en todos los libros, el tratado que Beda pudo escribir (y no escribió) sobre la mitología de los sajones, los libros perdidos de Tácito.

Moins d'un siècle plus tard, l'idiome exact était établi : il s'agissait d'un dialecte lituanien du samoyède-guarani, avec des inflexions d'arabe classique. Le contenu fut également déchiffré : c'étaient des notions d'analyse combinatoire, illustrées par des exemples de variables à répétition illimitée. Ces exemples permirent à un bibliothécaire de génie de découvrir la loi fondamentale de la Bibliothèque. Ce penseur observa que tous les livres, quelque divers qu'ils soient, comportent des éléments égaux : l'espace, le point, la virgule, les vingt-deux lettres de l'alphabet. Il fit également état d'un fait que tous les voyageurs ont confirmé : *il n'y a pas, dans la vaste Bibliothèque, deux livres identiques*. De ces prémisses incontroversables il déduisit que la Bibliothèque est totale, et que ses étagères consignent toutes les combinaisons possibles des vingt et quelques symboles orthographiques (nombre, quoique très vaste, non infini), c'est-à-dire tout ce qu'il est possible d'exprimer, dans toutes les langues. Tout : l'histoire minutieuse de l'avenir, les autobiographies des archanges, le catalogue fidèle de la Bibliothèque, des milliers et des milliers de catalogues mensongers, la démonstration de la fausseté de ces catalogues, la démonstration de la fausseté du catalogue véritable, l'évangile gnostique de Basilide, le commentaire de cet évangile, le commentaire du commentaire de cet évangile, le récit véridique de ta mort, la traduction de chaque livre en toutes les langues, les interpolations de chaque livre dans tous les livres ; le traité que Beda ne put écrire (et n'écrivit pas) sur la mythologie des Saxons, ainsi que les livres perdus de Tacite.

Cuando se proclamó que la Biblioteca abarcaba todos los libros, la primera impresión fue de extravagante felicidad. Todos los hombres se sintieron señores de un tesoro intacto y secreto. No había problema personal o mundial cuya elocuente solución no existiera: en algún hexágono. El universo estaba justificado, el universo bruscamente usurpó las dimensiones ilimitadas de la esperanza. En aquel tiempo se habló mucho de las Vindicaciones: libros de apología y de profecía, que para siempre vindicaban los actos de cada hombre del universo y guardaban arcanos prodigiosos para su porvenir. Miles de codiciosos abandonaron el dulce hexágono natal y se lanzaron escaleras arriba, urgidos por el vano propósito de encontrar su Vindicación. Esos peregrinos disputaban en los corredores estrechos, proferían oscuras maldiciones, se estrangulaban en las escaleras divinas, arrojaban los libros engañosos al fondo de los túneles, morían despeñados por los hombres de regiones remotas. Otros se enloquecieron... Las Vindicaciones existen (yo he visto dos que se refieren a personas del porvenir, a personas acaso no imaginarias) pero los buscadores no recordaban que la posibilidad de que un hombre encuentre la suya, o alguna pérfida variación de la suya, es computable en cero.

También se esperó entonces la aclaración de los misterios básicos de la humanidad: el origen de la Biblioteca y del tiempo. Es verosímil que esos graves misterios puedan explicarse en palabras:

Quand on proclama que la Bibliothèque comprenait tous les livres, la première réaction fut un bonheur extravagant. Tous les hommes se sentirent maîtres d'un trésor intact et secret. Il n'y avait pas de problème personnel ou mondial dont l'éloquente solution n'existât quelque part : dans quelque hexagone. L'univers se trouvait justifié, l'univers avait brusquement usurpé les dimensions illimitées de l'espérance. En ce temps-là, on parla beaucoup des Justifications : livres d'apologie et de prophétie qui justifiaient à jamais les actes de chaque homme et réservaient à son avenir de prodigieux secrets. Des milliers d'impatients abandonnèrent le doux hexagone natal et se ruèrent à l'assaut des escaliers, poussés par l'illusoire dessein de trouver leur Justification. Ces pèlerins se disputaient dans les corridors étroits, proféraient d'obscures malédictions, s'étranglaient entre eux dans les escaliers divins, jetaient au fond des tunnels les livres trompeurs, périssaient précipités par les hommes des régions reculées. D'autres perdirent la raison... On ne peut nier que les Justifications existent (j'en connais moi-même deux qui concernent des personnages futurs, des personnages non imaginaires peut-être), mais les chercheurs ne s'avisaient pas que la probabilité pour un homme de trouver la sienne, ou même quelque perfide variante de la sienne, approche de zéro.

On espérait aussi, vers la même époque, l'éclaircissement des mystères fondamentaux de l'humanité : l'origine de la Bibliothèque et du Temps. Il n'est pas invraisemblable que ces graves mystères puissent s'expliquer à l'aide des seuls mots humains :

si no basta el lenguaje de los filósofos, la multiforme Biblioteca habrá producido el idioma inaudito que se requiere y los vocabularios y gramáticas de ese idioma. Hace ya cuatro siglos que los hombres fatigan los hexágonos... Hay buscadores oficiales, *inquisidores*. Yo los he visto en el desempeño de su función: llegan siempre rendidos; hablan de una escalera sin peldaños que casi los mató; hablan de galerías y de escaleras con el bibliotecario; alguna vez, toman el libro más cercano y lo hojean, en busca de palabras infames. Visiblemente, nadie espera descubrir nada.

A la desaforada esperanza, sucedió, como es natural, una depresión excesiva. La certidumbre de que algún anaquel en algún hexágono encerraba libros preciosos y de que esos libros preciosos eran inaccesibles, pareció casi intolerable. Una secta blasfema sugirió que cesaran las buscas y que todos los hombres barajaran letras y símbolos, hasta construir, mediante un improbable don del azar, esos libros canónicos. Las autoridades se vieron obligadas a promulgar órdenes severas. La secta desapareció, pero en mi niñez he visto hombres viejos que largamente se ocultaban en las letrinas, con unos discos de metal en un cubilete prohibido, y débilmente remedaban el divino desorden.

Otros, inversamente, creyeron que lo primordial era eliminar las obras inútiles. Invadían los hexágonos, exhibían credenciales no siempre falsas, hojeaban con fastidio un volumen y condenaban anaqueles enteros: a su furor higiénico, ascético, se debe la insensata perdición de millones de libros.

si la langue des philosophes ne suffit pas, la multiforme Bibliothèque aura produit la langue inouïe qu'il y faut, avec les vocabulaires et les grammaires de cette langue. Voilà déjà quatre siècles que les hommes fatiguent les hexagones... Il y a des chercheurs officiels, des *inquisiteurs*. Je les ai vus dans l'exercice de leur fonction : ils arrivent toujours harassés ; ils parlent d'un escalier sans marches qui manqua leur rompre le cou, ils parlent de galeries et de couloirs avec le bibliothécaire ; parfois, ils prennent le livre le plus proche et le parcourent, en quête de mots infâmes. Visiblement, aucun d'eux n'espère rien découvrir.

À l'espoir éperdu succéda, comme il est naturel, une dépression excessive. La certitude que quelque étagère de quelque hexagone enfermait des livres précieux, et que ces livres précieux étaient inaccessibles, sembla presque intolérable. Une secte blasphématoire proposa d'interrompre les recherches et de mêler lettres et symboles jusqu'à ce qu'on parvînt à reconstruire, moyennant une faveur imprévue du hasard, ces livres canoniques. Les autorités se virent obligées à promulguer des ordres sévères. La secte disparut ; mais dans mon enfance j'ai vu de vieux hommes qui se cachaient longuement dans les latrines avec des disques de métal au fond d'un cornet prohibé, et qui faiblement singeaient le divin désordre.

D'autres, à l'inverse, estimèrent que l'essentiel était d'éliminer les œuvres inutiles. Ils envahissaient les hexagones, exhibant des permis quelquefois authentiques, feuilletaient avec ennui un volume et condamnaient des étagères entières : c'est à leur fureur hygiénique, ascétique, que l'on doit la perte insensée de millions de volumes.

Su nombre es execrado, pero quienes deploran los "tesoros" que su frenesí destruyó, negligen dos hechos notorios. Uno: la Biblioteca es tan enorme que toda reducción de origen humano resulta infinitesimal. Otro: cada ejemplar es único, irreemplazable, pero (como la Biblioteca es total) hay siempre varios centenares de miles de facsímiles imperfectos: de obras que no difieren sino por una letra o por una coma. Contra la opinión general, me atrevo a suponer que las consecuencias de las depredaciones cometidas por los Purificadores, han sido exageradas por el horror que esos fanáticos provocaron. Los urgía el delirio de conquistar los libros del Hexágono Carmesí: libros de formato menor que los naturales; omnipotentes, ilustrados y mágicos.

También sabemos de otra superstición de aquel tiempo: la del Hombre del Libro. En algún anaquel de algún hexágono (razonaron los hombres) debe existir un libro que sea la cifra y el compendio perfecto *de todos los demás:* algún bibliotecario lo ha recorrido y es análogo a un dios. En el lenguaje de esta zona persisten aún vestigios del culto de ese funcionario remoto. Muchos peregrinaron en busca de Él. Durante un siglo fatigaron en vano los más diversos rumbos. ¿Cómo localizar el venerado hexágono secreto que lo hospedaba? Alguien propuso un método regresivo: Para localizar el libro A, consultar previamente un libro B que indique el sitio de A; para localizar el libro B, consultar previamente un libro C, y así hasta lo infinito...

Leur nom est exécré, mais ceux qui pleurent sur les « trésors » anéantis par leur frénésie négligent deux faits notoires. En premier lieu, la Bibliothèque est si énorme que toute mutilation d'origine humaine ne saurait être qu'infinitésimale. En second lieu, si chaque exemplaire est unique et irremplaçable, il y a toujours, la Bibliothèque étant totale, plusieurs centaines de milliers de fac-similés presque parfaits qui ne diffèrent du livre correct que par une lettre ou par une virgule. Contre l'opinion générale, je me permets de supposer que les conséquences des déprédations commises par les Purificateurs ont été exagérées par l'horreur qu'avait soulevée leur fanatisme. Ils étaient habités par le délire de conquérir les livres chimériques de l'*Hexagone cramoisi* : livres de format réduit, tout-puissants, illustrés et magiques.

Une autre superstition de ces âges est arrivée jusqu'à nous : celle de l'Homme du Livre. Sur quelque étagère de quelque hexagone, raisonnait-on, il doit exister un livre qui est la clé et le résumé parfait *de tous les autres :* il y a un bibliothécaire qui a pris connaissance de ce livre et qui est semblable à un dieu. Dans la langue de cette zone persistent encore des traces du culte voué à ce lointain fonctionnaire. Beaucoup de pèlerinages s'organisèrent à sa recherche, qui un siècle durant battirent vainement les plus divers horizons. Comment localiser le vénérable et secret hexagone qui l'abritait ? Quelqu'un proposa une méthode régressive : pour localiser le livre A, on consulterait au préalable le livre B qui indiquerait la place de A ; pour localiser le livre B, on consulterait au préalable le livre C, et ainsi jusqu'à l'infini...

En aventuras de ésas, he prodigado y consumido mis años. No me parece inverosímil que en algún anaquel del universo haya un libro total*; ruego a los dioses ignorados que un hombre —¡uno solo, aunque sea, hace miles de años!— lo haya examinado y leído. Si el honor y la sabiduría y la felicidad no son para mí, que sean para otros. Que el cielo exista, aunque mi lugar sea el infierno. Que yo sea ultrajado y aniquilado, pero que en un instante, en un ser, Tu enorme Biblioteca se justifique.

Afirman los impíos que el disparate es normal en la Biblioteca y que lo razonable (y aun la humilde y pura coherencia) es una casi milagrosa excepción. Hablan (lo sé) de "la Biblioteca febril, cuyos azarosos volúmenes corren el incesante albur de cambiarse en otros y que todo lo afirman, lo niegan y lo confunden como una divinidad que delira". Esas palabras que no sólo denuncian el desorden sino que lo ejemplifican también, notoriamente prueban su gusto pésimo y su desesperada ignorancia. En efecto, la Biblioteca incluye todas las estructuras verbales, todas las variaciones que permiten los veinticinco símbolos ortográficos, pero no un solo disparate absoluto. Inútil observar que el mejor volumen de los muchos hexágonos que administro se titula *Trueno peinado,* y otro *El calambre de yeso* y otro *Axaxaxas mlö*.

---

* Lo repito: basta que un libro sea posible para que exista. Sólo está excluido lo imposible. Por ejemplo: ningún libro es también una escalera, aunque sin duda hay libros que discuten y niegan y demuestran esa posibilidad y otros cuya estructura corresponde a la de una escalera.

C'est en de semblables aventures que j'ai moi-même prodigué mes forces, usé mes ans. Il est certain que dans quelque étagère de l'univers ce livre total doit exister*; je supplie les dieux ignorés qu'un homme — ne fût-ce qu'un seul, il y a des milliers d'années! — l'ait eu entre les mains, et l'ait lu. Si l'honneur, la sagesse et la joie ne sont pas pour moi, qu'ils soient pour d'autres. Que le ciel existe, même si ma place est l'enfer. Que je sois outragé et anéanti, pourvu qu'en un être, en un instant, Ton énorme Bibliothèque se justifie.

Les impies affirment que le non-sens est la règle dans la Bibliothèque et que les passages raisonnables, ou seulement de la plus humble cohérence, constituent une exception quasi miraculeuse. Ils parlent, je le sais, de « cette fiévreuse Bibliothèque dont les hasardeux volumes courent le risque incessant de se muer en d'autres et qui affirment, nient et confondent tout comme une divinité en délire ». Ces paroles, qui non seulement dénoncent le désordre mais encore l'illustrent, prouvent notoirement un goût détestable et une ignorance sans remède. En effet, la Bibliothèque comporte toutes les structures verbales, toutes les variations que permettent les vingt-cinq symboles orthographiques, mais point un seul non-sens absolu. Inutile d'observer que les meilleurs volumes parmi les nombreux hexagones que j'administre ont pour titre *Tonnerre coiffé*, *La crampe de plâtre*, et *Axaxaxas mlö*.

---

* Je le répète : il suffit qu'un livre soit concevable pour qu'il existe. Ce qui est impossible est seul exclu. Par exemple : aucun livre n'est aussi une échelle, bien que sans doute il y ait des livres qui discutent, qui nient et qui démontrent cette possibilité, et d'autres dont la structure a quelque rapport avec celle d'une échelle.

Esas proposiciones, a primera vista incoherentes, sin duda son capaces de una justificación criptográfica o alegórica; esa justificación es verbal y, *ex hypothesi*, ya figura en la Biblioteca. No puedo combinar unos caracteres

dhcmrlchtdj

que la divina Biblioteca no haya previsto y que en alguna de sus lenguas secretas no encierren un terrible sentido. Nadie puede articular una sílaba que no esté llena de ternuras y de temores; que no sea en alguno de esos lenguajes el nombre poderoso de un dios. Hablar es incurrir en tautologías. Esta epístola inútil y palabrera ya existe en uno de los treinta volúmenes de los cinco anaqueles de uno de los incontables hexágonos —y también su refutación. (Un número *n* de lenguajes posibles usa el mismo vocabulario; en algunos, el símbolo *biblioteca* admite la correcta definición *ubicuo y perdurable sistema de galerías hexagonales*, pero *biblioteca* es *pan* o *pirámide* o cualquier otra cosa, y las siete palabras que la definen tienen otro valor. Tú, que me lees, ¿estás seguro de entender mi lenguaje?)

La escritura metódica me distrae de la presente condición de los hombres. La certidumbre de que todo está escrito nos anula o nos afantasma. Yo conozco distritos en que los jóvenes se prosternan ante los libros y besan con barbarie las páginas, pero no saben descifrar una sola letra.

1 Marie-Elisabeth Wrede faisant le portrait de Borges, Buenos Aires, 1945. Collection J.-P. Bernès, Paris.
2 Portrait de J. L. Borges par Marie-Elisabeth Wrede en frontispice de l'édition originale de *Ficciones*, 1944. Collection particulière.

3

« J'avais vu auparavant, au musée du Prado, le célèbre tableau de Vélasquez, *Les Ménines* : le peintre lui-même figure au fond de la toile, exécutant le double portrait de Philippe IV et de sa femme, qui sont hors de la toile mais qu'un miroir reflète [...]
À ce procédé pictural qui consiste à insérer un tableau dans un tableau, correspond en littérature l'interpolation d'une fiction à l'intérieur d'une autre fiction. » (« Quand la fiction vit dans la fiction », Borges, *Œuvres complètes* t. I, Bibliothèque de la Pléiade, p. 1222).

3 Vélasquez : *Les Ménines ou la famille de Philippe IV* (détail), 1656. Musée du Prado, Madrid.

4 Couverture de l'édition originale de *Ficciones*, Ed. Sur, Buenos Aires, 1944. Collection particulière.

5 Couverture de l'édition originale de *El Jardín de senderos que se bifurcan*, Ed. Sur, Buenos Aires, 1941. Collection particulière.

6 *Fictions* dans l'édition Gallimard, collection NRF La Croix du Sud dirigée par Roger Caillois.

« C'est à la conjonction d'un miroir et d'une encyclopédie que je dois la découverte d'Uqbar [...] Ce soir-là Bioy Casares avait dîné avec moi. »
7, 8, 9 Bioy Casares et Borges, photographies de Gisèle Freund.

« Le contact et la fréquentation de Tlön ont désintégré ce monde. »
10 Ruines de la « Holland House » à Kensington, Londres, vers 1940.

« C'est une réimpression littérale, mais également fastidieuse, de l'*Encyclopaedia Britannica* de 1902. »
11 Volumes de l'*Encyclopaedia Britannica*, Bibliothèque nationale, Buenos Aires.

11

12

« Comme tous les hommes de Babylone, j'ai été proconsul ; comme eux tous, esclave ; j'ai connu comme eux tous l'omnipotence, l'opprobre, les prisons. »
12   Friedrich Wilhelm Lucas : *La destruction de la Tour de Babel*, d'après un tableau détruit de John Martin, 1830-1831. Bibliothèque royale Albert Ier, Bruxelles.

« Sur quelque étagère de quelque hexagone, raisonnait-on, il doit exister un livre qui est la clef et le résumé parfait *de tous les autres...* »
13   « Les neuf ordres des anges et leurs noms placés en forme de croix », *in* Raban Maur, *Louanges de la Sainte Croix*, Bibliothèque nationale, Paris.

« Il savait que ce temple était le lieu requis pour son invincible dessein... »
14   Antique forteresse mexicaine, dessin de Castaneda illustrant le *Voyage au Mexique du Capitaine Dupaix*, Paris, 1834. Bibliothèque nationale, Paris.

13

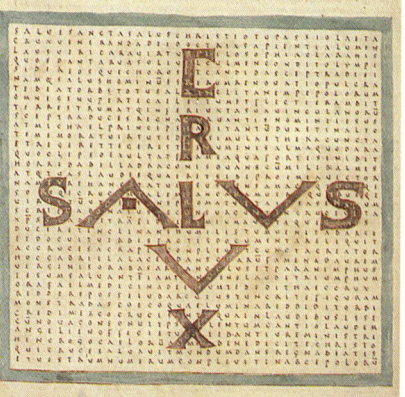

14

15

« Le texte de Cervantès et celui de Ménard sont verbalement identiques, mais le second est presque infiniment plus riche. [...] Comparer le *Don Quichotte* de Ménard à celui de Cervantès est une révélation. »
15 Cervantès, *Don Quichotte*, frontispice, gravure d'après Gustave Doré.

« L'univers (que d'autres appellent la Bibliothèque) se compose d'un nombre indéfini, et peut-être infini, de galeries hexagonales... »
16 *Les Miroirs divins*, gravure en frontispice de A. Kircher, *Ars Magne*, Rome, 1646. Bibliothèque nationale, Paris.
17 *Les Prisons*, gravure de Piranèse. Bibliothèque nationale, Paris.

16

17

« ... la propriété de Triste-le-Roy abondait en symétries inutiles... »
« Une des habitudes de sa mémoire était l'image des eucalyptus embaumés et de la longue demeure rose, qui jadis fut cramoisie. »
18 L'hôtel *Las Delicias* à Adrogué où la famille Borges avait l'habitude de passer les vacances d'été.

« ... un des hérésiarques d'Uqbar avait déclaré que les miroirs et la copulation étaient abominables, parce qu'ils multipliaient le nombre des hommes. »
19 École de Fontainebleau (XVIe siècle), Portrait de Diane de Poitiers. Kunstmuseum, Bâle.

« ... il n'y a guère de groupe humain où ne figurent pas de partisans du Phénix... »
20 « Le Phénix renaît de ses cendres », miniature turque. Bibliothèque nationale, Paris.

19

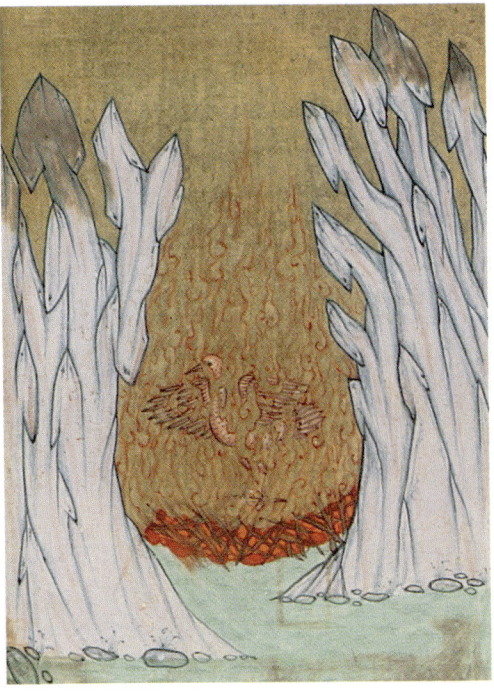

20

21 « Haydée Lange et Jorge avec la barbe ! » photographie annotée par la mère de Borges en 1939, après l'accident à la tête qui devait inspirer la nouvelle *Le Sud*. À cette époque, sa vue s'affaiblit considérablement. Collection J. Helft.
22 Photographie prise en 1931. Collection J. Helft.
« Ma déplorable condition d'Argentin m'empêchera de tomber dans le dithyrambe — genre obligatoire en Uruguay quand il s'agit de quelqu'un du pays. »

À partir de 1931, Borges fait partie du comité de rédaction de la revue *Sur* fondée par Victoria Ocampo, « l'une des femmes les plus belles et les plus distinguées de toute l'Argentine » qui était au centre de la vie culturelle à Buenos Aires.

23 Villa Ocampo, maison de Victoria Ocampo à Buenos Aires.
24 J.L. Borges, San Isidro, Buenos Aires, 1943, photographie de Gisèle Freund.

25

« De son coin, le vieux gaucho extatique, en qui Dahlmann voyait un symbole du Sud (de ce Sud, qui était le sien), lui lança un poignard, la lame nue, qui vint tomber à ses pieds. C'était comme si le Sud avait décidé que Dahlmann accepterait le duel. »
25   Pedro Figari : *Duel créole*. Museo Municipal Blanes, Montevideo.

« La plaine, aux derniers instants du soleil, était presque abstraite ; comme vue en rêve. Un point s'agita à l'horizon et grandit jusqu'à devenir un cavalier qui venait, ou paraissait venir, à cette maison. »
26   Photographie d'un album de voyage en Argentine, vers 1930. Bibliothèque nationale, Paris.

27   Pedro Figari, *Triptyque : Apothéose*. Museo Municipal Blanes, Montevideo.

26

27

« Peu avant sa mort, il s'aperçoit que le patient labyrinthe de traits forme l'image de son propre visage. »
28   J.L. Borges au café *Les Deux Magots*, Paris, octobre 1980.

Crédits photographiques

1, 2, 4, 5, 6, 18, 21, 22 : P. Horvais/Éditions Gallimard. 3 : Artephot/Oronoz. 7, 8, 9, 24 : Gisèle Freund. 10 : RCHME Crown, Londres. 11, *Couverture* : Philippe Ariagno. 12 : Bibliothèque royale Albert Ier, Bruxelles. 13 à 17, 20, 26 : Bibliothèque nationale, Paris. 19 : Artephot/Hinz. 23 : Guillermo Vilela. 25, 27 : Union Latine, Paris-Testoni Studios D.R. 28 : Pepe Fernandez.

Ces propositions, incohérentes à première vue, sont indubitablement susceptibles d'une justification cryptographique ou allégorique; pareille justification est verbale, et, *ex hypothesi*, figure d'avance dans la Bibliothèque. Je ne puis combiner une série de caractères, par exemple

dhcmrlchtdj

que la divine Bibliothèque n'ait déjà prévue, et qui dans quelqu'une de ses langues secrètes ne renferme une signification terrible. Personne ne peut articuler une syllabe qui ne soit pleine de tendresses et de terreurs, qui ne soit dans l'un de ces langages le nom puissant d'un dieu. Parler, c'est tomber dans la tautologie. Cette inutile et prolixe épître que j'écris existe déjà dans l'un des trente volumes des cinq étagères de l'un des innombrables hexagones — et sa réfutation aussi. (Un nombre *n* de langages possibles se sert du même vocabulaire; dans tel ou tel lexique, le symbole « Bibliothèque » recevra la définition correcte « système universel et permanent de galeries hexagonales », mais « Bibliothèque » signifiera « pain » ou « pyramide », ou toute autre chose, les sept mots de la définition ayant un autre sens. Toi, qui me lis, es-tu sûr de comprendre ma langue?)

L'écriture méthodique me distrait heureusement de la présente condition des hommes. La certitude que tout est écrit nous annule ou fait de nous des fantômes... Je connais des districts où les jeunes gens se prosternent devant les livres et posent sur leurs pages de barbares baisers, sans être capables d'en déchiffrer une seule lettre.

Las epidemias, las discordias heréticas, las peregrinaciones que inevitablemente degeneran en bandolerismo, han diezmado la población. Creo haber mencionado los suicidios, cada año más frecuentes. Quizá me engañen la vejez y el temor, pero sospecho que la especie humana —la única— está por extinguirse y que la Biblioteca perdurará: iluminada, solitaria, infinita, perfectamente inmóvil, armada de volúmenes preciosos, inútil, incorruptible, secreta.

Acabo de escribir *infinita*. No he interpolado ese adjetivo por una costumbre retórica; digo que no es ilógico pensar que el mundo es infinito. Quienes lo juzgan limitado, postulan que en lugares remotos los corredores y escaleras y hexágonos pueden inconcebiblemente cesar —lo cual es absurdo. Quienes lo imaginan sin límites, olvidan que los tiene el número posible de libros. Yo me atrevo a insinuar esta solución del antiguo problema: *La biblioteca es ilimitada y periódica*. Si un eterno viajero la atravesara en cualquier dirección, comprobaría al cabo de los siglos que los mismos volúmenes se repiten en el mismo desorden (que, repetido, sería un orden: el Orden). Mi soledad se alegra con esa elegante esperanza*.

Mar del Plata, 1941.

---

* Letizia Álvarez de Toledo ha observado que la vasta Biblioteca es inútil; en rigor, bastaría *un solo volumen*, de formato común, impreso en cuerpo nueve o en cuerpo diez, que constara de un número infinito de hojas infinitamente delgadas. (Cavalieri a principios del siglo XVII, dijo que todo cuerpo sólido es la superposición de un número infinito de planos.) El manejo de ese *vademecum* sedoso no sería cómodo: cada hoja aparente se desdoblaría en otras análogas; la inconcebible hoja central no tendría revés.

Les épidémies, les discordes hérétiques, les pèlerinages qui dégénèrent inévitablement en brigandages, ont décimé la population. Je crois avoir mentionné les suicides, chaque année plus fréquents. Peut-être suis-je égaré par la vieillesse et la crainte, mais je soupçonne que l'espèce humaine — la seule qui soit — est près de s'éteindre, tandis que la Bibliothèque subsistera : éclairée, solitaire, infinie, parfaitement immobile, armée de volumes précieux, inutile, incorruptible, secrète.

Je viens d'écrire « infinie ». Je n'ai pas intercalé cet adjectif par entraînement rhétorique ; je dis qu'il n'est pas illogique de penser que le monde est infini. Le juger limité, c'est postuler qu'en quelque endroit reculé les couloirs, les escaliers, les hexagones peuvent disparaître — ce qui est inconcevable, absurde. L'imaginer sans limite, c'est oublier que n'est point sans limite le nombre de livres possibles. Antique problème où j'insinue cette solution : « La Bibliothèque est illimitée et périodique. » S'il y avait un voyageur éternel pour la traverser dans un sens quelconque, les siècles finiraient par lui apprendre que les mêmes volumes se répètent toujours dans le même désordre — qui, répété, deviendrait un ordre : l'Ordre. Ma solitude se console à cet élégant espoir*.

Mar del Plata, 1941.

---

* Letizia Álvarez de Toledo a observé que cette vaste Bibliothèque était inutile : il suffirait en dernier ressort *d'un seul volume*, de format ordinaire, imprimé en corps neuf ou en corps dix, et comprenant un nombre infini de feuilles infiniment minces. (Cavalieri, au commencement du XVIIe siècle, voyait dans tout corps solide la superposition d'un nombre infini de plans.) Le maniement de ce soyeux vademecum ne serait pas aisé : chaque feuille apparente se dédoublerait en d'autres ; l'inconcevable page centrale n'aurait pas d'envers.

EL JARDÍN DE SENDEROS
QUE SE BIFURCAN

A Victoria Ocampo.

En la página 242 de la *Historia de la Guerra Europea* de Liddell Hart, se lee que una ofensiva de trece divisiones británicas (apoyadas por mil cuatrocientas piezas de artillería) contra la línea Serre-Montauban había sido planeada para el veinticuatro de julio de 1916 y debió postergarse hasta la mañana del día veintinueve. Las lluvias torrenciales (anota el capitán Liddell Hart) provocaron esa demora — nada significativa, por cierto. La siguiente declaración, dictada, releída y firmada por el doctor Yu Tsun, antiguo catedrático de inglés en la *Hochschule* de Tsingtao, arroja una insospechada luz sobre el caso. Faltan las dos páginas iniciales.

"...y colgué el tubo. Inmediatamente después, reconocí la voz que había contestado en alemán. Era la del capitán Richard Madden.

LE JARDIN AUX SENTIERS
QUI BIFURQUENT

À Victoria Ocampo[1].

À la page 22 de l'*Histoire de la guerre européenne* de Liddell Hart[2], on lit qu'une offensive de treize divisions britanniques (appuyées par mille quatre cents pièces d'artillerie) contre la ligne Serre-Montauban avait été projetée pour le 24 juillet 1916 et dut être remise au matin du 29. Ce sont les pluies torrentielles (note le capitaine Liddell Hart) qui provoquèrent ce retard — certes, nullement significatif. La déclaration suivante, dictée, relue et signée par le docteur Yu Tsun, ancien professeur d'anglais à la *Hochschule* de Tsingtao, projette une lumière insoupçonnée sur cette affaire. Les deux pages initiales manquent.

« ... et je raccrochai. Immédiatement après, je reconnus la voix qui avait répondu en allemand. C'était celle du capitaine Richard Madden.

---

1. Victoria Ocampo (1890-1979) : fondatrice en 1931 de la revue *SUR*, dont Borges fut l'un des plus constants et des plus éminents collaborateurs.
2. Cette œuvre de B. H. Liddell Hart est l'une de celles que Borges a le plus lues et annotées.

Madden, en el departamento de Viktor Runeberg, quería decir el fin de nuestros afanes y —pero eso parecía muy secundario, o *debía parecérmelo*— también de nuestras vidas. Quería decir que Runeberg había sido arrestado, o asesinado *. Antes que declinara el sol de ese día, yo correría la misma suerte. Madden era implacable. Mejor dicho, estaba obligado a ser implacable. Irlandés a las órdenes de Inglaterra, hombre acusado de tibieza y tal vez de traición ¿cómo no iba a abrazar y agradecer este milagroso favor: el descubrimiento, la captura, quizá la muerte, de dos agentes del Imperio Alemán? Subí a mi cuarto; absurdamente cerré la puerta con llave y me tiré de espaldas en la estrecha cama de hierro. En la ventana estaban los tejados de siempre y el sol nublado de las seis. Me pareció increíble que ese día sin premoniciones ni símbolos fuera el de mi muerte implacable. A pesar de mi padre muerto, a pesar de haber sido un niño en un simétrico jardín de Hai Feng ¿yo, ahora, iba a morir? Después reflexioné que todas las cosas le suceden a uno precisamente, precisamente ahora. Siglos de siglos y sólo en el presente ocurren los hechos; innumerables hombres en el aire, en la tierra y el mar, y todo lo que realmente pasa me pasa a mí... El casi intolerable recuerdo del rostro acaballado de Madden abolió esas divagaciones.

* Hipótesis odiosa y estrafalaria. El espía prusiano Hans Rabener alias Viktor Runeberg agredió con una pistola automática al portador de la orden de arresto, capitán Richard Madden. Éste, en defensa propia, le causó heridas que determinaron su muerte. *(Nota del Editor.)*

Madden, dans l'appartement de Viktor Runeberg, cela signifiait la fin de nos angoisses et aussi — mais cela paraissait très secondaire, ou *devait me le paraître* — de nos vies. Cela voulait dire que Runeberg avait été arrêté ou assassiné*. Avant que le soleil de ce jour-là ait décliné, j'aurais le même sort. Madden était implacable. Ou plutôt, il était obligé d'être implacable. Irlandais aux ordres de l'Angleterre, accusé de tiédeur et peut-être de trahison, comment n'allait-il pas profiter et être reconnaissant de cette faveur miraculeuse : la découverte, la capture, peut-être l'exécution de deux agents de l'Empire allemand ? Je montai dans ma chambre ; je fermai absurdement la porte à clé et m'allongeai sur mon étroit lit de fer. Par la fenêtre je voyais les toits de toujours et le soleil embrumé de six heures. Il me parut incroyable que ce jour sans prémonitions ni symboles fût celui de ma mort implacable. Malgré la mort de mon père, malgré mon enfance passée dans un jardin symétrique de Haï Feng, allais-je maintenant mourir, moi aussi ? Puis, je pensai que tout nous arrive précisément, précisément maintenant. Des siècles de siècles et c'est seulement dans le présent que les faits se produisent ; des hommes innombrables dans les airs, sur terre et sur mer, et tout ce qui se passe réellement c'est ce qui m'arrive à moi... Le souvenir presque intolérable du visage chevalin de Madden effaça ces divagations.

---

* Hypothèse odieuse et extravagante. L'espion prussien Hans Rabener surnommé Viktor Runeberg attaqua avec un revolver automatique le porteur de l'ordre d'arrestation, le capitaine Richard Madden. Celui-ci pour se défendre lui fit des blessures qui occasionnèrent sa mort. *(Note de l'éditeur.)*

En mitad de mi odio y de mi terror (ahora no me importa hablar de terror: ahora que he burlado a Richard Madden, ahora que mi garganta anhela la cuerda) pensé que ese guerrero tumultuoso y sin duda feliz no sospechaba que yo poseía el Secreto. El nombre del preciso lugar del nuevo parque de artillería británico sobre el Ancre. Un pájaro rayó el cielo gris y ciegamente lo traduje en un aeroplano y a ese aeroplano en muchos (en el cielo francés) aniquilando el parque de artillería con bombas verticales. Si mi boca, antes que la deshiciera un balazo, pudiera gritar ese nombre de modo que lo oyeran en Alemania... Mi voz humana era muy pobre. ¿Cómo hacerla llegar al oído del Jefe? Al oído de aquel hombre enfermo y odioso, que no sabía de Runeberg y de mí sino que estábamos en Staffordshire y que en vano esperaba noticias nuestras en su árida oficina de Berlín, examinando infinitamente periódicos... Dije en voz alta: *Debo huir*. Me incorporé sin ruido, en una inútil perfección de silencio, como si Madden ya estuviera acechándome. Algo —tal vez la mera ostentación de probar que mis recursos eran nulos— me hizo revisar mis bolsillos. Encontré lo que sabía que iba a encontrar. El reloj norteamericano, la cadena de níquel y la moneda cuadrangular, el llavero con las comprometedoras llaves inútiles del departamento de Runeberg, la libreta, una carta que resolví destruir inmediatamente (y que no destruí), el falso pasaporte, una corona, dos chelines y unos peniques, el lápiz rojo-azul, el pañuelo,

Au milieu de ma haine et de ma terreur (peu m'importe à présent de parler de terreur; à présent que j'ai bafoué Richard Madden, à présent que ma gorge souhaite la corde) j'ai pensé que ce guerrier tumultueux et sans doute heureux ne soupçonnait pas que je possédais le Secret. Le nom du lieu précis du nouveau parc d'artillerie britannique sur l'Ancre. Un oiseau raya le ciel gris et je le traduisis aveuglément en un aéroplane et celui-ci en un grand nombre d'aéroplanes (dans le ciel français) anéantissant le parc d'artillerie avec des bombes verticales. Si ma bouche, avant d'être fracassée par une balle, pouvait crier ce nom de sorte qu'on l'entendît en Allemagne... Ma voix humaine était bien pauvre. Comment la faire parvenir à l'oreille du Chef ? À l'oreille de cet homme malade et odieux, qui savait seulement de Runeberg et de moi que nous étions dans le Staffordshire et qui attendait en vain de nos nouvelles dans son bureau aride de Berlin, en examinant infiniment les journaux... Je dis à haute voix : « Je dois fuir. » Je me redressai sans bruit, dans un silence inutilement parfait, comme si Madden me guettait déjà. Quelque chose — peut-être le pur désir de me prouver ostensiblement que mes ressources étaient nulles — me fit passer mes poches en revue. J'y trouvai ce que je savais y trouver. Ma montre nord-américaine, sa chaîne de nickel avec sa pièce de monnaie quadrangulaire, le trousseau avec les clés compromettantes et inutiles de l'appartement de Runeberg, mon carnet, une lettre que je décidai de détruire immédiatement (et que je ne détruisis pas), le faux passeport, une couronne, deux shillings et quelques pence, mon crayon rouge et bleu, mon mouchoir,

el revólver con una bala. Absurdamente lo empuñé y sopesé para darme valor. Vagamente pensé que un pistoletazo puede oírse muy lejos. En diez minutos mi plan estaba maduro. La guía telefónica me dio el nombre de la única persona capaz de transmitir la noticia: vivía en un suburbio de Fenton, a menos de media hora de tren.

Soy un hombre cobarde. Ahora lo digo, ahora que he llevado a término un plan que nadie no calificará de arriesgado. Yo sé que fue terrible su ejecución. No lo hice por Alemania, no. Nada me importa un país bárbaro, que me ha obligado a la abyección de ser un espía. Además, yo sé de un hombre de Inglaterra —un hombre modesto— que para mí no es menos que Goethe. Arriba de una hora no hablé con él, pero durante una hora fue Goethe... Lo hice, porque yo sentía que el Jefe tenía en poco a los de mi raza— a los innumerables antepasados que confluyen en mí. Yo quería probarle que un amarillo podía salvar a sus ejércitos. Además, yo debía huir del capitán. Sus manos y su voz podían golpear en cualquier momento a mi puerta. Me vestí sin ruido, me dije adiós en el espejo, bajé, escudriñé la calle tranquila y salí. La estación no distaba mucho de casa, pero juzgué preferible tomar un coche. Argüí que así corría menos peligro de ser reconocido; el hecho es que en la calle desierta me sentía visible y vulnerable, infinitamente. Recuerdo que le dije al cochero que se detuviera un poco antes de la entrada central. Bajé con lentitud voluntaria y casi penosa; iba a la aldea de Ashgrove,

mon revolver chargé d'une balle. Je le pris absurdement et le soupesai pour me donner du courage. Je pensai vaguement qu'on peut entendre de très loin un coup de revolver. En dix minutes mon plan était mûr. L'annuaire du téléphone me donna le nom de la seule personne capable de transmettre le renseignement : elle habitait un faubourg de Fenton, à moins d'une demi-heure de train.

« Je suis un lâche. Je le dis maintenant, maintenant que j'ai réalisé un plan que personne ne pourra pas qualifier de risqué. Je sais que l'exécution de ce plan fut terrible. Je n'ai pas fait cela pour l'Allemagne, non. Peu m'importe un pays barbare qui m'a contraint à l'abjection d'être un espion. En outre, je connais un Anglais — un homme modeste — qui n'est pas moins que Goethe pour moi. Je n'ai pas parlé plus d'une heure avec lui, mais, pendant une heure, il fut Goethe... J'ai fait cela, parce que je sentais que le Chef méprisait les gens de ma race — les innombrables ancêtres qui confluent en moi. Je voulais lui prouver qu'un jaune pouvait sauver ses armées. En outre, je devais fuir le capitaine. Ses mains et sa voix pouvaient frapper à ma porte d'un moment à l'autre. Je m'habillai sans bruit, me dis adieu dans le miroir, descendis, scrutai la rue tranquille, et je sortis. La gare n'était pas loin de chez moi, mais je jugeai préférable de prendre une voiture. De cette façon, argumentais-je, le risque d'être reconnu était moindre ; le fait est que, dans la rue déserte, je me sentais infiniment visible et vulnérable. Je me rappelle que je dis au cocher de s'arrêter un peu avant l'entrée centrale. Je descendis avec une lenteur voulue et presque pénible ; j'allais au village d'Ashgrove,

pero saqué un pasaje para una estación más lejana. El tren salía dentro de muy pocos minutos, a las ocho y cincuenta. Me apresuré; el próximo saldría a las nueve y media. No había casi nadie en el andén. Recorrí los coches: recuerdo unos labradores, una enlutada, un joven que leía con fervor los *Anales* de Tácito, un soldado herido y feliz. Los coches arrancaron al fin. Un hombre que reconocí corrió en vano hasta el límite del andén. Era el capitán Richard Madden. Aniquilado, trémulo, me encogí en la otra punta del sillón, lejos del temido cristal.

De esa aniquilación pasé a una felicidad casi abyecta. Me dije que ya estaba empeñado mi duelo y que yo había ganado el primer asalto, al burlar, siquiera por cuarenta minutos, siquiera por un favor del azar, el ataque de mi adversario. Argüí que esa victoria mínima prefiguraba la victoria total. Argüí que no era mínima, ya que sin esa diferencia preciosa que el horario de trenes me deparaba, yo estaría en la cárcel, o muerto. Argüí (no menos sofísticamente) que mi felicidad cobarde probaba que yo era hombre capaz de llevar a buen término la aventura. De esa debilidad saqué fuerzas que no me abandonaron. Preveo que el hombre se resignará cada día a empresas más atroces; pronto no habrá sino guerreros y bandoleros; les doy este consejo: *El ejecutor de una empresa atroz debe imaginar que ya la ha cumplido, debe imponerse un porvenir que sea irrevocable como el pasado.* Así procedí yo, mientras mis ojos de hombre ya muerto registraban la fluencia de aquel día que era tal vez el último,

mais je pris un billet pour une gare plus éloignée. Le train partait dans quelques minutes, à huit heures cinquante. Je me hâtai ; le prochain partirait à neuf heures et demie. Il n'y avait presque personne sur le quai. Je parcourus les voitures : je me rappelle quelques paysans, une femme en deuil, un jeune homme qui lisait avec ferveur les *Annales* de Tacite, un soldat blessé et heureux. Les voitures démarrèrent enfin. Un homme que je reconnus courut en vain jusqu'à la limite du quai. C'était le capitaine Richard Madden. Anéanti, tremblant, je me blottis à l'autre bout de la banquette, loin de la vitre redoutable.

« De cet anéantissement je passai à un bonheur presque abject. Je me dis que le duel était engagé et que j'avais remporté la première manche en déjouant du moins pour quarante minutes, du moins par une faveur du hasard, l'attaque de mon adversaire. J'en conclus que cette victoire minime préfigurait la victoire totale. J'en conclus qu'elle n'était pas minime, puisque, sans cette différence précieuse que m'accordait l'horaire des trains, je serais en prison, ou mort. J'en conclus (non moins sophistiquement) que mon lâche bonheur prouvait que j'étais homme à bien mener cette aventure. Je trouvai dans cette faiblesse des forces qui ne m'abandonnèrent pas. Je prévois que l'homme se résignera à des entreprises de plus en plus atroces ; bientôt il n'y aura que des guerriers et des bandits ; je leur donne ce conseil : " Celui qui se lance dans une entreprise atroce doit s'imaginer qu'il l'a déjà réalisée, il doit s'imposer un avenir irrévocable comme le passé. " C'est ainsi que je procédai, pendant que mes yeux d'homme déjà mort interrogeaient ce jour qui s'écoulait, peut-être le dernier,

y la difusión de la noche. El tren corría con dulzura, entre fresnos. Se detuvo, casi en medio del campo. Nadie gritó el nombre de la estación. *¿Ashgrove?* les pregunté a unos chicos en el andén. *Ashgrove*, contestaron. Bajé.

Una lámpara ilustraba el andén, pero las caras de los niños quedaban en la zona de sombra. Uno me interrogó: *¿Ud. va a casa del doctor Stephen Albert?* Sin aguardar contestación, otro dijo: *La casa queda lejos de aquí, pero Ud. no se perderá si toma ese camino a la izquierda y en cada encrucijada del camino dobla a la izquierda.* Les arrojé una moneda (la última), bajé unos escalones de piedra y entré en el solitario camino. Éste, lentamente, bajaba. Era de tierra elemental, arriba se confundían las ramas, la luna baja y circular parecía acompañarme.

Por un instante, pensé que Richard Madden había penetrado de algún modo mi desesperado propósito. Muy pronto comprendí que eso era imposible. El consejo de siempre doblar a la izquierda me recordó que tal era el procedimiento común para descubrir el patio central de ciertos laberintos. Algo entiendo de laberintos: no en vano soy bisnieto de aquel Ts'ui Pên, que fue gobernador de Yunnan y que renunció al poder temporal para escribir una novela que fuera todavía más populosa que el *Hung Lu Meng* y para edificar un laberinto en el que se perdieran todos los hombres. Trece años dedicó a esas heterogéneas fatigas,

et la nuit qui s'épanchait. Le train roulait doucement entre des frênes. Il s'arrêta, presque en pleine campagne. Personne ne cria le nom de la gare. " Ashgrove ? " demandai-je à des enfants sur le quai. " Ashgrove ", répondirent-ils. Je descendis.

« Une lampe éclairait le quai, mais les visages des enfants restaient dans la zone d'ombre. L'un d'eux me demanda : " Vous allez chez le professeur Stephen Albert ? " Sans attendre de réponse, un autre dit : " La maison est loin d'ici, mais vous ne vous perdrez pas si vous prenez ce chemin à gauche et si, à chaque carrefour, vous tournez à gauche. " Je leur jetai une pièce (la dernière), descendis quelques marches de pierre et entrai dans le chemin solitaire. Celui-ci descendait, lentement. Il était de terre élémentaire ; en haut, les branches se confondaient, la lune basse et ronde semblait m'accompagner.

« Durant un instant, je pensai que Richard Madden avait pénétré de quelque façon mon entreprise désespérée. Je compris bien vite que c'était impossible. Le conseil de toujours tourner à gauche me rappela que tel était le procédé commun pour découvrir la cour centrale de certains labyrinthes. Je m'y entends un peu en fait de labyrinthes : ce n'est pas en vain que je suis l'arrière-petit-fils de ce Ts'ui Pên, qui fut gouverneur du Yunnan et qui renonça au pouvoir temporel pour écrire un roman qui serait encore plus populeux que le *Hung Lu Meng*[1], et pour construire un labyrinthe dans lequel tous les hommes se perdraient. Il consacra treize ans à ces efforts hétérogènes,

1. *Le rêve du pavillon rouge :* célèbre roman d'amour chinois de l'écrivain Tsao Hsüeh Ch'in (1719-1764). Il comporte plus de mille personnages et cent vingt chapitres.

pero la mano de un forastero lo asesinó y su novela era insensata y nadie encontró el laberinto. Bajo árboles ingleses medité en ese laberinto perdido: lo imaginé inviolado y perfecto en la cumbre secreta de una montaña, lo imaginé borrado por arrozales o debajo del agua, lo imaginé infinito, no ya de quioscos ochavados y de sendas que vuelven, sino de ríos y provincias y reinos... Pensé en un laberinto de laberintos, en un sinuoso laberinto creciente que abarcara el pasado y el porvenir y que implicara de algún modo los astros. Absorto en esas ilusorias imágenes, olvidé mi destino de perseguido. Me sentí, por un tiempo indeterminado, percibidor abstracto del mundo. El vago y vivo campo, la luna, los restos de la tarde, obraron en mí; asimismo el declive que eliminaba cualquier posibilidad de cansancio. La tarde era íntima, infinita. El camino bajaba y se bifurcaba, entre las ya confusas praderas. Una música aguda y como silábica se aproximaba y se alejaba en el vaivén del viento, empañada de hojas y de distancia. Pensé que un hombre puede ser enemigo de otros hombres, de otros momentos de otros humbres, pero no de un país: no de luciérnagas, palabras, jardines, cursos de agua, ponientes. Llegué, así, a un alto portón herrumbrado. Entre las rejas descifré una alameda y una especie de pabellón. Comprendí, de pronto, dos cosas, la primera trivial, la segunda casi increíble: la música venía del pabellón, la música era china. Por eso, yo la había aceptado con plenitud, sin prestarle atención.

mais la main d'un étranger l'assassina et son roman était insensé et personne ne trouva le labyrinthe. Sous des arbres anglais, je méditai : ce labyrinthe perdu, je l'imaginai inviolé et parfait au sommet secret d'une montagne, je l'imaginai effacé par des rizières ou sous l'eau ; je l'imaginai infini, non plus composé de kiosques octogonaux et de sentiers qui reviennent, mais de fleuves, de provinces et de royaumes... Je pensai à un labyrinthe de labyrinthes, à un sinueux labyrinthe croissant qui embrasserait le passé et l'avenir et qui impliquerait de quelque façon les astres. Plongé dans ces images illusoires, j'oubliai mon destin d'homme poursuivi. Pendant un temps indéterminé, je sentis que je percevais abstraitement le monde. La campagne vague et vivante, la lune, les restes de l'après-midi agirent en moi, ainsi que la déclivité qui éliminait toute possibilité de fatigue. La soirée était intime, infinie. Le chemin descendait et bifurquait, dans les prairies déjà confuses. Une musique aiguë et comme syllabique s'approchait et s'éloignait dans le va-et-vient du vent, affaiblie par les feuilles et la distance. Je pensai qu'un homme peut être l'ennemi d'autres hommes, d'autres moments, d'autres hommes, mais non d'un pays, non des lucioles, des mots, des jardins, des cours d'eau, des couchants. J'arrivai ainsi devant un grand portail rouillé. Entre les grilles je déchiffrai une allée et une sorte de pavillon. Je compris soudain deux choses, la première banale, la seconde presque incroyable : la musique venait du pavillon, la musique était chinoise. C'est pourquoi je l'avais acceptée pleinement, sans y prêter attention.

No recuerdo si había una campana o un timbre o si llamé golpeando las manos. El chisporroteo de la música prosiguió.

Pero del fondo de la íntima casa un farol se acercaba: un farol que rayaban y a ratos anulaban los troncos, un farol de papel, que tenía la forma de los tambores y el color de la luna. Lo traía un hombre alto. No vi su rostro, porque me cegaba la luz. Abrió el portón y dijo lentamente en mi idioma.

—Veo que el piadoso Hsi P'êng se empeña en corregir mi soledad. ¿Usted sin duda querrá ver el jardín?

Reconocí el nombre de uno de nuestros cónsules y repetí desconcertado:

—¿El jardín?

—El jardín de senderos que se bifurcan.

Algo se agitó en mi recuerdo y pronuncié con incomprensible seguridad:

—El jardín de mi antepasado Ts'ui Pên.

—¿Su antepasado? ¿Su ilustre antepasado? Adelante.

El húmedo sendero zigzagueaba como los de mi infancia. Llegamos a una biblioteca de libros orientales y occidentales. Reconocí, encuadernados en seda amarilla, algunos tomos manuscritos de la Enciclopedia Perdida que dirigió el Tercer Emperador de la Dinastía Luminosa y que no se dio nunca a la imprenta. El disco del gramófono giraba junto a un fénix de bronce. Recuerdo también un jarrón de la familia rosa y otro, anterior de muchos siglos, de ese color azul que nuestros artífices copiaron de los alfareros de Persia...

Je ne me rappelle pas s'il y avait une cloche ou un bouton ou si j'appelai en frappant dans mes mains. Le crépitement de la musique continua.

« Mais du fond de la maison intime, un lampion approchait : un lampion que les troncs d'arbres rayaient et annulaient par moments, un lampion en papier qui avait la forme des tambours et la couleur de la lune. Un homme de grande taille le portait. Je ne vis pas son visage, car la lumière m'aveuglait. Il ouvrit le portail et dit lentement dans ma langue :

« " Je vois que le compatissant Hsi Pêng tient à adoucir ma solitude. Vous voulez sans doute voir le jardin ? "

« Je reconnus le nom d'un de nos consuls et répétai, déconcerté :

« " Le jardin ?

« — Le jardin aux sentiers qui bifurquent. "

« Quelque chose s'agita dans mon souvenir et je prononçai avec une incompréhensible assurance :

« " Le jardin de mon ancêtre Ts'ui Pên.

— Votre ancêtre ? Votre illustre ancêtre ? Entrez. »

« Le sentier humide zigzaguait comme ceux de mon enfance. Nous arrivâmes dans une bibliothèque de livres orientaux et occidentaux. Je reconnus, reliés en soie jaune, quelques volumes manuscrits de *L'encyclopédie perdue* que dirigea le troisième empereur de la Dynastie lumineuse et qu'on ne donna jamais à l'impression. Le disque du gramophone tournait à côté d'un phénix en bronze. Je me rappelle aussi un grand vase de la famille rose et un autre, antérieur de plusieurs siècles, ayant cette couleur bleue que nos artisans ont imitée des potiers persans...

Stephen Albert me observaba, sonriente. Era (ya lo dije) muy alto, de rasgos afilados, de ojos grises y barba gris. Algo de sacerdote había en él y también de marino; después me refirió que había sido misionero en Tientsin "antes de aspirar a sinólogo".

Nos sentamos; yo en un largo y bajo diván; él de espaldas a la ventana y a un alto reloj circular. Computé que antes de una hora no llegaría mi perseguidor. Richard Madden. Mi determinación irrevocable podía esperar.

—Asombroso destino el de Ts'ui Pên —dijo Stephen Albert—. Gobernador de su provincia natal, docto en astronomía, en astrología y en la interpretación infatigable de los libros canónicos, ajedrecista, famoso poeta y calígrafo: todo lo abandonó para componer un libro y un laberinto. Renunció a los placeres de la opresión, de la justicia, del numeroso lecho, de los banquetes y aun de la erudición y se enclaustró durante trece años en el Pabellón de la Límpida Soledad. A su muerte, los herederos no encontraron sino manuscritos caóticos. La familia, como usted acaso no ignora, quiso adjudicarlos al fuego; pero su albacea —un monje taoísta o budista— insistió en la publicación.

—Los de la sangre de Ts'ui Pên —repliqué— seguimos execrando a ese monje. Esa publicación fue insensata. El libro es un acervo indeciso de borradores contradictorios. Lo he examinado alguna vez: en el tercer capítulo muere el héroe, en el cuarto está vivo. En cuanto a la otra empresa de Ts'ui Pên, a su Laberinto...

« Stephen Albert m'observait en souriant. Il était (je l'ai déjà dit) très grand, il avait des traits accusés, des yeux gris et une barbe grise. Il y avait en lui un peu de prêtre et aussi du marin ; il me raconta plus tard qu'il avait été missionnaire à Tientsin " avant d'aspirer à être sinologue ".

« Nous nous assîmes ; moi, sur un divan long et bas ; lui, le dos à la fenêtre et à une grande horloge ronde. Je calculai que mon poursuivant Richard Madden n'arriverait pas avant une heure. Ma décision irrévocable pouvait attendre.

« " Étonnante destinée que celle de Ts'ui Pên, dit Stephen Albert. Gouverneur de sa province natale, docte en astronomie, en astrologie et dans l'interprétation inlassable des livres canoniques, joueur d'échecs, fameux poète et calligraphe : il abandonna tout pour composer un livre et un labyrinthe. Il renonça aux plaisirs de l'oppression, de la justice, du lit nombreux, des banquets et même de l'érudition et se cloîtra pendant treize ans dans le pavillon de la Solitude Limpide. À sa mort, ses héritiers ne trouvèrent que des manuscrits chaotiques. Sa famille, comme sans doute vous ne l'ignorez pas, voulut les adjuger au feu : mais son exécuteur testamentaire — un moine taoïste ou bouddhiste — insista pour les faire publier.

« — Les hommes de la race de Ts'ui Pên, répliquai-je, exècrent encore ce moine. Cette publication fut insensée. Le livre est un vague amas de brouillons contradictoires. Je l'ai examiné une fois : au troisième chapitre le héros meurt, au quatrième il est vivant. Quant à l'autre entreprise de Ts'ui Pên, son Labyrinthe...

—Aquí está el Laberinto —dijo indicándome un alto escritorio laqueado.

—¡Un laberinto de marfil! —exclamé—. Un laberinto mínimo...

—Un laberinto de símbolos —corrigió—. Un invisible laberinto de tiempo. A mí, bárbaro inglés, me ha sido deparado revelar ese misterio diáfano. Al cabo de más de cien años, los pormenores son irrecuperables, pero no es difícil conjeturar lo que sucedió. Ts'ui Pên diría una vez: *Me retiro a escribir un libro*. Y otra: *Me retiro a construir un laberinto*. Todos imaginaron dos obras; nadie pensó que libro y laberinto eran un solo objeto. El Pabellón de la Límpida Soledad se erguía en el centro de un jardín tal vez intrincado; el hecho puede haber sugerido a los hombres un laberinto físico. Ts'ui Pên murió; nadie, en las dilatadas tierras que fueron suyas, dio con el laberinto; la confusión de la novela me sugirió que ése era el laberinto. Dos circunstancias me dieron la recta solución del problema. Una: la curiosa leyenda de que Ts'ui Pên se había propuesto un laberinto que fuera estrictamente infinito. Otra: un fragmento de una carta que descubrí.

Albert se levantó. Me dio, por unos instantes, la espalda; abrió un cajón del áureo y renegrido escritorio. Volvió con un papel antes carmesí; ahora rosado y tenue y cuadriculado. Era justo el renombre caligráfico de Ts'ui Pên. Leí con incomprensión y fervor estas palabras que con minucioso pincel redactó un hombre de mi sangre:

« — Voici le Labyrinthe, dit-il, en me montrant un grand secrétaire en laque.

« — Un labyrinthe en ivoire ! m'écriai-je. Un labyrinthe minuscule...

« — Un labyrinthe de symboles, corrigea-t-il. Un invisible labyrinthe de temps. C'est à moi, barbare anglais, qu'il a été donné de révéler ce mystère transparent. Après plus de cent ans, les détails sont irrécupérables, mais il n'est pas difficile de conjecturer ce qui se passa. Ts'ui Pên a dû dire un jour : 'Je me retire pour écrire un livre.' Et un autre : 'Je me retire pour construire un labyrinthe.' Tout le monde imagina qu'il y avait deux ouvrages. Personne ne pensa que le livre et le labyrinthe étaient un seul objet. Le pavillon de la Solitude Limpide se dressait au milieu d'un jardin peut-être inextricable ; ce fait peut avoir suggéré aux hommes un labyrinthe physique. Ts'ui Pên mourut ; personne, dans les vastes terres qui lui appartinrent, ne trouva le labyrinthe ; la confusion qui régnait dans le roman me fit supposer que ce livre était le labyrinthe. Deux circonstances me donnèrent la solution exacte du problème. L'une, la curieuse légende d'après laquelle Ts'ui Pên s'était proposé un labyrinthe strictement infini. L'autre, un fragment de lettre que je découvris. "

« Albert se leva. Pendant quelques instants, il me tourna le dos ; il ouvrit un tiroir du secrétaire noir et or. Il revint avec un papier jadis cramoisi, maintenant rose, mince et quadrillé. Le renom de calligraphe de Ts'ui Pên était justifié. Je lus sans les comprendre mais avec ferveur ces mots qu'un homme de mon sang avait rédigés d'un pinceau minutieux :

Dejo a los varios porvenires (no a todos) mi jardín de senderos que se bifurcan. Devolví en silencio la hoja. Albert prosiguió:

—Antes de exhumar esta carta, yo me había preguntado de qué manera un libro puede ser infinito. No conjeturé otro procedimiento que el de un volumen cíclico, circular. Un volumen cuya última página fuera idéntica a la primera, con posibilidad de continuar indefinidamente. Recordé también esa noche que está en el centro de las 1001 Noches, cuando la reina Shahrazad (por una mágica distracción del copista) se pone a referir textualmente la historia de las 1001 Noches, con riesgo de llegar otra vez a la noche en que la refiere, y así hasta lo infinito. Imaginé también una obra platónica, hereditaria, trasmitida de padre a hijo, en la que cada nuevo individuo agregara un capítulo o corrigiera con piadoso cuidado la página de los mayores. Esas conjeturas me distrajeron; pero ninguna parecía corresponder, siquiera de un modo remoto, a los contradictorios capítulos de Ts'ui Pên. En esa perplejidad, me remitieron de Oxford el manuscrito que usted ha examinado. Me detuve, como es natural, en la frase: *Dejo a los varios porvenires (no a todos) mi jardín de senderos que se bifurcan.* Casi en el acto comprendí; *el jardín de senderos que se bifurcan* era la novela caótica; la frase *varios porvenires (no a todos)* me sugirió la imagen de la bifurcación en el tiempo, no en el espacio. La relectura general de la obra confirmó esa teoría. En todas las ficciones, cada vez que un hombre se enfrenta con diversas alternativas, opta por una y elimina las otras;

"Je laisse aux nombreux avenirs (non à tous) mon jardin aux sentiers qui bifurquent." Je lui rendis silencieusement la feuille. Albert poursuivit :

« " Avant d'avoir exhumé cette lettre, je m'étais demandé comment un livre pouvait être infini. Je n'avais pas conjecturé d'autre procédé que celui d'un volume cyclique, circulaire. Un volume dont la dernière page fût identique à la première, avec la possibilité de continuer indéfiniment. Je me rappelai aussi cette nuit qui se trouve au milieu des *Mille et Une Nuits*, quand la reine Schéhérazade (par une distraction magique du copiste) se met à raconter textuellement l'histoire des *Mille et Une Nuits*, au risque d'arriver de nouveau à la nuit pendant laquelle elle la raconte, et ainsi à l'infini. J'avais aussi imaginé un ouvrage platonique, héréditaire, transmis de père en fils, dans lequel chaque individu nouveau eût ajouté un chapitre ou corrigé avec un soin pieux la page de ses aînés. Ces conjectures m'ont distrait ; mais aucune ne semblait correspondre, même de loin, aux chapitres contradictoires de Ts'ui Pên. Dans cette perplexité, je reçus d'Oxford le manuscrit que vous avez examiné. Naturellement, je m'arrêtai à la phrase : 'Je laisse aux nombreux avenirs (non à tous) mon jardin aux sentiers qui bifurquent.' Je compris presque sur-le-champ ; *Le jardin aux sentiers qui bifurquent* était le roman chaotique ; la phrase '*nombreux avenirs (non à tous)*' me suggéra l'image de la bifurcation dans le temps, non dans l'espace. Une nouvelle lecture générale de l'ouvrage confirma cette théorie. Dans toutes les fictions, chaque fois que diverses possibilités se présentent, l'homme en adopte une et élimine les autres ;

en la del casi inextricable Ts'ui Pên, opta —simultáneamente— por todas. *Crea*, así, diversos porvenires, diversos tiempos, que también proliferan y se bifurcan. De ahí las contradicciones de la novela. Fang, digamos, tiene un secreto; un desconocido llama a su puerta; Fang resuelve matarlo. Naturalmente, hay varios desenlaces posibles: Fang puede matar al intruso, el intruso puede matar a Fang, ambos pueden salvarse, ambos pueden morir, etcétera. En la obra de Ts'ui Pên, todos los desenlaces ocurren; cada uno es el punto de partida de otras bifurcaciones. Alguna vez, los senderos de ese laberinto convergen: por ejemplo, usted llega a esta casa, pero en uno de los pasados posibles usted es mi enemigo, en otro mi amigo. Si se resigna usted a mi pronunciación incurable, leeremos unas páginas.

Su rostro, en el vívido círculo de la lámpara, era sin duda el de un anciano, pero con algo inquebrantable y aun inmortal. Leyó con lenta precisión dos redacciones de un mismo capítulo épico. En la primera, un ejército marcha hacia una batalla a través de una montaña desierta; el horror de las piedras y de la sombra le hace menospreciar la vida y logra con facilidad la victoria; en la segunda, el mismo ejército atraviesa un palacio en el que hay una fiesta; la resplandeciente batalla les parece una continuación de la fiesta y logran la victoria. Yo oía con decente veneración esas viejas ficciones, acaso menos admirables que el hecho de que las hubiera ideado mi sangre y de que un hombre de un imperio remoto me las restituyera,

dans la fiction du presque inextricable Ts'ui Pên, il les adopte toutes simultanément. Il *crée* ainsi divers avenirs, divers temps qui prolifèrent aussi et bifurquent. De là, les contradictions du roman. Fang, disons, détient un secret : un inconnu frappe à sa porte ; Fang décide de le tuer. Naturellement, il y a plusieurs dénouements possibles : Fang peut tuer l'intrus, l'intrus peut tuer Fang, tous deux peuvent être saufs, tous deux peuvent mourir, et caetera. Dans l'ouvrage de Ts'ui Pên, tous les dénouements se produisent : chacun est le point de départ d'autres bifurcations. Parfois, les sentiers de ce labyrinthe convergent : par exemple, vous arrivez chez moi, mais, dans l'un des passés possibles, vous êtes mon ennemi ; dans un autre, mon ami. Si vous vous résignez à ma prononciation incurable, nous lirons quelques pages. "

« Dans le cercle vif de la lampe, son visage était sans doute celui d'un vieillard, mais avec quelque chose d'inébranlable et même d'immortel. Il lut avec une lente précision deux rédactions d'un même chapitre épique. Dans la première, une armée marche au combat en traversant une montagne déserte ; l'horreur des pierres et de l'ombre lui fait mépriser la vie et elle remporte facilement la victoire ; dans la seconde, la même armée traverse un palais dans lequel on donne une fête ; le combat resplendissant leur semble une continuation de la fête et ils remportent la victoire. J'écoutais avec une honnête vénération ces vieilles fictions, peut-être moins admirables que le fait qu'elles eussent été imaginées par ma race et qu'un homme d'un empire éloigné me les eût restituées,

en el curso de una desesperada aventura, en una isla occidental. Recuerdo las palabras finales, repetidas en cada redacción como un mandamiento secreto: *Así combatieron los héroes, tranquilo el admirable corazón, violenta la espada, resignados a matar y a morir.*

Desde ese instante, sentí a mi alrededor y en mi oscuro cuerpo una invisible, intangible pululación. No la pululación de los divergentes, paralelos y finalmente coalescentes ejércitos, sino una agitación más inaccesible, más íntima y que ellos de algún modo prefiguraban. Stephen Albert prosiguió:

—No creo que su ilustre antepasado jugara ociosamente a las variaciones. No juzgo verosímil que sacrificara trece años a la infinita ejecución de un experimento retórico. En su país, la novela es un género subalterno; en aquel tiempo era un género despreciable. Ts'ui Pên fue un novelista genial, pero también fue un hombre de letras que sin duda no se consideró un mero novelista. El testimonio de sus contemporáneos proclama —y harto lo confirma su vida— sus aficiones metafísicas, místicas. La controversia filosófica usurpa buena parte de su novela. Sé que de todos los problemas, ninguno lo inquietó y lo trabajó como el abismal problema del tiempo. Ahora bien, ése es el *único* problema que no figura en las páginas del *Jardín*. Ni siquiera usa la palabra que quiere decir *tiempo*. ¿Cómo se explica usted esa voluntaria omisión?

au cours d'une aventure désespérée, dans une île occidentale. Je me rappelle les mots de la fin, répétés dans chaque rédaction ainsi qu'un commandement secret : " C'est ainsi que combattirent les héros, le cœur admirable et tranquille, l'épée violente, résignés à tuer et à mourir. "

« Dès cet instant, je sentis autour de moi et dans l'obscurité de mon corps une invisible, intangible pullulation. Non la pullulation des armées divergentes, parallèles et finalement coalescentes, mais une agitation plus inaccessible, plus intime, qu'elles préfiguraient en quelque sorte. Stephen Albert poursuivit :

« " Je ne crois pas que votre illustre ancêtre ait joué inutilement aux variantes. Je ne juge pas vraisemblable qu'il ait sacrifié treize ans à la réalisation infinie d'une expérience de rhétorique. Dans votre pays, le roman est un genre subalterne ; dans ce temps-là c'était un genre méprisable ; Ts'ui Pên fut un romancier génial, mais il fut aussi un homme de lettres qui ne se considéra pas sans doute comme un pur romancier. Le témoignage de ses contemporains proclame — et sa vie le confirme bien — ses goûts métaphysiques, mystiques. La controverse philosophique usurpe une bonne partie de son roman. Je sais que de tous les problèmes, aucun ne l'inquiéta et ne le travailla autant que le problème abyssal du temps. Eh bien, c'est le *seul* problème qui ne figure pas dans les pages du *Jardin*. Il n'emploie pas le mot qui veut dire 'temps'. Comment vous expliquez-vous cette omission volontaire ? "

Propuse varias soluciones; todas, insuficientes. Las discutimos; al fin, Stephen Albert me dijo:

—En una adivinanza cuyo tema es el ajedrez ¿cuál es la única palabra prohibida? Reflexioné un momento y repuse:

—La palabra *ajedrez*.

—Precisamente —dijo Albert—, *El jardín de senderos que se bifurcan* es una enorme adivinanza, o parábola, cuyo tema es el tiempo; esa causa recóndita le prohibe la mención de su nombre. Omitir *siempre* una palabra, recurrir a metáforas ineptas y a perífrasis evidentes, es quizá el modo más enfático de indicarla. Es el modo tortuoso que prefirió, en cada uno de los meandros de su infatigable novela, el oblicuo Ts'ui Pên. He confrontado centenares de manuscritos, he corregido los errores que la negligencia de los copistas ha introducido, he conjeturado el plan de ese caos, he restablecido, he creído restablecer, el orden primordial, he traducido la obra entera: me consta que no emplea una sola vez la palabra *tiempo*. La explicación es obvia: *El jardín de senderos que se bifurcan* es una imagen incompleta, pero no falsa, del universo tal como lo concebía Ts'ui Pên. A diferencia de Newton y de Schopenhauer, su antepasado no creía en un tiempo uniforme, absoluto. Creía en infinitas series de tiempos, en una red creciente y vertiginosa de tiempos divergentes, convergentes y paralelos. Esa trama de tiempos que se aproximan, se bifurcan, se cortan o que secularmente se ignoran, abarca *todas* las posibilidades. No existimos en la mayoría de esos tiempos;

« Je proposai plusieurs solutions, toutes insuffisantes. Nous les discutâmes ; à la fin, Stephen Albert me dit :

« " Dans une devinette dont le thème est le jeu d'échecs, quel est le seul mot interdit ? " Je réfléchis un moment et répondis :

« " Le mot 'échec'.

« — Précisément, dit Albert. *Le jardin aux sentiers qui bifurquent* est une énorme devinette ou parabole dont le thème est le temps ; cette cause cachée lui interdit la mention de son nom. Omettre *toujours* un mot, avoir recours à des métaphores inadéquates et à des périphrases évidentes, est peut-être la façon la plus démonstrative de l'indiquer. C'est la façon tortueuse que préféra l'oblique Ts'ui Pên dans chacun des méandres de son infatigable roman. J'ai confronté des centaines de manuscrits, j'ai corrigé les erreurs que la négligence des copistes y avait introduites, j'ai conjecturé le plan de ce chaos, j'ai rétabli, j'ai cru rétablir, l'ordre primordial, j'ai traduit l'ouvrage entièrement : j'ai constaté qu'il n'employait pas une seule fois le mot 'temps'. L'explication en est claire. *Le jardin aux sentiers qui bifurquent* est une image incomplète, mais non fausse, de l'univers tel que le concevait Ts'ui Pên. À la différence de Newton et de Schopenhauer, votre ancêtre ne croyait pas à un temps uniforme, absolu. Il croyait à des séries infinies de temps, à un réseau croissant et vertigineux de temps divergents, convergents et parallèles. Cette trame de temps qui s'approchent, bifurquent, se coupent ou s'ignorent pendant des siècles, embrasse *toutes* les possibilités. Nous n'existons pas dans la majorité de ces temps ;

en algunos existe usted y no yo; en otros, yo, no usted; en otros, los dos. En éste, que un favorable azar me depara, usted ha llegado a mi casa; en otro, usted, al atravesar el jardín, me ha encontrado muerto; en otro, yo digo estas mismas palabras, pero soy un error, un fantasma.

—En todos —articulé no sin un temblor— yo agradezco y venero su recreación del jardín de Ts'ui Pên.

—No en todos —murmuró con una sonrisa—. El tiempo se bifurca perpetuamente hacia innumerables futuros. En uno de ellos soy su enemigo.

Volví a sentir esa pululación de que hablé. Me pareció que el húmedo jardín que rodeaba la casa estaba saturado hasta lo infinito de invisibles personas. Esas personas eran Albert y yo, secretos, atareados y multiformes en otras dimensiones de tiempo. Alcé los ojos y la tenue pesadilla se disipó. En el amarillo y negro jardín había un solo hombre; pero ese hombre era fuerte como una estatua, pero ese hombre avanzaba por el sendero y era el capitán Richard Madden.

—El porvenir ya existe —respondí—, pero yo soy su amigo. ¿Puedo examinar de nuevo la carta?

Albert se levantó. Alto, abrió el cajón del alto escritorio; me dio por un momento la espalda. Yo había preparado el revólver. Disparé con sumo cuidado: Albert se desplomó sin una queja, inmediatamente. Yo juro que su muerte fue instantánea: una fulminación.

Lo demás es irreal, insignificante. Madden irrumpió, me arrestó. He sido condenado a la horca.

dans quelques-uns vous existez et moi pas; dans d'autres, moi, et pas vous; dans d'autres, tous les deux. Dans celui-ci, que m'accorde un hasard favorable, vous êtes arrivé chez moi; dans un autre, en traversant le jardin, vous m'avez trouvé mort; dans un autre, je dis ces mêmes paroles, mais je suis une erreur, un fantôme.

« — Dans tous, articulai-je non sans un frisson, je vénère votre reconstitution du jardin de Ts'ui Pên et vous en remercie.

« — Pas dans tous, murmura-t-il avec un sourire. Le temps bifurque perpétuellement vers d'innombrables futurs. Dans l'un d'eux je suis votre ennemi. "

« Je sentis de nouveau cette pullulation dont j'ai parlé. Il me sembla que le jardin humide qui entourait la maison était saturé à l'infini de personnages invisibles. Ces personnages étaient Albert et moi, secrets, affairés et multiformes dans d'autres dimensions de temps. Je levai les yeux et le léger cauchemar se dissipa. Dans le jardin jaune et noir il y avait un seul homme; mais cet homme était fort comme une statue, mais cet homme avançait sur le sentier et était le capitaine Richard Madden.

« " L'avenir existe déjà, répondis-je, mais je suis votre ami. Puis-je encore examiner la lettre? "

« Albert se leva. Grand, il ouvrit le tiroir du grand secrétaire; il me tourna le dos un moment. J'avais préparé mon revolver. Je tirai avec un soin extrême : Albert s'effondra sans une plainte, immédiatement. Je jure que sa mort fut instantanée : un foudroiement.

« Le reste est irréel, insignifiant. Madden fit irruption, m'arrêta. J'ai été condamné à la pendaison.

Abominablemente he vencido: he comunicado a Berlín el secreto nombre de la ciudad que deben atacar. Ayer la bombardearon; lo leí en los mismos periódicos que propusieron a Inglaterra el enigma de que el sabio sinólogo Stephen Albert muriera asesinado por un desconocido, Yu Tsun. El Jefe ha descifrado ese enigma. Sabe que mi problema era indicar (a través del estrépito de la guerra) la ciudad que se llama Albert y que no hallé otro medio que matar a una persona de ese nombre. No sabe (nadie puede saber) mi innumerable contrición y cansancio".

J'ai vaincu abominablement : j'ai communiqué à Berlin le nom secret de la ville qu'on doit attaquer. On l'a bombardée hier : je l'ai lu dans les journaux mêmes qui proposèrent à l'Angleterre cette énigme : le savant sinologue Stephen Albert est mort assassiné par un inconnu, Yu Tsun. Le Chef a déchiffré l'énigme. Il sait que mon problème consistait à indiquer (à travers le fracas de la guerre) la ville qui s'appelle Albert et que je n'avais pas trouvé d'autre moyen que de tuer une personne de ce nom. Il ne connaît pas (personne ne peut connaître) ma contrition et ma lassitude innombrables. »

Artificios
Artifices

PRÓLOGO

Aunque de ejecución menos torpe, las piezas de este libro no difieren de las que forman el anterior. Dos, acaso, permiten una mención detenida: *La muerte y la brújula, Funes el memorioso*. La segunda es una larga metáfora del insomnio. La primera, pese a los nombres alemanes o escandinavos, ocurre en un Buenos Aires de sueños: la torcida Rue de Toulon es el Paseo de Julio; Triste-le-Roy, el hotel donde Herbert Ashe recibió, y tal vez no leyó, el tomo undécimo de una enciclopedia ilusoria. Ya redactada esa ficción, he pensado en la conveniencia de amplificar el tiempo y el espacio que abarca: la venganza podría ser heredada; los plazos podrían computarse por años, tal vez por siglos; la primera letra del Nombre podría articularse en Islandia; la segunda, en Méjico; la tercera, en el Indostán. ¿Agregaré que los Hasidim incluyeron santos y que el sacrificio de cuatro vidas para obtener las cuatro letras que imponen el Nombre es una fantasía que me dictó la forma de mi cuento?

PROLOGUE

Bien que d'une réalisation moins maladroite, les pièces de ce livre ne diffèrent pas de celles qui constituent le précédent. Deux, peut-être, autorisent qu'on s'y arrête : *La mort et la boussole, Funès ou la mémoire.* La seconde est une longue métaphore de l'insomnie. La première, malgré les noms allemands ou scandinaves, a pour cadre un Buenos Aires de rêve : la tortueuse rue de Toulon est le Paseo de Julio ; Triste-le-Roy, l'hôtel où Herbert Ashe reçut, et peut-être ne lut pas, le onzième tome d'une encyclopédie illusoire. Après avoir rédigé cette fiction, j'ai pensé qu'il conviendrait d'amplifier le temps et l'espace qu'elle embrasse : la vengeance pourrait échoir en héritage ; les délais pourraient se calculer par années, peut-être par siècles ; la première lettre du Nom pourrait être articulée en Islande ; la seconde, au Mexique ; la troisième, dans l'Hindoustan. Ajouterai-je qu'il y eut des saints parmi les Hasidim et que le sacrifice de quatre vies pour obtenir les quatre lettres imposées par le Nom est une fantaisie que me dicta la forme de mon récit ?

Posdata de 1956. — Tres cuentos he agregado a la serie: *El Sur, La secta del Fénix, El Fin*. Fuera de un personaje —Recabarren— cuya inmovilidad y pasividad sirven de contraste, nada o casi nada es invención mía en el decurso breve del último; todo lo que hay en él está implícito en un libro famoso y yo he sido el primero en desentrañarlo o, por lo menos, en declararlo. En la alegoría del Fénix me impuse el problema de sugerir un hecho común —el Secreto— de una manera vacilante y gradual que resultara, al fin, inequívoca; no sé hasta dónde la fortuna me ha acompañado. De *El Sur*, que es acaso mi mejor cuento, básteme prevenir que es posible leerlo como directa narración de hechos novelescos y también de otro modo.

Schopenhauer, De Quincey, Stevenson, Mauthner, Shaw, Chesterton, Léon Bloy, forman el censo heterogéneo de los autores que continuamente releo. En la fantasía cristológica titulada *Tres versiones de Judas*, creo percibir el remoto influjo del último.

J. L. B.

Post-scriptum de 1956. — J'ai ajouté trois contes à la série : *Le Sud, La secte du Phénix, La fin.* Sauf un personnage, Recabarren, dont l'immobilité et la passivité servent de contraste, rien, ou presque rien, n'est de mon invention dans le cours bref de ce dernier ; tout ce que l'on y trouve est implicitement présent dans un livre fameux et j'ai été le premier à en approfondir, ou du moins à en éclaircir le contenu. Dans l'allégorie du Phénix je me suis imposé le problème de suggérer un fait commun — le Secret — d'une façon hésitante et graduelle, qui, finalement, n'admette pas d'équivoque ; j'ignore jusqu'à quel point j'ai été bien inspiré. Quant à *Le Sud* — peut-être mon meilleur conte — il me suffira de prévenir qu'il est possible de le lire comme un récit direct de faits romanesques, mais aussi autrement.

Schopenhauer, De Quincey, Stevenson, Mauthner, Shaw, Chesterton, Léon Bloy font partie de la liste hétérogène des auteurs que je relis continuellement. Dans la fantaisie christologique intitulée *Trois versions de Judas*, je crois sentir la lointaine influence du dernier.

J. L. B.

FUNES EL MEMORIOSO

Lo recuerdo (yo no tengo derecho a pronunciar ese verbo sagrado, sólo un hombre en la tierra tuvo derecho y ese hombre ha muerto) con una oscura pasionaria en la mano, viéndola como nadie la ha visto, aunque la mirara desde el crepúsculo del día hasta el de la noche, toda una vida entera. Lo recuerdo, la cara taciturna y aindiada y singularmente *remota*, detrás del cigarrillo. Recuerdo (creo) sus manos afiladas de trenzador. Recuerdo cerca de esas manos un mate, con las armas de la Banda Oriental; recuerdo en la ventana de la casa una estera amarilla, con un vago paisaje lacustre. Recuerdo claramente su voz; la voz pausada, resentida y nasal del orillero antiguo, sin los silbidos italianos de ahora. Más de tres veces no lo vi; la última, en 1887...

FUNÈS OU LA MÉMOIRE

Je me le rappelle (je n'ai pas le droit de prononcer ce verbe sacré ; un seul homme au monde eut ce droit et cet homme est mort) une passionnaire sombre à la main, voyant cette fleur comme aucun être ne l'a vue, même s'il l'a regardée du crépuscule de l'aube au crépuscule du soir, toute une vie entière. Je me rappelle son visage taciturne d'Indien, singulièrement *lointain* derrière sa cigarette. Je me rappelle (je crois) ses mains rudes de tresseur. Je me rappelle, près de ses mains, un maté[1] aux armes de l'Uruguay[2] ; je me rappelle, à la fenêtre de sa maison, une natte jaune avec un vague paysage lacustre. Je me rappelle distinctement sa voix, la voix posée, aigrie et nasillarde de l'ancien habitant des faubourgs sans les sifflements italiens de maintenant. Je ne l'ai pas vu plus de trois fois ; la dernière, en 1887...

---

1. Récipient qui pouvait être en argent et dans lequel on prenait l'infusion traditionnelle de maté, l'herbe du Paraguay que l'on aspire grâce à une *bombilla,* sorte de pipette.
2. Traduit l'expression *la Banda Oriental* (la Rive orientale) qui désigne la République orientale de l'Uruguay, nom officiel de ce pays.

Me parece muy feliz el proyecto de que todos aquellos que lo trataron escriban sobre él; mi testimonio será acaso el más breve y sin duda el más pobre, pero no el menos imparcial del volumen que editarán ustedes. Mi deplorable condición de argentino me impedirá incurrir en el ditirambo —genero obligatorio en el Uruguay, cuando el tema es un uruguayo. *Literato*, *cajetilla*, *porteño*, Funes no dijo esas injuriosas palabras, pero de un modo suficiente me consta que yo representaba para él esas desventuras. Pedro Leandro Ipuche ha escrito que Funes era un precursor de los superhombres; "Un Zarathustra cimarrón y vernáculo"; no lo discuto, pero no hay que olvidar que era también un compadrito de Fray Bentos, con ciertas incurables limitaciones.

Mi primer recuerdo de Funes es muy perspicuo. Lo veo en un atardecer de marzo o febrero del año ochenta y cuatro. Mi padre, ese año, me había llevado a veranear a Fray Bentos. Yo volvía con mi primo Bernardo Haedo de la estancia de San Francisco. Volvíamos cantando, a caballo, y ésa no era la única circunstancia de mi felicidad. Después de un día bochornoso, una enorme tormenta color pizarra había escondido el cielo. La alentaba el viento del Sur, ya se enloquecían los árboles; yo tenía el temor (la esperanza) de que nos sorprendiera en un descampado el agua elemental.

Funès ou la mémoire

Je trouve très heureux le projet de demander à tous ceux qui l'ont fréquenté d'écrire à son sujet ; mon témoignage sera peut-être le plus bref et sans doute le plus pauvre, mais non le moins impartial du volume que vous éditerez. Ma déplorable condition d'Argentin m'empêchera de tomber dans le dithyrambe — genre obligatoire en Uruguay quand il s'agit de quelqu'un du pays. « Littérateur, rat de ville[1], portègne » ; Funès ne prononça pas ces mots injurieux, mais je sais suffisamment que je symbolisais pour lui ces calamités. Pedro Leandro Ipuche[2] a écrit que Funès était un précurseur des surhommes, « un Zarathoustra à l'état sauvage et vernaculaire » ; je ne discute pas, mais il ne faut pas oublier qu'il était aussi un *compadrito*[3] du bourg de Fray Bentos, incurablement borné pour certaines choses.

Mon premier souvenir de Funès est très net. Je le vois une fin d'après-midi de mars ou de février de quatre-vingt-quatre. Cette année-là, mon père m'avait emmené passer l'été à Fray Bentos. Je revenais de l'estancia de San Francisco avec mon cousin Bernardo Haedo. Nous rentrions à cheval, en chantant ; et cette promenade n'était pas la seule raison de mon bonheur. Après une journée étouffante, des nuages énormes couleur d'ardoise avaient caché le ciel. Le vent du sud excitait l'orage ; déjà les arbres s'affolaient ; je craignais (j'espérais) que l'eau élémentaire ne nous surprît en rase campagne.

---

1. Traduit *cajetilla,* terme employé par les *gauchos* pour désigner le jeune homme cultivé et fat qui vit dans les villes.
2. Pedro Leandro Ipuche : écrivain uruguayen né en 1890.
3. Individu des faubourgs. C'était naguère le *gaucho* transplanté dans la ville et cultivant son honneur dans des combats au couteau.

Corrimos una especie de carrera con la tormenta. Entramos en un callejón que se ahondaba entre dos veredas altísimas de ladrillo. Había oscurecido de golpe; oí rápidos y casi secretos pasos en lo alto; alcé los ojos y vi un muchacho que corría por la estrecha y rota vereda como por una estrecha y rota pared. Recuerdo la bombacha, las alpargatas, recuerdo el cigarrillo en el duro rostro, contra el nubarrón ya sin límites. Bernardo le gritó imprevisiblemente: *¿Qué horas son, Ireneo?* Sin consultar el cielo, sin detenerse, el otro respondió: *Faltan cuatro minutos para las ocho, joven Bernardo Juan Francisco.* La voz era aguda, burlona.

Yo soy tan distraído que el diálogo que acabo de referir no me hubiera llamado la atención si no lo hubiera recalcado mi primo, a quien estimulaban (creo) cierto orgullo local, y el deseo de mostrarse indiferente a la réplica tripartita del otro.

Me dijo que el muchacho del callejón era un tal Ireneo Funes, mentado por algunas rarezas como la de no darse con nadie y la de saber siempre la hora, como un reloj. Agregó que era hijo de una planchadora del pueblo, María Clementina Funes, y que algunos decían que su padre era un médico del saladero, un inglés O'Connor, y otros un domador o rastreador del departamento del Salto. Vivía con su madre, a la vuelta de la quinta de los Laureles.

Los años ochenta y cinco y ochenta y seis veraneamos en la ciudad de Montevideo. El ochenta y siete volví a Fray Bentos.

Nous fîmes une sorte de course avec l'orage. Nous entrâmes dans une rue qui s'enfonçait entre deux très hauts trottoirs en brique. Le temps s'était obscurci brusquement; j'entendis des pas rapides et presque secrets au-dessus de ma tête; je levai les yeux et vis un jeune garçon qui courait sur le trottoir étroit et défoncé comme sur un mur étroit et défoncé. Je me rappelle son pantalon bouffant, ses espadrilles; je me rappelle sa cigarette dans un visage dur, pointant vers le gros nuage déjà illimité. Bernardo lui cria imprévisiblement : « Quelle heure est-il Ireneo ? » Sans consulter le ciel, sans s'arrêter, l'autre répondit : « Dans quatre minutes, il sera huit heures, monsieur Bernardo Juan Francisco. » Sa voix était aiguë, moqueuse.

Je suis si distrait que le dialogue que je viens de rapporter n'aurait pas attiré mon attention si mon cousin, stimulé (je crois) par un certain orgueil local et par le désir de se montrer indifférent à la réponse tripartite de l'autre, n'avait pas insisté.

Il me dit que le jeune garçon rencontré dans la rue était un certain Ireneo Funès, célèbre pour certaines bizarreries. Ainsi, il ne fréquentait personne et il savait toujours l'heure, comme une montre. Mon cousin ajouta qu'il était le fils d'une repasseuse du village, María Clementina Funès; certains disaient que son père, un Anglais, O'Connor, était médecin à la fabrique de salaisons et d'autres, qu'il était dresseur ou guide du département du Salto. Il habitait avec sa mère, à deux pas de la propriété des Lauriers.

En 85 et en 86, nous passâmes l'été à Montevideo. En 87, je retournai à Fray Bentos.

Pregunté, como es natural, por todos los conocidos y, finalmente, por el "cronométrico Funes". Me contestaron que lo había volteado un redomón en la estancia de San Franciso, y que había quedado tullido, sin esperanza. Recuerdo la impresión de incómoda magia que la noticia me produjo: la única vez que yo lo vi, veníamos a caballo de San Francisco y él andaba en un lugar alto; el hecho, en boca de mi primo Bernardo, tenía mucho de sueño elaborado con elementos anteriores. Me dijeron que no se movía del catre, puestos los ojos en la higuera del fondo o en una telaraña. En los atardeceres, permitía que lo sacaran a la ventana. Llevaba la soberbia hasta el punto de simular que era benéfico el golpe que lo había fulminado... Dos veces lo vi atrás de la reja, que burdamente recalcaba su condición de eterno prisionero: una, inmóvil, con los ojos cerrados; otra, inmóvil también, absorto en la contemplación de un oloroso gajo de santonina.

No sin alguna vanagloria yo había iniciado en aquel tiempo el estudio metódico del latín. Mi valija incluía el *De viris illustribus* de Lhomond, el *Thesaurus* de Quicherat, los comentarios de Julio César y un volumen impar de la *Naturalis historia* de Plinio, que excedía (y sigue excediendo) mis módicas virtudes de latinista. Todo se propala en un pueblo chico; Ireneo, en su rancho de las orillas, no tardó en enterarse del arribo de esos libros anómalos. Me dirigió una carta florida y ceremoniosa, en la que recordaba nuestro encuentro, desdichadamente fugaz, "del día siete de febrero del año ochenta y cuatro",

Naturellement, je demandai des nouvelles de toutes les connaissances et, finalement, du « chronométrique Funès ». On me répondit qu'il avait été renversé par un cheval demi-sauvage, dans l'estancia de San Francisco, et qu'il était devenu irrémédiablement infirme. Je me rappelle l'impression magique, gênante que cette nouvelle me produisit : la seule fois que je l'avais vu, nous venions à cheval de San Francisco, et il marchait sur un lieu élevé ; le fait, raconté par mon cousin Bernardo, tenait beaucoup du rêve élaboré avec des éléments antérieurs. On me dit qu'il ne quittait pas son lit, les yeux fixés sur le figuier du fond ou sur une toile d'araignée. Au crépuscule, il permettait qu'on l'approchât de la fenêtre. Il poussait l'orgueil au point de se comporter comme si le coup qui l'avait foudroyé était bienfaisant... Je le vis deux fois derrière la grille qui accentuait grossièrement sa condition d'éternel prisonnier : une fois, immobile, les yeux fermés ; une autre, immobile aussi, plongé dans la contemplation d'un brin odorant de santonine.

À cette époque j'avais commencé, non sans quelque fatuité, l'étude méthodique du latin. Ma valise incluait le *De viris illustribus* de Lhomond, le *Thesaurus* de Quicherat, les commentaires de Jules César et un volume dépareillé de la *Naturalis historia* de Pline, qui dépassait (et dépasse encore) mes modestes connaissances de latiniste. Tout s'ébruite dans un petit village : Ireneo, dans son ranch des faubourgs, ne tarda pas à être informé de l'arrivée de ces livres singuliers. Il m'adressa une lettre fleurie et cérémonieuse dans laquelle il me rappelait notre rencontre, malheureusement fugitive « du 7 février 84 » ;

ponderaba los gloriosos servicios que don Gregorio Haedo, mi tío, finado ese mismo año, "había prestado a las dos patrias en la valerosa jornada de Ituzaingó", y me solicitaba el préstamo de cualquiera de los volúmenes, acompañado de un diccionatio "para la buena inteligencia del texto original, porque todavía ignoro el latín". Prometía devolverlos en buen estado, casi inmediatamente. La letra era perfecta, muy perfilada; la ortografía, del tipo que Andrés Bello preconizó: *i* por *y*, *j* por *g*. Al principio, temí naturalmente una broma. Mis primos me aseguraron que no, que eran cosas de Ireneo. No supe si atribuir a descaro, a ignorancia o a estupidez la idea de que el arduo latín no requería más instrumento que un diccionario; para desengañarlo con plenitud le mandé el *Gradus ad Parnassum* de Quicherat y la obra de Plinio.

El catorce de febrero me telegrafiaron de Buenos Aires que volviera inmediatamente, porque mi padre no estaba "nada bien". Dios me perdone; el prestigio de ser el destinatario de un telegrama urgente, el deseo de comunicar a todo Fray Bentos la contradicción entre la forma negativa de la noticia y el perentorio adverbio, la tentación de dramatizar mi dolor, fingiendo un viril estoicismo, tal vez me distrajeron de toda posibilidad de dolor. Al hacer la valija, noté que me faltaban el *Gradus* y el primer tomo de la *Naturalis historia*. El "Saturno" zarpaba al día siguiente, por la mañana; esa noche, después de cenar, me encaminé a casa de Funes. Me asombró que la noche fuera no menos pesada que el día.

il vantait les glorieux services que don Gregorio Haedo, mon oncle, décédé cette même année, « avait rendus à nos deux patries dans la vaillante bataille d'Ituzaingo » et sollicitait le prêt de l'un quelconque de mes livres, accompagné d'un dictionnaire « pour la bonne intelligence du texte original, car j'ignore encore le latin ». Il promettait de les rendre en bon état, presque immédiatement. L'écriture était parfaite, très déliée ; l'orthographe, du type préconisé par André Bello : *i* pour *y*, *j* pour *g*. Au début, naturellement, je craignis une plaisanterie. Mes cousins m'assurèrent que non, que cela faisait partie des bizarreries d'Ireneo. Je ne sus pas s'il fallait attribuer à de l'effronterie, de l'ignorance ou de la stupidité l'idée que le latin ardu ne demandait pas d'autre instrument qu'un dictionnaire ; pour le détromper pleinement je lui envoyai le *Gradus ad Parnassum* de Quicherat et l'ouvrage de Pline.

Le 14 février un télégramme de Buenos Aires m'enjoignait de rentrer immédiatement, car mon père n'était « pas bien du tout ». Dieu me pardonne ; le prestige que me valut le fait d'être le destinataire d'un télégramme urgent, le désir de communiquer à tout Fray Bentos la contradiction entre la forme négative de la nouvelle et l'adverbe péremptoire, la tentation de dramatiser ma douleur en feignant un stoïcisme viril durent me distraire de toute possibilité de douleur. En faisant ma valise, je remarquai que le *Gradus* et le premier tome de la *Naturalis historia* me manquaient. Le *Saturne* levait l'ancre le lendemain matin ; ce soir-là, après le dîner, je me rendis chez Funès. Je fus étonné de constater que la nuit était aussi lourde que le jour.

En el decente rancho, la madre de Funes me recibió.

Me dijo que Ireneo estaba en la pieza del fondo y que no me extrañara encontrarla a oscuras, porque Ireneo sabía pasarse las horas muertas sin encender la vela. Atravesé el patio de baldosa, el corredorcito; llegué al segundo patio. Había una parra; la oscuridad pudo parecerme total. Oí de pronto la alta y burlona voz de Ireneo. Esa voz hablaba en latín; esa voz (que venía de la tiniebla) articulaba con moroso deleite un discurso o plegaria o incantación. Resonaron las sílabas romanas en el patio de tierra; mi temor las creía indescifrables, interminables; después, en el enorme diálogo de esa noche, supe que formaban el primer párrafo del vigésimocuarto capítulo del libro séptimo de la *Naturalis historia*. La materia de ese capítulo es la memoria; las palabras últimas fueron *ut nihil non iisdem verbis redderetur auditum*.

Sin el menor cambio de voz, Ireneo me dijo que pasara. Estaba en el catre, fumando. Me parece que no le vi la cara hasta el alba; creo rememorar el ascua momentánea del cigarrillo. La pieza olía vagamente a humedad. Me senté; repetí la historia del telegrama y de la enfermedad de mi padre.

Arribo, ahora, al más difícil punto de mi relato. Este (bueno es que ya lo sepa el lector) no tiene otro argumento que ese diálogo de hace ya medio siglo. No trataré de reproducir sus palabras, irrecuperables ahora. Prefiero resumir con veracidad las muchas cosas que me dijo Ireneo.

La mère de Funès me reçut dans le ranch bien entretenu.

Elle me dit qu'Ireneo était dans la pièce du fond, et de ne pas être surpris si je le trouvais dans l'obscurité, car Ireneo passait habituellement les heures mortes sans allumer la bougie. Je traversai le patio dallé, le petit couloir, j'arrivai dans le deuxième patio. Il y avait une treille ; l'obscurité put me paraître totale. J'entendis soudain la voix haute et moqueuse d'Ireneo. Cette voix parlait en latin ; cette voix (qui venait des ténèbres) articulait avec une traînante délectation un discours, une prière ou une incantation. Les syllabes romaines résonnèrent dans le patio de terre ; mon effroi les croyait indéchiffrables, interminables ; puis, dans l'extraordinaire dialogue de cette nuit, je sus qu'elles constituaient le premier paragraphe du vingt-quatrième chapitre du livre VII de la *Naturalis historia*. Le sujet de ce chapitre est la mémoire ; les derniers mots furent : *ut nihil non iisdem verbis redderetur auditum*.

Sans le moindre changement de voix, Ireneo me dit d'entrer. Il fumait dans son lit. Il me semble que je ne vis pas son visage avant l'aube ; je crois me rappeler la braise momentanée de sa cigarette. La pièce sentait vaguement l'humidité. Je m'assis ; je répétai l'histoire du télégramme et de la maladie de mon père.

J'en arrive maintenant au point le plus délicat de mon récit. Celui-ci (il est bon que le lecteur le sache maintenant) n'a pas d'autre sujet que ce dialogue d'il y a déjà un demi-siècle. Je n'essaierai pas d'en reproduire les mots, irrécupérables maintenant. Je préfère résumer véridiquement la foule de choses que me dit Ireneo.

El estilo indirecto es remoto y débil; yo sé que sacrifico la eficacia de mi relato; que mis lectores se imaginen los entrecortados períodos que me abrumaron esa noche.

Ireneo empezó por enumerar, en latín y español, los casos de memoria prodigiosa registrados por la *Naturalis historia:* Ciro, rey de los persas, que sabía llamar por su nombre a todos los soldados de sus ejércitos; Mitrídates Eupator, que administraba la justicia en los 22 idiomas de su imperio; Simónides, inventor de la mnemotecnia; Metrodoro, que profesaba el arte de repetir con fidelidad lo escuchado una sola vez. Con evidente buena fe se maravilló de que tales casos maravillaran. Me dijo que antes de esa tarde lluviosa en que lo volteó el azulejo, él había sido lo que son todos los cristianos : un ciego, un sordo, un abombado, un desmemoriado. (Traté de recordarle su percepción exacta del tiempo, su memoria de nombres propios; no me hizo caso.) Diecinueve años había vivido como quien sueña: miraba sin ver, oía sin oír, se olvidaba de todo, de casi todo. Al caer, perdió el conocimiento; cuando lo recobró, el presente era casi intolerable de tan rico y tan nítido, y también las memorias más antiguas y más triviales. Poco después averiguó que estaba tullido. El hecho apenas le interesó. Razonó (sintió) que la inmovilidad era un precio mínimo. Ahora su percepción y su memoria eran infalibles.

Nosotros, de un vistazo, percibimos tres copas en una mesa; Funes, todos los vástagos y racimos y frutos que comprende una parra.

Le style indirect est lointain et faible ; je sais que je sacrifie l'efficacité de mon récit ; que mes lecteurs imaginent les périodes entrecoupées qui m'accablèrent cette nuit-là.

Ireneo commença par énumérer, en latin et en espagnol, les cas de mémoire prodigieuse consignés par la *Naturalis historia*. Cyrus, le roi des Perses, qui pouvait appeler par leur nom tous les soldats de ses armées ; Mithridate Eupator qui rendait la justice dans les vingt-deux langues de son empire ; Simonide, l'inventeur de la mnémotechnie ; Métrodore, qui professait l'art de répéter fidèlement ce qu'il avait entendu une seule fois. Il s'étonna avec une bonne foi évidente que de tels cas pussent surprendre. Il me dit qu'avant cet après-midi pluvieux où il fut renversé par un cheval pie, il avait été ce que sont tous les chrétiens : un aveugle, un sourd, un écervelé, un oublieux. (J'essayai de lui rappeler sa perception exacte du temps, sa mémoire des noms propres ; il ne m'écouta pas). Pendant dix-neuf ans il avait vécu comme dans un rêve : il regardait sans voir, il entendait sans entendre, il oubliait tout, presque tout. Dans sa chute, il avait perdu connaissance ; quand il était revenu à lui, le présent ainsi que les souvenirs les plus anciens et les plus banals étaient devenus intolérables à force de richesse et de netteté. Il s'aperçut peu après qu'il était infirme. Le fait l'intéressa à peine. Il estima (sentit) que l'immobilité n'était qu'un prix minime. Sa perception et sa mémoire étaient maintenant infaillibles.

D'un coup d'œil, nous percevons trois verres sur une table ; Funès, lui, percevait tous les rejets, les grappes et les fruits qui composent une treille.

Sabía las formas de las nubes australes del amanecer del treinta de abril de mil ochocientos ochenta y dos y podía compararlas en el recuerdo con las vetas de un libro en pasta española que sólo había mirado una vez y con las líneas de la espuma que un remo levantó en el Río Negro la víspera de la acción del Quebracho. Esos recuerdos no eran simples; cada imagen visual estaba ligada a sensaciones musculares, térmicas, etc. Podía reconstruir todos los sueños, todos los entresueños. Dos o tres veces había reconstruido un día entero; no había dudado nunca, pero cada reconstrucción había requerido un día entero. Me dijo: *Más recuerdos tengo yo solo que los que habrán tenido todos los hombres desde que el mundo es mundo*. Y también : *Mis sueños son como la vigilia de ustedes*. Y también, hacia el alba: *Mi memoria, señor, es como vaciadero de basuras*. Una circunferencia en un pizarrón, un triángulo rectángulo, un rombo, son formas que podemos intuir plenamente; lo mismo le pasaba a Ireneo con las aborrascadas crines de un potro, con una punta de ganado en una cuchilla, con el fuego cambiante y con la innumerable ceniza, con las muchas caras de un muerto en un largo velorio. No sé cuántas estrellas veía en el cielo.

Esas cosas me dijo; ni entonces ni después las he puesto en duda. En aquel tiempo no había cinematógrafos ni fonógrafos; es, sin embargo, inverosímil y hasta increíble que nadie hiciera un experimento con Funes.

Il connaissait les formes des nuages austraux de l'aube du trente avril mil huit cent quatre-vingt-deux et pouvait les comparer au souvenir des marbrures d'un livre en papier espagnol qu'il n'avait regardé qu'une fois et aux lignes de l'écume soulevée par une rame sur le Rio Negro[1] la veille du combat du Quebracho. Ces souvenirs n'étaient pas simples ; chaque image visuelle était liée à des sensations musculaires, thermiques, etc. Il pouvait reconstituer tous les rêves, tous les demi-rêves. Deux ou trois fois il avait reconstitué un jour entier ; il n'avait jamais hésité, mais chaque reconstitution avait demandé un jour entier. Il me dit : « J'ai à moi seul plus de souvenirs que n'en peuvent avoir eu tous les hommes depuis que le monde est monde » et aussi : « Mes rêves sont comme votre veille. » Et aussi, vers l'aube : « Ma mémoire, monsieur, est comme un tas d'ordures. » Une circonférence sur un tableau, un triangle rectangle, un losange, sont des formes que nous pouvons percevoir pleinement ; de même Ireneo percevait les crins embroussaillés d'un poulain, quelques têtes de bétail sur un coteau, le feu changeant et la cendre innombrable, les multiples visages d'un mort au cours d'une longue veillée. Je ne sais combien d'étoiles il voyait dans le ciel.

Voilà les choses qu'il m'a dites ; ni alors ni depuis je ne les ai mises en doute. En ce temps-là il n'y avait pas de cinématographe ni de phonographe ; il est cependant invraisemblable et même incroyable que personne n'ait fait une expérience avec Funès.

---

1. Rivière de la province d'Entre Ríos sur les rives de laquelle les troupes de López Jordán s'opposèrent aux troupes nationales argentines en 1870.

Lo cierto es que vivimos postergando todo lo postergable; tal vez todos sabemos profundamente que somos inmortales y que tarde o temprano, todo hombre hará todas las cosas y sabrá todo.

La voz de Funes, desde la oscuridad, seguía hablando.

Me dijo que hacia 1886 había discurrido un sistema original de numeración y que en muy pocos días había rebasado el veinticuatro mil. No lo había escrito, porque lo pensado una sola vez ya no podía borrársele. Su primer estímulo, creo, fue el desagrado de que los treinta y tres orientales requirieran dos signos y tres palabras, en lugar de una sola palabra y un solo signo. Aplicó luego ese disparatado principio a los otros números. En lugar de siete mil trece, decía (por ejemplo) *Máximo Pérez;* en lugar de siete mil catorce, *El Ferrocarril;* otros números eran *Luis Melián Lafinur, Olimar, azufre, los bastos, la ballena, el gas, la caldera, Napoleón, Agustín de Vedia.* En lugar de quinientos, decía *nueve.* Cada palabra tenía un signo particular, una especie de marca; las últimas eran muy complicadas... Yo traté de explicarle que esa rapsodia de voces inconexas era precisamente lo contrario de un sistema de numeración. Le dije que decir 365 era decir tres centenas, seis decenas,

Ce qu'il y a de certain c'est que nous remettons au lendemain tout ce qui peut être remis ; nous savons peut-être profondément que nous sommes immortels et que, tôt ou tard, tout homme fera tout et saura tout.

La voix de Funès continuait à parler, du fond de l'obscurité.

Il me dit que vers 1886, il avait imaginé un système original de numération et qu'en très peu de jours il avait dépassé le nombre de vingt-quatre mille. Il ne l'avait pas écrit, car ce qu'il avait pensé une seule fois ne pouvait plus s'effacer de sa mémoire. Il fut d'abord, je crois, conduit à cette recherche par le mécontentement que lui procura le fait que les Trente-Trois Orientaux[1] exigeaient deux signes et deux mots, au lieu d'un seul mot et d'un seul signe. Il appliqua ensuite ce principe extravagant aux autres nombres. Au lieu de « sept mille treize », il disait (par exemple), « Maxime Pérez » ; au lieu de « sept mille quatorze », « le chemin de fer » ; d'autres nombres étaient « Luis Melian Lafinur », « Olimar », « soufre », « trèfle », « la baleine », « le gaz », « la chaudière », « Napoléon », « Augustin de Vedia ». Au lieu de « cinq cents » il disait « neuf ». Chaque mot avait un signe particulier, une sorte de marque ; les derniers étaient très compliqués... J'essayai de lui expliquer que cette rhapsodie de mots décousus était précisément le contraire d'un système de numération. Je lui dis que dire « trois cent soixante-cinq » c'était dire trois centaines, six dizaines,

---

1. On désigne par l'expression « les Trente-Trois Orientaux » le groupe de trente-trois patriotes uruguayens qui débarquèrent en 1825 à La Agraciada, dans le but de déclencher la dernière offensive qui devait aboutir à l'indépendance de l'Uruguay.

cinco unidades; análisis que no existe en los "números" *El Negro Timoteo* o *manta de carne*. Funes no me entendió o no quiso entenderme.

Locke, en el siglo XVII, postuló (y reprobó) un idioma imposible en el que cada cosa individual, cada piedra, cada pájaro y cada rama tuviera un nombre propio; Funes proyectó alguna vez un idioma análogo, pero lo desechó por parecerle demasiado general, demasiado ambiguo. En efecto, Funes no sólo recordaba cada hoja de cada árbol de cada monte, sino cada una de las veces que la había percibido o imaginado. Resolvió reducir cada una de sus jornadas pretéritas a unos setenta mil recuerdos, que definiría luego por cifras. Lo disuadieron dos consideraciones: la conciencia de que la tarea era interminable, la conciencia de que era inútil. Pensó que en la hora de la muerte no habría acabado aún de clasificar todos los recuerdos de la niñez.

Los dos proyectos que he indicado (un vocabulario infinito para la serie natural de los números, un inútil catálogo mental de todas las imágenes del recuerdo) son insensatos, pero revelan cierta balbuciente grandeza. Nos dejan vislumbrar o inferir el vertiginoso mundo de Funes. Éste, no lo olvidemos, era casi incapaz de ideas generales, platónicas. No sólo le costaba comprender que el símbolo genérico *perro* abarcara tantos individuos dispares de diversos tamaños y diversa forma;

cinq unités : analyse qui n'existe pas dans les « nombres », « Le nègre Timothée » ou « couverture de viande [1] ». Funès ne me comprit pas ou ne voulut pas me comprendre.

Au XVIIe siècle Locke postula (et réprouva) une langue impossible dans laquelle chaque chose individuelle, chaque pierre, chaque oiseau et chaque branche aurait eu un nom propre ; Funès projeta une fois une langue analogue mais il la rejeta parce qu'elle lui semblait trop générale, trop ambiguë. En effet, non seulement Funès se rappelait chaque feuille de chaque arbre de chaque bois, mais chacune des fois qu'il l'avait vue ou imaginée. Il décida de réduire chacune de ses journées passées à quelque soixante-dix mille souvenirs, qu'il définirait ensuite par des chiffres. Il en fut dissuadé par deux considérations : la conscience que la besogne était interminable, la conscience qu'elle était inutile. Il pensa qu'à l'heure de sa mort, il n'aurait pas fini de classer tous ses souvenirs d'enfance.

Les deux projets que j'ai indiqués (un vocabulaire infini pour la série naturelle des nombres, un inutile catalogue mental de toutes les images du souvenir) sont insensés, mais révèlent une certaine grandeur balbutiante. Ils nous laissent entrevoir ou déduire le monde vertigineux de Funès. Celui-ci, ne l'oublions pas, était presque incapable d'idées générales, platoniques. Non seulement il lui était difficile de comprendre que le symbole générique « chien » embrassât tant d'individus dissemblables et de formes diverses ;

---

[1]. Expression que Borges a entendue en Uruguay, dans les abattoirs de Salto Oriental.

le molestaba que el perro de las tres y catorce (visto de perfil) tuviera el mismo nombre que el perro de las tres y cuarto (visto de frente). Su propia cara en el espejo, sus propias manos, lo sorprendían cada vez. Refiere Swift que el emperador de Lilliput discernía el movimiento del minutero; Funes discernía continuamente los tranquilos avances de la corrupción, de las caries, de la fatiga. Notaba los progresos de la muerte, de la humedad. Era el solitario y lúcido espectador de un mundo multiforme, instantáneo y casi intolerablemente preciso. Babilonia, Londres y Nueva York han abrumado con feroz esplendor la imaginación de los hombres; nadie, en sus torres populosas o en sus avenidas urgentes, ha sentido el calor y la presión de una realidad tan infatigable como la que día y noche convergía sobre el infeliz Ireneo, en su pobre arrabal sudamericano. Le era muy difícil dormir. Dormir es distraerse del mundo; Funes, de espaldas en el catre, en la sombra, se figuraba cada grieta y cada moldura de las casas precisas que lo rodeaban. (Repito que el menos importante de sus recuerdos era más minucioso y más vivo que nuestra percepción de un goce físico o de un tormento físico.) Hacia el Este, en un trecho no amanzanado, había casas nuevas, desconocidas. Funes las imaginaba negras, compactas, hechas de tiniebla homogénea; en esa dirección volvía la cara para dormir. También solía imaginarse en el fondo del río, mecido y anulado por la corriente.

Había aprendido sin esfuerzo el inglés, el francés, el portugués, el latín.

cela le gênait que le chien de 3 h 14 (vu de profil) eût le même nom que le chien de 3 h un quart (vu de face). Son propre visage dans la glace, ses propres mains le surprenaient chaque fois. Swift raconte que l'empereur de Lilliput discernait le mouvement de l'aiguille des minutes ; Funès discernait continuellement les avances tranquilles de la corruption, des caries, de la fatigue. Il remarquait les progrès de la mort, de l'humidité. Il était le spectateur solitaire et lucide d'un monde multiforme, instantané et presque intolérablement précis. Babylone, Londres et New York ont accablé d'une splendeur féroce l'imagination des hommes ; personne, dans leurs tours populeuses ou leurs avenues urgentes, n'a senti la chaleur et la pression d'une réalité aussi infatigable que celle qui jour et nuit convergeait sur le malheureux Ireneo, dans son pauvre faubourg sud-américain. Il lui était très difficile de dormir. Dormir c'est se distraire du monde ; Funès, allongé dans son lit, dans l'ombre, se représentait chaque fissure et chaque moulure des maisons précises qui l'entouraient. (Je répète que le moins important de ses souvenirs était plus minutieux et plus vif que notre perception d'une jouissance ou d'un supplice physique.) Vers l'Est, dans une partie qui ne constituait pas encore un pâté de maisons, il y avait des bâtisses neuves, inconnues. Funès les imaginait noires, compactes, faites de ténèbres homogènes ; il tournait la tête dans leur direction pour dormir. Il avait aussi l'habitude de s'imaginer dans le fond du fleuve, bercé et annulé par le courant.

Il avait appris sans effort l'anglais, le français, le portugais, le latin.

Sospecho, sin embargo, que no era muy capaz de pensar. Pensar es olvidar diferencias, es generalizar, abstraer. En el abarrotado mundo de Funes no había sino detalles, casi inmediatos.

La recelosa claridad de la madrugada entró por el patio de tierra.

Entonces vi la cara de la voz que toda la noche había hablado. Ireneo tenía diecinueve años; había nacido en 1868; me pareció monumental como el bronce, más antiguo que Egipto, anterior a las profecías y a las pirámides. Pensé que cada una de mis palabras (que cada uno de mis gestos) perduraría en su implacable memoria; me entorpeció el temor de multiplicar ademanes inútiles.

Ireneo Funes murió en 1889, de una congestión pulmonar.

1942.

Je soupçonne cependant qu'il n'était pas très capable de penser. Penser c'est oublier des différences, c'est généraliser, abstraire. Dans le monde surchargé de Funès il n'y avait que des détails, presque immédiats.

La clarté craintive de l'aube entra par le patio de terre.

Je vis alors le visage de la voix qui avait parlé toute la nuit. Ireneo avait dix-neuf ans; il était né en 1868; il me parut monumental comme le bronze, plus antique que l'Égypte, antérieur aux prophéties et aux pyramides. Je pensai que chacun de mes mots (que chacune de mes attitudes) allait demeurer dans son implacable mémoire; je fus engourdi par la crainte de multiplier des gestes inutiles.

Ireneo Funès mourut en 1889, d'une congestion pulmonaire.

1942.

LA FORMA DE LA ESPADA

Le cruzaba la cara una cicatriz rencorosa: un arco ceniciento y casi perfecto que de un lado ajaba la sien y del otro el pómulo. Su nombre verdadero no importa; todos en Tacuarembó le decían el *Inglés de La Colorada*. El dueño de esos campos, Cardoso, no quería vender; he oído que el Inglés recurrió a un imprevisible argumento: le confió la historia secreta de la cicatriz. El Inglés venía de la frontera, de Río Grande del Sur; no faltó quien dijera que en el Brasil había sido contrabandista. Los campos estaban empastados; las aguadas, amargas; el Inglés, para corregir esas deficiencias, trabajó a la par de sus peones. Dicen que era severo hasta la crueldad, pero escrupulosamente justo. Dicen también que era bebedor: un par de veces al año se encerraba en el cuarto del mirador y emergía a los dos o tres días como de una batalla o de un vértigo, pálido, trémulo, azorado y tan autoritario como antes. Recuerdo los ojos glaciales, la enérgica flacura, el bigote gris.

LA FORME DE L'ÉPÉE

Une balafre rancunière lui sillonnait le visage : arc gris cendré et presque parfait qui d'un côté lui flétrissait la tempe et de l'autre la pommette. Son véritable nom n'importe guère ; à Tacuarembo tout le monde l'appelait l'Anglais de la *Colorada*. Cardoso, le propriétaire de ces terres, ne voulait pas vendre ; j'ai entendu dire que l'Anglais avait eu recours à un argument imprévisible : il lui avait confié l'histoire secrète de sa cicatrice. L'Anglais venait de la frontière, de Rio Grande do Sul ; il se trouva des gens pour dire qu'il avait été contrebandier au Brésil. Les terres étaient en friche ; les eaux, amères ; pour remédier à ces déficiences, l'Anglais travailla autant que ses péons. On dit qu'il était sévère jusqu'à la cruauté, mais scrupuleusement juste. On dit aussi qu'il buvait : plusieurs fois l'an il s'enfermait dans la pièce du mirador et en émergeait deux ou trois jours plus tard comme d'une bataille ou d'un vertige, pâle, tremblant, effaré et aussi autoritaire qu'auparavant. Je me rappelle son regard glacial, sa maigreur énergique, sa moustache grise.

No se daba con nadie; es verdad que su español era rudimental, abrasilerado. Fuera de alguna carta comercial o de algún folleto, no recibía correspondencia.

La última vez que recorrí los departamentos del Norte, una crecida del arroyo Caraguatá me obligó a hacer noche en *La Colorada*. A los pocos minutos creí notar que mi aparición era inoportuna; procuré congraciarme con el Inglés; acudí a la menos perspicaz de las pasiones: al patriotismo. Dije que era invencible un país con el espíritu de Inglaterra. Mi interlocutor asintió, pero agregó con una sonrisa que él no era inglés. Era irlandés, de Dungarvan. Dicho esto se detuvo, como si hubiera revelado un secreto.

Salimos, después de comer, a mirar el cielo. Había escampado, pero detrás de las cuchillas el Sur, agrietado y rayado de relámpagos, urdía otra tormenta. En el desmantelado comedor, el peón que había servido la cena trajo una botella de ron. Bebimos largamente, en silencio.

No sé qué hora sería cuando advertí que yo estaba borracho; no sé qué inspiración o qué exultación o qué tedio me hizo mentar la cicatriz. La cara del Inglés se demudó; durante unos segundos pensé que me iba a expulsar de la casa. Al fin me dijo con su voz habitual:

—Le contaré la historia de mi herida bajo una condición: la de no mitigar ningún aprobio, ninguna circunstancia de infamia.

Asentí. Ésta es la historia que contó, alternando el inglés con el español, y aun con el portugués:

Il ne fréquentait personne ; il est vrai que son espagnol était rudimentaire et mêlé de brésilien. En dehors de quelques lettres commerciales ou de quelques brochures il ne recevait pas de correspondance.

La dernière fois que je parcourus les départements du Nord, une crue de la rivière Caraguata m'obligea à passer la nuit à la *Colorada*. Au bout de quelques minutes je crus remarquer que mon apparition était inopportune ; j'essayai de gagner les bonnes grâces de l'Anglais ; j'eus recours à la moins perspicace des passions : le patriotisme. Je dis qu'un pays ayant l'esprit de l'Angleterre était invincible. Mon interlocuteur acquiesça, mais il ajouta avec un sourire qu'il n'était pas anglais. Il était irlandais de Dungarvan. Cela dit, il s'arrêta comme s'il avait révélé un secret.

Après le dîner nous sortîmes pour regarder le ciel. Il s'était éclairci, mais derrière les coteaux, le Sud, fendillé et zébré d'éclairs, tramait un autre orage. Dans la salle à manger délabrée, le péon qui avait servi le dîner apporta une bouteille de rhum. Nous bûmes longuement, en silence.

J'ignore l'heure qu'il était quand je remarquai que j'étais ivre ; je ne sais quelle inspiration, quelle exultation ou quel dégoût me fit parler de la cicatrice. Le visage de l'Anglais s'altéra ; pendant quelques secondes je pensai qu'il allait me mettre à la porte. À la fin il me dit de sa voix habituelle :

« Je vous raconterai l'histoire de ma blessure à une condition : je n'en atténuerai ni l'opprobre ni les circonstances infamantes. »

J'acquiesçai. Voici l'histoire qu'il raconta en faisant alterner l'anglais et l'espagnol et même le portugais :

"Hacia 1922, en una de las ciudades de Connaught, yo era uno de los muchos que conspiraban por la independencia de Irlanda. De mis compañeros, algunos sobreviven dedicados a tareas pacíficas; otros, paradójicamente, se baten en los mares o en el desierto, bajo los colores ingleses; otro, el que más valía, murió en el patio de un cuartel, en el alba, fusilado por hombres llenos de sueño; otros (no los más desdichados), dieron con su destino en las anónimas y casi secretas batallas de la guerra civil. Éramos republicanos, católicos; éramos, lo sospecho, románticos. Irlanda no sólo era para nosotros el porvenir utópico y el intolerable presente; era una amarga y cariñosa mitología, era las torres circulares y las ciénagas rojas, era el repudio de Parnell y las enormes epopeyas que cantan el robo de toros que en otra encarnación fueron héroes y en otras peces y montañas... En un atardecer que no olvidaré, nos llegó un afiliado de Munster: un tal John Vincent Moon.

Tenía escasamente veinte años. Era flaco y fofo a la vez; daba la incómoda impresión de ser invertebrado. Había cursado con fervor y con vanidad casi todas las páginas de no sé qué manual comunista; el materialismo dialéctico le servía para cegar cualquier discusión. Las razones que puede tener un hombre para abominar de otro o para quererlo son infinitas: Moon reducía la historia universal a un sórdido conflicto económico. Afirmaba que la revolución está predestinada a triunfar.

« Vers 1922, dans une des villes du Connaught, j'étais un des nombreux Irlandais qui conspiraient pour l'indépendance de leur pays. Quelques-uns de mes compagnons survivants se sont consacrés à des besognes pacifiques ; d'autres, paradoxalement, se battent sur les mers et dans le désert, sous les couleurs anglaises ; un autre, celui qui avait le plus de valeur, mourut dans la cour d'une caserne, à l'aube, fusillé par des hommes à moitié endormis ; d'autres (non les plus malheureux) furent entraînés par leur destin dans les batailles anonymes et presque secrètes de la guerre civile. Nous étions républicains, catholiques ; nous étions, je le présume, romantiques. L'Irlande n'était pas seulement pour nous l'avenir utopique et l'intolérable présent ; elle était une mythologie amère et affectueuse, les tours circulaires et les marais rouges, le renvoi de Parnell et les immenses épopées qui chantent les taureaux volés qui dans une autre incarnation avaient été des héros et dans une autre des poissons et des montagnes... À la fin d'un après-midi que je n'oublierai jamais, arriva un affilié de Munster : un certain John Vincent Moon.

« Il avait à peine vingt ans. Il était maigre et flasque à la fois ; il donnait l'impression désagréable d'être invertébré. Il avait étudié avec ferveur et fatuité presque toutes les pages de je ne sais quel manuel communiste ; le matérialisme dialectique lui servait à trancher n'importe quelle discussion. Les raisons qu'un homme peut avoir pour en haïr un autre ou l'aimer sont infinies. Moon réduisait l'histoire universelle à un sordide conflit économique. Il affirmait que la révolution était prédestinée à triompher.

Yo le dije que a un *gentleman* sólo pueden interesarle causas perdidas... Ya era de noche; seguimos disintiendo en el corredor, en las escaleras, luego en las vagas calles. Los juicios emitidos por Moon me impresionaron menos que su inapelable tono apodíctico. El nuevo camarada no discutía: dictaminaba con desdén y con cierta cólera.

Cuando arribamos a las últimas casas, un brusco tiroteo nos aturdió. (Antes o después, orillamos el ciego paredón de una fábrica o de un cuartel.) Nos internamos en una calle de tierra; un soldado, enorme en el resplandor, surgió de una cabaña incendiada. A gritos nos mandó que nos detuviéramos. Yo apresuré el paso; mi camarada no me siguió. Me di vuelta: John Vincent Moon estaba inmóvil, fascinado y como eternizado por el terror. Entonces yo volví, derribé de un golpe al soldado, sacudí a Vincent Moon, lo insulté y le ordené que me siguiera. Tuve que tomarlo del brazo; la pasión del miedo lo invalidaba. Huimos, entre la noche agujereada de incendios. Una descarga de fusilería nos buscó; una bala rozó el hombro derecho de Moon; éste, mientras huíamos entre pinos, prorrumpió en un débil sollozo.

En aquel otoño de 1922 yo me había guarnecido en la quinta del general Berkeley. Éste (a quien yo jamás había visto) desempeñaba entonces no sé qué cargo administrativo en Bengala; el edificio tenía menos de un siglo, pero era desmedrado y opaco y abundaba en perplejos corredores y en vanas antecámaras. El museo y la enorme biblioteca usurpaban la planta baja:

Je lui dis qu'un *gentleman* ne peut s'intéresser qu'à des causes perdues... Il faisait déjà nuit ; nous continuâmes à être en désaccord dans le couloir, dans les escaliers, puis dans les rues vagues. Les jugements de Moon m'impressionnèrent moins que le ton apodictique intransigeant. Le nouveau camarade ne discutait pas, il décrétait avec dédain et avec une certaine colère.

« Lorsque nous arrivâmes aux dernières maisons, une brusque fusillade nous assourdit. (Avant ou après, nous longeâmes le mur aveugle d'une usine ou d'une caserne.) Nous pénétrâmes dans une rue en terre ; un soldat, énorme dans la lueur, surgit d'une cabane incendiée. Il nous cria de nous arrêter. Je pressai le pas ; mon camarade ne me suivit pas. Je me retournai : John Vincent Moon était immobile, fasciné et comme éternisé par la terreur. Alors je revins sur mes pas, j'abattis le soldat d'un seul coup, je secouai Vincent Moon, je l'insultai et lui ordonnai de me suivre. Je dus le prendre par le bras ; l'émotion et la peur le paralysaient. Nous prîmes la fuite dans la nuit trouée d'incendies. Une décharge de coups de feu nous chercha ; une balle frôla l'épaule droite de Moon ; celui-ci, pendant que nous fuyions entre des pins, se mit à sangloter doucement.

« En cet automne 1922 je m'étais réfugié dans la propriété du général Berkeley. Ce dernier (que je n'avais jamais vu) remplissait je ne sais quelle fonction administrative au Bengale ; l'édifice avait moins d'un siècle mais il était délabré et opaque et abondait en couloirs perplexes et en vaines antichambres. Le musée et l'énorme bibliothèque usurpaient le rez-de-chaussée :

libros controversiales e incompatibles que de algún modo son la historia del siglo XIX; cimitarras de Nishapur, en cuyos detenidos arcos de círculo parecían perdurar el viento y la violencia de la batalla. Entramos (creo recordar) por los fondos. Moon, trémula y reseca la boca, murmuró que los episodios de la noche eran interesantes; le hice una curación, le traje una taza de té; pude comprobar que su "herida" era superficial. De pronto balbuceó con perplejidad:

—Pero usted se ha arriesgado sensiblemente.

Le dije que no se preocupara. (El hábito de la guerra civil me había impelido a obrar como obré; además, la prisión de un solo afiliado podía comprometer nuestra causa.)

Al otro día Moon había recuperado el aplomo. Aceptó un cigarrillo y me sometió a un severo interrogatorio sobre los "recursos económicos de nuestro partido revolucionario". Sus preguntas eran muy lúcidas: le dije (con verdad) que la situación era grave. Hondas descargas de fusilería conmovieron el Sur. Le dije a Moon que nos esperaban los compañeros. Mi sobretodo y mi revólver estaban en mi pieza; cuando volví, encontré a Moon tendido en el sofá, con los ojos cerrados. Conjeturó que tenía fiebre; invocó un doloroso espasmo en el hombro.

Entonces comprendí que su cobardía era irreparable. Le rogué torpemente que se cuidara y me despedí. Me abochornaba ese hombre con miedo, como si yo fuera el cobarde, no Vincent Moon. Lo que hace un hombre es como si lo hicieran todos los hombres.

livres incompatibles de controverses qui sont en quelque sorte l'histoire du XIXe siècle ; cimeterres de Nichapour, sur les arcs de cercle arrêtés desquels semblaient s'éterniser le vent et la violence de la bataille. Nous entrâmes (je crois) par-derrière. Moon, la bouche tremblante et sèche, murmura que les épisodes de la nuit étaient intéressants ; je lui fis un pansement, je lui apportai une tasse de thé ; je pus constater que sa " blessure " était superficielle. Soudain, il balbutia, perplexe :

« " Mais vous vous êtes sensiblement exposé. "

« Je lui dis de ne pas s'inquiéter. (L'habitude de la guerre civile m'avait poussé à agir comme je l'avais fait ; d'ailleurs, la capture d'un seul affilié pouvait compromettre notre cause.)

« Le lendemain, Moon avait retrouvé son aplomb. Il accepta une cigarette et me soumit à un sévère interrogatoire sur les " ressources économiques de notre parti révolutionnaire ". Ses questions étaient très lucides ; je lui dis (c'était vrai) que la situation était grave. De profondes fusillades ébranlèrent le Sud. Je dis à Moon que nos compagnons nous attendaient. Mon pardessus et mon revolver étaient dans ma chambre ; quand je revins, je trouvai Moon allongé sur le sofa, les yeux fermés. Il supposa qu'il avait la fièvre ; il prétexta un spasme douloureux dans l'épaule.

« Je compris alors que sa lâcheté était irrémédiable. Je le priai gauchement de se soigner et pris congé. Cet homme apeuré me faisait honte comme si c'était moi le lâche et non Vincent Moon. Ce que fait un homme c'est comme si tous les hommes le faisaient.

Por eso no es injusto que una desobediencia en un jardín contamine al género humano: por eso no es injusto que la crucifixión de un solo judío baste para salvarlo. Acaso Schopenhauer tiene razón: yo soy los otros, cualquier hombre es todos los hombres, Shakespeare es de algún modo el miserable John Vincent Moon.

Nueve días pasamos en la enorme casa del general. De las agonías y luces de la guerra no diré nada: mi propósito es referir la historia de esta cicatriz que me afrenta. Esos nueve días, en mi recuerdo, forman un solo día, salvo el penúltimo, cuando los nuestros irrumpieron en un cuartel y pudimos vengar exactamente a los dieciséis camaradas que fueron ametrallados en Elphin. Yo me escurría de la casa hacia el alba, en la confusión del crepúsculo. Al anochecer estaba de vuelta. Mi compañero me esperaba en el primer piso: la herida no le permitía descender a la planta baja. Lo rememoro con algún libro de estrategia en la mano: F. N. Maude o Clausewitz. "El arma que prefiero es la artillería", me confesó una noche. Inquiría nuestros planes; le gustaba censurarlos o reformarlos. También solía denunciar "nuestra deplorable base económica"; profetizaba, dogmático y sombrío, el ruinoso fin. *C'est une affaire flambée,* murmuraba. Para mostrar que le era indiferente ser un cobarde físico, magnificaba su soberbia mental. Así pasaron, bien o mal, nueve días.

El décimo la ciudad cayó definitivamente en poder de los *Black and Tans*.

Il n'est donc pas injuste qu'une désobéissance dans un jardin ait pu contaminer l'humanité ; il n'est donc pas injuste que le crucifiement d'un seul juif ait suffi à la sauver. Schopenhauer a peut-être raison : je suis les autres, n'importe quel homme est tous les hommes. Shakespeare est en quelque sorte le misérable John Vincent Moon.

« Nous passâmes neuf jours dans l'énorme demeure du général. Je ne dirai rien des agonies et des éclats de la guerre : mon dessein est de raconter l'histoire de cette cicatrice qui m'outrage. Ces neuf jours, dans mon souvenir, n'en font qu'un seul, sauf l'avant-dernier, quand les nôtres firent irruption dans une caserne et que nous pûmes venger exactement les seize camarades mitraillés à Elphin. Je me glissai hors de la maison à l'aube, dans la confusion du crépuscule. À la tombée de la nuit j'étais de retour. Mon compagnon m'attendait au premier étage : sa blessure ne lui permettait pas de descendre au rez-de-chaussée. Je le revois, avec un livre de stratégie à la main : F. N. Maude ou Clausewitz. " L'arme que je préfère c'est l'artillerie ", m'avoua-t-il une nuit. Il cherchait à connaître nos plans ; il aimait les critiquer ou les réformer. Il dénonçait souvent aussi notre " déplorable base économique " ; dogmatique et sombre, il prophétisait une fin désastreuse. " *C'est une affaire flambée*[1] ", murmurait-il. Pour montrer qu'il lui était indifférent d'être physiquement un lâche, il exaltait son orgueil mental. Ainsi passèrent neuf jours, tant bien que mal.

« Le dixième, la ville tomba définitivement aux mains des *Black and Tans*.

---

1. En français dans le texte.

Altos jinetes silenciosos patrullaban las rutas; había cenizas y humo en el viento; en una esquina vi tirado un cadáver, menos tenaz en mi recuerdo que un maniquí en el cual los soldados interminablemente ejercitaban la puntería, en mitad de la plaza... Yo había salido cuando el amanecer estaba en el cielo; antes del mediodía volví. Moon, en la biblioteca, hablaba con alguien; el tono de la voz me hizo comprender que hablaba por teléfono. Después oí mi nombre; después que yo regresaría a las siete, después la indicación de que me arrestaran cuando yo atravesara el jardín. Mi razonable amigo estaba razonablemente vendiéndome. Le oí exigir unas garantías de seguridad personal.

Aquí mi historia se confunde y se pierde. Sé que perseguí al delator a través de negros corredores de pesadilla y de hondas escaleras de vértigo. Moon conocía la casa muy bien, harto mejor que yo. Una o dos veces lo perdí. Lo acorralé antes de que los soldados me detuvieran. De una de las panoplias del general arranqué un alfanje; con esa media luna de acero le rubriqué en la cara, para siempre, una media luna de sangre. Borges: a usted que es un desconocido, le he hecho esta confesión. No me duele tanto su menosprecio."

Aquí el narrador se detuvo. Noté que le temblaban las manos.

—¿Y Moon? —le interrogué.

—Cobró los dineros de Judas y huyó al Brasil. Esa tarde, en la plaza, vio fusilar un maniquí por unos borrachos.

De grands cavaliers silencieux patrouillaient sur les routes ; il y avait des cendres et de la fumée dans le vent ; à un coin de rue je vis un cadavre étendu, moins tenace dans mon souvenir qu'un mannequin sur lequel les soldats s'exerçaient interminablement à tirer, au milieu de la place... Sorti quand l'aube était dans le ciel, je rentrai avant midi. Moon, dans la bibliothèque, parlait avec quelqu'un ; le ton de sa voix me fit comprendre qu'il téléphonait. Puis j'entendis mon nom ; puis, que je rentrai à sept heures ; puis l'indication qu'il fallait m'arrêter quand je traverserais le jardin. Mon raisonnable ami était en train de me vendre raisonnablement. Je l'entendis exiger des garanties de sécurité personnelle.

« Ici mon histoire devient confuse et s'égare. Je sais que je poursuivis le délateur à travers de noirs corridors cauchemardesques et de profonds escaliers vertigineux. Moon connaissait très bien la maison, sensiblement mieux que moi. Je le perdis une fois ou deux. Je l'acculai avant que les soldats m'eussent arrêté. J'arrachai un cimeterre à l'une des panoplies du général ; avec ce croissant d'acier j'imprimai pour toujours sur son visage un croissant de sang. Borges, je vous ai fait cette confession à vous, un inconnu. Votre mépris ne m'est pas si douleureux. »

Ici le narrateur s'arrêta. Je remarquai que ses mains tremblaient.

« Et Moon ? demandai-je.

— Il toucha les deniers de Judas et s'enfuit au Brésil. Cet après-midi-là, sur la place, je vis des ivrognes fusiller un mannequin. »

Aguardé en vano la continuación de la historia. Al fin le dije que prosiguiera.

Entonces un gemido lo atravesó; entonces me mostró con débil dulzura la corva cicatriz blanquecina.

—¿Usted no me cree? —balbuceó—. ¿No ve que llevo escrita en la cara la marca de mi infamia? Le he narrado la historia de este modo para que usted la oyera hasta el fin. Yo he denunciado al hombre que me amparó: yo soy Vincent Moon. Ahora desprécieme.

1942.

J'attendis vainement la suite de l'histoire. À la fin je lui dis de poursuivre.

Alors un gémissement le parcourut : alors il me montra avec une faible douceur la cicatrice courbe et blanchâtre.

« Vous ne me croyez pas ? balbutia-t-il. Ne voyez-vous pas que la marque de mon infamie est écrite sur ma figure ? Je vous ai raconté l'histoire de cette façon pour que vous l'écoutiez jusqu'à la fin. J'ai dénoncé l'homme qui m'avait protégé : je suis Vincent Moon. Maintenant, méprisez-moi. »

1942.

TEMA DEL TRAIDOR
Y DEL HÉROE

> *"So the Platonic Year
> Whirls out new right and wrong,
> Whirls in the old instead;
> All men are dancers and their tread
> Goes to the barbarous clangour of a gong."*
>
> W. B. YEATS, *The Tower*.

Bajo el notorio influjo de Chesterton (discurridor y exornador de elegantes misterios) y del consejero áulico Leibniz (que inventó la armonía preestablecida), he imaginado este argumento, que escribiré tal vez y que ya de algún modo me justifica, en las tardes inútiles. Faltan pormenores, rectificaciones, ajustes; hay zonas de la historia que no me fueron reveladas aún; hoy, 3 de enero de 1944, la vislumbro así.

La acción transcurre en un país oprimido y tenaz:

THÈME DU TRAÎTRE
ET DU HÉROS

> « So the Platonic Year
> Whirls out new right and wrong.
> Whirls in the old instead;
> All men are dancers and their tread
> Goes to the barbarous ciangour of a gong[1]. »
>
> W. B. YEATS, *The Tower*.

Sous l'influence notoire de Chesterton[2] (qui imagina et orna d'élégants mystères) et du conseiller aulique Leibniz (qui inventa l'harmonie préétablie), j'ai imaginé cet argument, que je traiterai peut-être et qui me justifie déjà en quelque sorte, pendant les après-midi inutiles. Il manque des détails, des rectifications, des mises au point; il y a des zones de l'histoire qui ne m'ont pas encore été révélées; aujourd'hui, 3 janvier 1944, je l'entrevois ainsi.

L'action se passe dans un pays opprimé et tenace :

1. « Ainsi l'Année Platonique / Chasse dans un tourbillon le bien et le mal nouveaux / Et fait refluer les anciens; / Tous les hommes sont des danseurs, / Et leur pas se règle sur le fracas barbare d'un gong. » Borges considérait William Butler Yeats (1865-1939) comme le premier poète de notre temps.
2. Gilbert Keith Chesterton (1874-1936) est l'un des écrivains anglais de prédilection de Borges.

Polonia, Irlanda, la república de Venecia, algún estado sudamericano o balcánico... Ha transcurrido, mejor dicho, pues aunque el narrador es contemporáneo, la historia referida por él ocurrió al promediar o al empezar el siglo XIX. Digamos (para comodidad narrativa) Irlanda; digamos 1824. El narrador se llama Ryan; es bisnieto del joven, del heroico, del bello, del asesinado Fergus Kilpatrick, cuyo sepulcro fue misteriosamente violado, cuyo nombre ilustra los versos de Browning y de Hugo, cuya estatua preside un cerro gris entre ciénagas rojas.

Kilpatrick fue un conspirador, un secreto y glorioso capitán de conspiradores; a semejanza de Moisés que, desde la tierra de Moab, divisó y no pudo pisar la tierra prometida, Kilpatrick pereció en la víspera de la rebelión victoriosa que había premeditado y soñado. Se aproxima la fecha del primer centenario de su muerte; las circunstancias del crimen son enigmáticas; Ryan, dedicado a la redacción de una biografía del héroe, descubre que el enigma rebasa lo puramente policial. Kilpatrick fue asesinado en un teatro; la policía británica no dio jamás con el matador; los historiadores declaran que ese fracaso no empaña su buen crédito, ya que tal vez lo hizo matar la misma policía. Otras facetas del enigma inquietan a Ryan. Son de carácter cíclico: parecen repetir o combinar hechos de remotas regiones, de remotas edades. Así, nadie ignora que los esbirros que examinaron el cadáver del héroe, hallaron una carta cerrada que le advertía el riesgo de concurrir al teatro, esa noche; también Julio César, al encaminarse al lugar donde lo aguardaban los puñales de sus amigos,

la Pologne, l'Irlande, la République de Venise, un État sud-américain ou balkanique... Elle s'est passée, plutôt, car le narrateur a beau être contemporain, l'histoire qu'il raconte se déroule au milieu ou au début du XIXe siècle. Disons (pour la facilité du récit) l'Irlande ; disons 1824. Le narrateur s'appelle Ryan ; il est l'arrière-petit-fils du jeune, de l'héroïque, du beau Fergus Kilpatrick qui fut assassiné et dont le sépulcre fut mystérieusement violé, dont le nom illustre les vers de Browning et de Hugo, dont la statue préside un coteau gris au milieu de rouges marécages.

Kilpatrick fut un conspirateur, un secret et glorieux capitaine de conspirateurs ; comme Moïse qui, du pays de Moab, aperçut et ne put fouler la Terre promise, Kilpatrick périt la veille de la rébellion victorieuse qu'il avait préméditée et rêvée. La date du premier centenaire de sa mort approche ; les circonstances du crime sont énigmatiques ; Ryan, qui est en train de rédiger une biographie du héros, découvre que l'énigme dépasse le domaine purement policier. Kilpatrick fut assassiné dans un théâtre ; la police britannique ne trouva jamais le meurtrier ; les historiens déclarent que cet échec ne ternit pas sa bonne renommée, puisque c'est peut-être la police elle-même qui le fit tuer. D'autres facettes de l'énigme inquiètent Ryan. Elles sont de caractère cyclique ; elles semblent reproduire ou combiner des faits de régions lointaines, d'âges lointains. Ainsi, personne n'ignore que les sbires qui examinèrent le cadavre du héros trouvèrent une lettre fermée qui l'avertissait du risque qu'il courait en se rendant au théâtre ce soir-là ; Jules César également, quand il se rendait au lieu où l'attendaient les poignards de ses amis,

recibió un memorial que no llegó a leer, en que iba declarada la traición, con los nombres de los traidores. La mujer de César, Calpurnia, vio en sueños abatida una torre que le había decretado el Senado; falsos y anónimos rumores, la víspera de la muerte de Kilpatrick, publicaron en todo el país el incendio de la torre circular de Kilgarvan, hecho que pudo parecer un presagio, pues aquél había nacido en Kilgarvan. Esos paralelismos (y otros) de la historia de César y de la historia de un conspirador irlandés inducen a Ryan a suponer una secreta forma del tiempo, un dibujo de líneas que se repiten. Piensa en la historia decimal que ideó Condorcet; en las morfologías que propusieron Hegel, Spengler y Vico; en los hombres de Hesíodo, que degeneran desde el oro hasta el hierro. Piensa en la transmigración de las almas, doctrina que da horror a las letras célticas y que el propio César atribuyó a los druidas británicos; piensa que antes de ser Fergus Kilpatrick, Fergus Kilpatrick fue Julio César. De esos laberintos circulares lo salva una curiosa comprobación, una comprobación que luego lo abisma en otros laberintos más inextricables y heterogéneos: ciertas palabras de un mendigo que conversó con Fergus Kilpatrick el día de su muerte, fueron prefiguradas por Shakespeare, en la tragedia de *Macbeth*. Que la historia hubiera copiado a la historia ya era suficientemente pasmoso; que la historia copie a la literatura es inconcebible... Ryan indaga que en 1814, James Alexander Nolan, el más antiguo de los compañeros del héroe, había traducido al gaélico los principales dramas de Shakespeare; entre ellos, *Julio César*.

avait reçu un billet qu'il n'avait pas lu, dans lequel on lui dévoilait la trahison et les noms des traîtres. La femme de César, Calpurnia, avait vu en songe une tour abattue que le sénat lui avait fait consacrer ; la veille de la mort de Kilpatrick, des bruits mensongers et anonymes publièrent dans tout le pays l'incendie de la tour circulaire de Kilgarvan, fait qui put être considéré comme un présage, puisque Kilpatrick était né à Kilgarvan. Ces parallélismes (et d'autres) entre l'histoire de César et celle d'un conspirateur irlandais induisent Ryan à supposer une forme secrète du temps, un dessin dont les lignes se répètent. Il pense à l'histoire décimale qu'imagina Condorcet, aux morphologies que proposèrent Hegel, Spengler et Vico, aux hommes d'Hésiode, qui dégénèrent depuis l'or jusqu'au fer. Il pense à la transmigration des âmes, doctrine qui fait l'horreur des lettres celtiques et que César lui-même attribua aux druides britanniques ; il pense qu'avant d'être Fergus Kilpatrick, Fergus Kilpatrick fut Jules César. Il est sauvé de ces labyrinthes circulaires par une curieuse constatation, une constatation qui l'abîme ensuite dans d'autres labyrinthes plus inextricables et plus hétérogènes : certaines paroles d'un mendiant qui s'entretient avec Kilpatrick le jour de sa mort ont été préfigurées par Shakespeare dans sa tragédie *Macbeth*. Que l'histoire eût copié l'histoire, c'était déjà suffisamment prodigieux ; que l'histoire copie la littérature, c'est inconcevable... Ryan découvre qu'en 1814, James Alexander Nolan, le plus ancien des compagnons du héros, avait traduit en gaélique les principaux drames de Shakespeare, parmi lesquels, *Jules César*.

También descubre en los archivos un artículo manuscrito de Nolan sobre los *Festspiele* de Suiza; vastas y errantes representaciones teatrales, que requieren miles de actores y que reiteran episodios históricos en las mismas ciudades y montañas donde ocurrieron. Otro documento inédito le revela que, pocos días antes del fin, Kilpatrick, presidiendo el último cónclave, había firmado la sentencia de muerte de un traidor, cuyo nombre ha sido borrado. Esta sentencia no condice con los piadosos hábitos de Kilpatrick. Ryan investiga el asunto (esa investigación es uno de los hiatos del argumento) y logra descifrar el enigma.

Kilpatrick fue ultimado en un teatro, pero de teatro hizo también la entera ciudad, y los actores fueron legión, y el drama coronado por su muerte abarcó muchos días y muchas noches. He aquí lo acontecido:

El 2 de agosto de 1824 se reunieron los conspiradores. El país estaba maduro para la rebelión; algo, sin embargo, fallaba siempre: algún traidor había en el cónclave. Fergus Kilpatrick había encomendado a James Nolan el descubrimiento de este traidor. Nolan ejecutó su tarea: anunció en pleno cónclave que el traidor era el mismo Kilpatrick. Demostró con pruebas irrefutables la verdad de la acusación; los conjurados condenaron a muerte a su presidente. Éste firmó su propia sentencia, pero imploró que su castigo no perjudicara a la patria.

Entonces Nolan concibió un extraño proyecto. Irlanda idolatraba a Kilpatrick;

Il découvre aussi dans les archives un article manuscrit de Nolan sur les *Festspiele* de Suisse, vastes et errantes représentations théâtrales qui demandent des milliers d'acteurs et qui réitèrent des épisodes historiques dans les villes et les montagnes mêmes où ils se sont déroulés. Un autre document inédit lui révèle que, quelques jours avant la fin, Kilpatrick, alors qu'il présidait le dernier conclave, avait signé la condamnation à mort d'un traître, dont le nom a été effacé. Cette condamnation n'est guère dans les habitudes compatissantes de Kilpatrick. Ryan cherche à tirer cette affaire au clair (cette recherche constitue l'un des hiatus de l'argument) et réussit à déchiffrer l'énigme.

Kilpatrick fut abattu dans un théâtre, mais c'est aussi la ville entière qui servit de théâtre, les acteurs furent légion, et le drame couronné par sa mort embrassa de nombreux jours et de nombreuses nuits. Voici les événements.

Le 2 août 1824, les conspirateurs se réunirent. Le pays était mûr pour la rébellion ; il y avait toujours cependant quelque chose qui ratait : un traître était dans le conclave. Fergus Kilpatrick avait chargé James Nolan de découvrir ce traître. Nolan s'acquitta de sa besogne : il annonça en plein conclave que le traître n'était autre que Kilpatrick. Il démontra avec des preuves irréfutables le bien-fondé de l'accusation ; les conjurés condamnèrent à mort leur président. Ce dernier signa sa propre condamnation, mais en suppliant que son châtiment ne portât point de préjudice à sa patrie.

Nolan conçut alors un étrange projet. L'Irlande idolâtrait Kilpatrick ;

la más tenue sospecha de su vileza hubiera comprometido la rebelión; Nolan propuso un plan que hizo de la ejecución del traidor el instrumento para la emancipación de la patria. Sugirió que el condenado muriera a manos de un asesino desconocido, en circunstancias deliberadamente dramáticas, que se grabaran en la imaginación popular y que apresuraran la rebelión. Kilpatrick juró colaborar en ese proyecto, que le daba ocasión de redimirse y que su muerte rubricaría.

Nolan, urgido por el tiempo, no supo íntegramente inventar las circunstancias de la múltiple ejecución; tuvo que plagiar a otro dramaturgo, al enemigo inglés William Shakespeare. Repitió escenas de *Macbeth*, de *Julio César*. La pública y secreta representación comprendió varios días. El condenado entró en Dublin, discutió, obró, rezó, reprobó, pronunció palabras patéticas y cada uno de esos actos que reflejaría la gloria, había sido prefijado por Nolan. Centenares de actores colaboraron con el protagonista; el rol de algunos fue complejo; el de otros, momentáneo. Las cosas que dijeron e hicieron perduran en los libros históricos, en la memoria apasionada de Irlanda. Kilpatrick, arrebatado por ese minucioso destino que lo redimía y que lo perdía, más de una vez enriqueció con actos y palabras improvisadas el texto de su juez. Así fue desplegándose en el tiempo el populoso drama, hasta que el 6 de agosto de 1824, en un palco de funerarias cortinas que prefiguraba el de Lincoln, un balazo anhelado entró en el pecho del traidor y del héroe, que apenas pudo articular, entre dos efusiones de brusca sangre, algunas palabras previstas.

le plus léger soupçon de sa vilenie aurait compromis la rébellion : Nolan proposa une solution qui fit de l'exécution du traître l'instrument de l'émancipation de sa patrie. Il suggéra de faire tuer le condamné par un assassin inconnu, dans des circonstances délibérément dramatiques, qui se graveraient dans l'imagination populaire et précipiteraient la rébellion. Kilpatrick jura de collaborer à ce projet, qui lui donnait l'occasion de se racheter, et que sa mort signerait.

Nolan, pressé par le temps, ne sut pas inventer entièrement les circonstances de l'exécution multiple ; il dut plagier un autre dramaturge, l'ennemi anglais William Shakespeare. Il reproduisit des scènes de *Macbeth*, de *Jules César*. La représentation publique et secrète dura plusieurs jours. Le condamné entra à Dublin, discuta, agit, pria, réprouva, prononça des paroles pathétiques ; et chacun de ces actes que refléterait la gloire avait été préfixé par Nolan. Des centaines d'acteurs collaborèrent avec le protagoniste : le rôle de quelques-uns fut complexe, celui de quelques autres, momentané. Ce qu'ils dirent et firent est resté dans les livres historiques, dans la mémoire passionnée de l'Irlande. Kilpatrick, entraîné par ce destin minutieux qui le rachetait et le perdait, enrichit plus d'une fois le texte de son juge par des actes et des paroles improvisés. Ainsi se déroula dans le temps ce drame populeux jusqu'au moment où, le 6 août 1824, dans une loge aux rideaux funéraires qui préfigurait celle de Lincoln, la balle souhaitée entra dans la poitrine du traître et du héros, qui put à peine articuler quelques mots prévus entre deux brusques jets de sang.

En la obra de Nolan, los pasajes imitados de Shakespeare son los *menos* dramáticos; Ryan sospecha que el autor los intercaló para que una persona, en el porvenir, diera con la verdad. Comprende que él también forma parte de la trama de Nolan... Al cabo de tenaces cavilaciones, resuelve silenciar el descubrimiento. Publica un libro dedicado a la gloria del héroe; también eso, tal vez, estaba previsto.

Dans l'ouvrage de Nolan, les passages imités de Shakespeare sont les *moins* dramatiques; Ryan soupçonne que l'auteur les a intercalés pour que quelqu'un, dans l'avenir, trouve la vérité. Il comprend qu'il fait partie lui aussi de la trame de Nolan... Après mûre réflexion, il décide de passer sa découverte sous silence. Il publie un livre consacré à la gloire du héros; cela, peut-être, était aussi prévu.

LA MUERTE Y LA BRÚJULA

A Mandie Molina Vedia

De los muchos problemas que ejercitaron la temeraria perspicacia de Lönnrot, ninguno tan extraño —tan rigurosamente extraño, diremos— como la periódica serie de hechos de sangre que culminaron en la quinta de Triste-le-Roy, entre el interminable olor de los eucaliptos. Es verdad que Erik Lönnrot no logró impedir el último crimen, pero es indiscutible que lo previó. Tampoco adivinó la identidad del infausto asesino de Yarmolinsky, pero sí la secreta morfología de la malvada serie y la participación de Red Scharlach, cuyo segundo apodo es Scharlach el Dandy. Ese criminal (como tantos) había jurado por su honor la muerte de Lönnrot, pero éste nunca se dejó intimidar. Lönnrot se creía un puro razonador,

LA MORT ET LA BOUSSOLE

À Mandie Molina Vedia.

Parmi les nombreux problèmes qui mirent à l'épreuve la téméraire perspicacité de Lönnrot, aucun ne fut aussi étrange — aussi rigoureusement étrange, dirons-nous — que la série périodique de meurtres qui culminèrent dans la propriété de Triste-le-Roy [1], parmi l'interminable odeur des eucalyptus. Il est vrai qu'Erik Lönnrot ne réussit pas à empêcher le dernier crime, mais il est indiscutable qu'il l'avait prévu. Il ne devina pas davantage l'identité du malheureux assassin de Yarmolinsky, mais il devina en revanche la secrète morphologie de la sombre série et la participation de Red Scharlach, dont le second surnom est Schárlach le Dandy. Ce criminel (comme tant d'autres) avait juré sur son honneur la mort de Lönnrot, mais celui-ci ne se laissa jamais intimider. Lönnrot se croyait un pur raisonneur,

---

1. « Triste-le-Roy, un beau nom inventé par Amanda Molina Vedia, n'est autre que l'hôtel Las Delicias, maintenant détruit à Adrogué » (J. L. Borges, *Entretiens avec J. P. Bernés,* Genève, 1986).

un Auguste Dupin, pero algo de aventurero había en él y hasta de tahur.

El primer crimen ocurrió en el Hôtel du Nord —ese alto prisma que domina el estuario cuyas aguas tienen el color del desierto. A esa torre (que muy notariamente reune la aborrecida blancura de un sanatorio, la numerada divisibilidad de una cárcel y la apariencia general de una casa mala) arribó el día tres de diciembre el delegado de Podólsk al Tercer Congreso Talmúdico, doctor Marcelo Yarmolinsky, hombre de barba gris y ojos grises. Nunca sabremos si el Hôtel du Nord le agradó: lo aceptó con la antigua resignación que le había permitido tolerar tres años de guerra en los Cárpatos y tres mil años de opresión y de pogroms. Le dieron un dormitorio en el piso R, frente a la *suite* que no sin esplendor ocupaba el Tetrarca de Galilea. Yarmolinsky cenó, postergó para el día siguiente el examen de la desconocida ciudad, ordenó en un *placard* sus muchos libros y sus muy pocas prendas, y antes de media noche apagó la luz. (Así lo declaró el *chauffeur* del Tetrarca, que dormía en la pieza contigua.) El cuatro, a las 11 y 3 minutos a.m., lo llamó por teléfono un redactor de la *Yidische Zaitung;* el doctor Yarmolinsky no respondió; lo hallaron en su pieza, ya levemente oscura la cara, casi desnudo bajo una gran capa anacrónica. Yacía no lejos de la puerta que daba al corredor;

un Auguste Dupin[1], mais il y avait en lui un peu de l'aventurier et même du tricheur.

Le premier crime eut lieu à l'Hôtel du Nord[2], ce prisme élevé qui domine l'estuaire dont les eaux ont la couleur du désert. Dans cette tour (qui réunit très notoirement la blancheur haïssable d'une clinique, la divisibilité numérotée d'une prison et l'apparence générale d'une maison close), arriva le 3 décembre le délégué de Podolsk au Troisième Congrès talmudique, le professeur Marcel Yarmolinsky, homme à la barbe grise et aux yeux gris. Nous ne saurons jamais si l'Hôtel du Nord lui plut; il l'accepta avec l'antique résignation qui lui avait permis de tolérer trois ans de guerre dans les Carpates et trois mille ans d'oppression et de pogroms. On lui donna une chambre à l'étage R, en face de la *suite*[3] qu'occupait, non sans éclat, le Tétrarque de Galilée. Yarmolinsky dîna, remit au jour suivant l'examen de la ville inconnue, rangea dans un *placard*[3] ses nombreux livres et ses rares vêtements et, avant minuit, éteignit la lumière. (Cela, d'après le *chauffeur*[3] du Tétrarque, qui dormait dans la pièce contiguë.) Le 4, à 11 h 3 mn du matin, il fut appelé au téléphone par un rédacteur de la *Yiddische Zeitung*; le professeur Yarmolinsky ne répondit pas; on le trouva dans sa chambre, le visage déjà légèrement noir, presque nu sous une grande cape anachronique. Il gisait non loin de la porte qui donnait sur le couloir;

---

1. Le Chevalier Auguste Dupin est le personnage de trois importants récits d'Edgar Allan Poe.
2. Citation, introduite par Borges cinéphile, du film de Marcel Carné (1938).
3. En français dans le texte.

una puñalada profunda le había partido el pecho. Un par de horas después, en el mismo cuarto, entre periodistas, fotógrafos y gendarmes, el comisario Treviranus y Lönnrot debatían con serenidad el problema.

—No hay que buscarle tres pies al gato —decía Treviranus, blandiendo un imperioso cigarro—. Todos sabemos que el Tetrarca de Galilea posee los mejores zafiros del mundo. Alguien, para robarlos, habrá penetrado aquí por error. Yarmolinsky se ha levantado; el ladrón ha tenido que matarlo. ¿Qué le parece?

—Posible, pero no interesante —respondió Lönnrot—. Usted replicará que la realidad no tiene la menor obligación de ser interesante. Yo le replicaré que la realidad puede prescindir de esa obligación, pero no las hipótesis. En la que usted ha improvisado, interviene copiosamente el azar. He aquí un rabino muerto; yo preferiría una explicación puramente rabínica, no los imaginarios percances de un imaginario ladrón.

Treviranus repuso con mal humor:

—No me interesan las explicaciones rabínicas; me interesa la captura del hombre que apuñaló a este desconocido.

—No tan desconocido —corrigió Lönnrot—. Aquí están sus obras completas. —Indicó en el *placard* una fila de altos volúmenes: una *Vindicación de la cábala*, un *Examen de la filosofía de Robert Flood;* una traducción literal del *Sepher Yezirah;* una *Biografía del Baal Shem;* una *Historia de la secta de los Hasidim;* una monografía (en alemán) sobre el Tetragrámaton; otra, sobre la nomenclatura divina del Pentateuco.

un coup de poignard profond lui avait ouvert la poitrine. Quelques heures plus tard, dans la même pièce, le commissaire Treviranus et Lönnrot débattaient calmement du problème au milieu des journalistes, des photographes et des gendarmes.

« Pas besoin de chercher midi à 14 heures, disait Treviranus, en brandissant un cigare impérieux. Nous savons tous que le Tétrarque de Galilée possède les plus beaux saphirs du monde. Pour les voler quelqu'un aura pénétré ici par erreur. Yarmolinsky s'est levé ; le voleur a été obligé de le tuer. Qu'en pensez-vous ?

— Possible, mais sans intérêt, répondit Lönnrot. Vous répliquerez que la réalité n'a pas la moindre obligation d'être intéressante. Je vous répliquerai que la réalité peut faire abstraction de cette obligation, ce qui ne saurait être le cas d'une hypothèse. Dans celle que vous avez improvisée, intervient copieusement le hasard. Voici un rabbin mort ; je préférerais une explication purement rabbinique, aux imaginaires tribulations d'un imaginaire voleur. »

Treviranus répliqua avec humeur :

« Les explications rabbiniques ne m'intéressent pas ; ce qui m'intéresse c'est la capture de l'homme qui a poignardé cet inconnu.

— Pas si inconnu que ça, corrigea Lönnrot. Voici ses œuvres complètes. » Il montra dans le « placard » une rangée de grands volumes : une *Défense de la kabbale*, un *Examen de la philosophie de Robert Flood* ; une traduction littérale du *Sepher Yezirah* ; une *Biographie du Baal Shem* ; une *Histoire de la secte des Hasidim* ; une monographie (en allemand) sur le Tetragrammaton ; une autre sur la nomenclature divine du Pentateuque.

El comisario los miró con temor, casi con repulsión. Luego, se echó a reír.

—Soy un pobre cristiano —repuso—. Llévese todos esos mamotretos, si quiere; no tengo tiempo que perder en supersticiones judías.

—Quizá este crimen pertenece a la historia de las supersticiones judías —murmuró Lönnrot.

—Como el cristianismo —se atrevió a completar el redactor de la *Yidische Zaitung*. Era miope, ateo y muy tímido.

Nadie le contestó. Uno de los agentes había encontrado en la pequeña máquina de escribir una hoja de papel con esta sentencia inconclusa:

La primera letra del Nombre ha sido articulada.

Lönnrot se abstuvo de sonreír. Bruscamente bibliófilo o hebraísta, ordenó que le hicieran un paquete con los libros del muerto y los llevó a su departamento. Indiferente a la investigación policial, se dedicó a estudiarlos. Un libro en octavo mayor le reveló las enseñanzas de Israel Baal Shem Tobh, fundador de la secta de los Piadosos; otro, las virtudes y terrores del Tetragrámaton, que es el inefable Nombre de Dios; otro, la tesis de que Dios tiene un nombre secreto, en el cual está compendiado (como en la esfera de cristal que los persas atribuyen a Alejandro de Macedonia). Su noveno atributo, la eternidad —es decir, el conocimiento inmediato— de todas las cosas que serán, que son y que han sido en el universo. La tradición enumera noventa y nueve nombres de Dios;

Le commissaire les regarda avec crainte, presque avec répugnance. Puis, il se mit à rire.

« Je suis un pauvre chrétien, répondit-il. Emportez tous ces bouquins, si vous voulez ; je n'ai pas de temps à perdre à des superstitions juives.

— Peut-être ce crime appartient-il à l'histoire des superstitions juives, murmura Lönnrot.

— Comme le christianisme », se risqua à compléter le rédacteur de la *Yiddische Zeitung*. Il était myope, athée et très timide.

Personne ne lui répondit. Un des agents avait trouvé sur la petite machine à écrire une feuille de papier avec cette phrase inachevée :

La première lettre du Nom a été articulée.

Lönnrot se garda de sourire. Brusquement bibliophile ou hébraïste, il fit empaqueter les livres du mort et les emporta dans son appartement. Indifférent à l'enquête de la police, il se mit à les étudier. Un grand in-octavo lui révéla les enseignements d'Israël Baal Shem Tobh, fondateur de la secte des dévots ; un autre, les vertus et terreurs du Tetragrammaton, c'est-à-dire l'ineffable Nom de Dieu ; un autre, la thèse selon laquelle Dieu a un nom secret, dans lequel est résumé (comme dans la sphère de cristal que les Perses attribuent à Alexandre de Macédoine) son neuvième attribut, l'éternité — c'est-à-dire la connaissance immédiate de toutes les choses qui seront, qui sont et qui ont été dans l'univers. La tradition énumère quatre-vingt-dix-neuf noms de Dieu ;

los hebraístas atribuyen ese imperfecto número al mágico temor de las cifras pares; los Hasidim razonan que ese hiato señala un centésimo nombre —el Nombre Absoluto.

De esa erudición lo distrajo, a los pocos días, la aparición del redactor de la *Yidische Zaitung*. Éste quería hablar del asesinato; Lönnrot prefirió hablar de los diversos nombres de Dios; el periodista declaró en tres columnas que el investigador Erik Lönnrot se había dedicado a estudiar los nombres de Dios para dar con el nombre del asesino. Lönnrot, habituado a las simplificaciones del periodismo, no se indignó. Uno de esos tenderos que han descubierto que cualquier hombre se resigna a comprar cualquier libro, publicó una edición popular de la *Historia de la secta de los Hasidim*.

El segundo crimen ocurrió la noche del tres de enero, en el más desamparado y vacío de los huecos suburbios occidentales de la capital. Hacia el amanecer, uno de los gendarmes que vigilan a caballo esas soledades vio en el umbral de una antigua pinturería un hombre emponchado, yacente. El duro rostro estaba como enmascarado de sangre; una puñalada profunda le había rajado el pecho. En la pared, sobre los rombos amarillos y rojos, había unas palabras en tiza. El gendarme las deletreó... Esa tarde, Treviranus y Lönnrot se dirigieron a la remota escena del crimen. A izquierda y a derecha del automóvil, la ciudad se desintegraba; crecía el firmamento y ya importaban poco las casas y mucho un horno de ladrillos o un álamo. Llegaron a su pobre destino:

les hébraïstes attribuent ce nombre imparfait à la crainte magique des nombres pairs ; les Hasidim estiment que ce hiatus indique un centième nom — le Nom Absolu.

Peu de jours plus tard, il fut distrait de ces recherches érudites par l'apparition du rédacteur de la *Yiddische Zeitung*. Celui-ci voulait parler de l'assassinat ; Lönnrot préféra parler des divers noms de Dieu ; le journaliste déclara en trois colonnes que l'investigateur Erik Lönnrot s'était mis à étudier les noms de Dieu pour trouver le nom de l'assassin. Lönnrot, habitué aux simplifications du journalisme, ne s'indigna pas. Un de ces boutiquiers qui ont découvert que n'importe quel homme se résigne à acheter n'importe quel livre, publia une édition populaire de l'*Histoire de la secte des hasidim*.

Le deuxième crime eut lieu dans la nuit du 3 janvier, dans le plus abandonné et le plus vide des faubourgs déserts de l'ouest de la ville. À l'aube, un des gendarmes qui surveillent à cheval ces solitudes vit sur le seuil d'une vieille boutique de marchand de couleurs un homme étendu, enveloppé dans un poncho. Son visage dur était comme masqué de sang ; un coup de poignard profond lui avait déchiré la poitrine. Sur le mur, au-dessus des losanges jaunes et rouges, il y avait quelques mots à la craie. Le gendarme les épela... Cet après-midi-là, Treviranus et Lönnrot se dirigèrent vers le lointain théâtre du crime. À gauche et à droite de l'automobile, la ville se désintégrait ; le firmament croissait et les maisons perdaient de leur importance au profit d'un four en brique ou d'un peuplier. Ils arrivèrent au pauvre terme de leur voyage :

un callejón final de tapias rosadas que parecían reflejar de algún modo la desaforada puesta de sol. El muerto ya había sido identificado. Era Daniel Simón Azevedo, hombre de alguna fama en los antiguos arrabales del Norte, que había ascendido de carrero a guapo electoral, para degenerar después en ladrón y hasta en delator. (El singular estilo de su muerte les pareció adecuado: Azevedo era el último representante de una generación de bandidos que sabía el manejo del puñal, pero no del revólver.) Las palabras de tiza eran las siguientes:

La segunda letra del Nombre ha sido articulada.

El tercer crimen ocurrió la noche del tres de febrero. Poco antes de la una, el teléfono resonó en la oficina del comisario Treviranus. Con ávido sigilo, habló un hombre de voz gutural; dijo que se llamaba Ginzberg (o Ginsburg) y que estaba dispuesto a comunicar, por una remuneración razonable, los hechos de los dos sacrificios de Azevedo y de Yarmolinsky. Una discordia de silbidos y de cornetas ahogó la voz del delator. Después, la comunicación se cortó. Sin rechazar aún la posibilidad de una broma (al fin, estaban en carnaval) Treviranus indagó que le habían hablado desde *Liverpool House,* taberna de la Rue de Toulon —esa calle salobre en la que conviven el cosmorama y la lechería, el burdel y los vendedores de biblias. Treviranus habló con el patrón.

un cul-de-sac final aux murs roses en torchis qui semblaient refléter en quelque sorte le coucher de soleil démesuré. Le mort avait déjà été identifié. C'était Daniel Simon Azevedo[1], homme renommé dans les anciens faubourgs du Nord, qui de charretier avait été promu au rang de bravache électoral, pour dégénérer ensuite en voleur, et même en délateur. (Le style singulier de sa mort leur parut adéquat ; Azevedo était le dernier représentant d'une génération de bandits qui connaissaient le maniement du poignard, mais non celui du revolver.) Les mots à la craie étaient les suivants :

La deuxième lettre du Nom a été articulée.

Le troisième crime eut lieu la nuit du 3 février. Peu avant une heure, le téléphone retentit dans le bureau du commissaire Treviranus. Un homme à la voix gutturale parla avec d'avides précautions ; il dit qu'il s'appelait Ginzberg (ou Ginzburg) et qu'il était disposé à communiquer, moyennant une rémunération raisonnable, les faits des deux sacrifices d'Azevedo et de Yarmolinsky. Une discorde de coups de sifflets et de klaxons étouffa la voix du délateur. Puis, la communication fut coupée. Sans repousser encore la possibilité d'une plaisanterie (tout compte fait on était en carnaval), Treviranus découvrit qu'on lui avait parlé de Liverpool House, cabaret de la rue de Toulon — cette rue saumâtre où se côtoient le cosmorama et la laiterie, le bordel et les marchands de bibles. Treviranus parla avec le patron.

---

[1]. Clin d'œil à une hypothétique ascendance judéo-portugaise, le nom patronymique de la mère de Borges, née Leonor Acevedo, étant courant dans les familles juives d'Espagne et du Portugal.

Éste (Black Finnegan, antiguo criminal irlandés, abrumado y casi anulado por la decencia) le dijo que la última persona que había empleado el teléfono de la casa era un inquilino, un tal Gryphius, que acababa de salir con unos amigos. Treviranus fue en seguida a *Liverpool House*. El patrón le comunicó lo siguiente: Hace ocho días, Gryphius había tomado una pieza en los altos del bar. Era un hombre de rasgos afilados, de nebulosa barba gris, trajeado pobremente de negro; Finnegan (que destinaba esa habitación a un empleo que Treviranus adivinó) le pidió un alquiler sin duda excesivo; Gryphius inmediatamente pagó la suma estipulada. No salía casi nunca; cenaba y almorzaba en su cuarto; apenas si le conocían la cara en el bar. Esa noche, bajó a telefonear al despacho de Finnegan. Un cupé cerrado se detuvo ante la taberna. El cochero no se movió del pescante; algunos parroquianos recordaron que tenía máscara de oso. Del cupé bajaron dos arlequines; eran de reducida estatura y nadie pudo no observar que estaban muy borrachos. Entre balidos de cornetas, irrumpieron en el escritorio de Finnegan; abrazaron a Gryphius, que pareció reconocerlos, pero que les respondió con frialdad; cambiaron unas palabras en yiddish —él en voz baja, gutural, ellos con voces falsas, agudas— y subieron a la pieza del fondo. Al cuarto de hora bajaron los tres, muy felices; Gryphius, tambaleante, parecía tan borracho como los otros.

Celui-ci (Black Finnegan, ancien criminel irlandais, accablé et presque annulé par l'honnêteté) lui dit que la dernière personne à s'être servie du téléphone de la maison était un locataire, un certain Gryphius, qui venait de sortir avec des amis. Treviranus alla immédiatement à Liverpool House. Le patron lui communiqua ce qui suit : huit jours auparavant, Gryphius avait pris une pièce dans les combles du bar. C'était un homme aux traits anguleux, à la nébuleuse barbe grise, habillé pauvrement de noir ; Finnegan (qui destinait cette chambre à un usage que devina Treviranus) lui demanda un prix de location sans doute excessif ; Gryphius paya immédiatement la somme stipulée. Il ne sortait presque jamais ; il dînait et déjeunait dans sa chambre ; à peine connaissait-on son visage, dans le bar. Cette nuit-là, il était descendu pour téléphoner dans le bureau de Finnegan. Un coupé fermé s'était arrêté devant le cabaret. Le cocher n'avait pas quitté son siège ; quelques clients se rappelèrent qu'il avait un masque d'ours. Deux arlequins étaient descendus du coupé ; ils étaient de petite taille ; et personne ne put manquer de s'apercevoir qu'ils étaient fort ivres. À grand renfort de bêlements de trompettes, ils avaient fait irruption dans le bureau de Finnegan ; ils avaient embrassé Gryphius qui eut l'air de les reconnaître, mais qui leur répondit froidement ; ils avaient échangé quelques mots en yiddish — lui à voix basse, gutturale, eux avec des voix de fausset, aiguës — et ils étaient montés dans la pièce du fond. Au bout d'un quart d'heure, ils étaient redescendus tous les trois, très contents ; Gryphius, vacillant, paraissait aussi ivre que les autres.

Iba, alto y vertiginoso, en el medio, entre los arlequines enmascarados. (Una de las mujeres del bar recordó los losanges amarillos, rojos y verdes.) Dos veces tropezó; dos veces lo sujetaron los arlequines. Rumbo a la dársena inmediata, de agua rectangular, los tres subieron al cupé y desaparecieron. Ya en el estribo del cupé, el último arlequín garabateó una figura obscena y una sentencia en una de las pizarras de la recova.

Treviranus vio la sentencia. Era casi previsible, decía:

La última de las letras del Nombre ha sido articulada.

Examinó, después, la piecita de Gryphius-Ginzberg. Había en el suelo una brusca estrella de sangre; en los rincones, restos de cigarrillos de marca húngara; en un armario, un libro en latín —el *Philologus hebraeograecus* (1739) de Leusden— con varias notas manuscritas. Treviranus lo miró con indignación e hizo buscar a Lönnrot. Éste, sin sacarse el sombrero, se puso a leer, mientras el comisario interrogaba a los contradictorios testigos del secuestro posible. A las cuatro salieron. En la torcida Rue de Toulon, cuando pisaban las serpentinas muertas del alba, Treviranus dijo:

—¿Y si la historia de esta noche fuera un simulacro?

Erik Lönnrot sonrió y le leyó con toda gravedad un pasaje (que estaba subrayado) de la disertación trigésima tercera del *Philologus: Dies Judæorum incipit a solis occasu usque ad solis occasum diei sequentis.* Esto quiere decir —agregó—, *El día hebreo empieza al anochecer y dura hasta el siguiente anochecer.*

Grand et vertigineux, il marchait au milieu, entre les arlequins masqués. (Une des femmes du bar se rappela les losanges jaunes, rouges et verts.) Il avait trébuché deux fois ; deux fois les arlequins l'avaient retenu. Les trois hommes étaient montés dans le coupé et avaient disparu en prenant la direction du bassin voisin, à l'eau rectangulaire. Déjà sur le marchepied du coupé, le dernier arlequin avait griffonné un dessin obscène et une phrase sur une des ardoises des arcades.

Treviranus vit la phrase. Elle était presque prévisible. Elle disait :

La dernière des lettres du Nom a été articulée.

Il examina ensuite la petite chambre de Gryphius-Ginzberg. Il y avait par terre une brusque étoile de sang ; dans les coins, des restes de cigarettes de marque hongroise ; dans une armoire, un livre en latin — le *Philologus Hebraeograecus* (1739) de Leusden — avec plusieurs notes manuscrites. Treviranus le regarda avec indignation et fit chercher Lönnrot. Sans ôter son chapeau, celui-ci se mit à lire, pendant que le commissaire interrogeait les témoins contradictoires de l'enlèvement possible. À quatre heures, ils sortirent. Dans la tortueuse rue de Toulon, quand ils foulaient les serpentins morts de l'aube, Treviranus dit :

« Et si l'histoire de cette nuit était un simulacre ? »

Erik Lönnrot sourit et lui lut très gravement un passage (qui était souligné) de la trente-troisième dissertation du *Philologus* : « *Dies Judaeorum incipit a solis occasu usque ad solis occasum diei sequentis.* Ce qui veut dire, ajouta-t-il : " Le jour hébreu commence au coucher du soleil et dure jusqu'au coucher de soleil suivant. " »

El otro ensayó una ironía.

—¿Ese dato es el más valioso que usted ha recogido esa noche?

—No. Más valiosa es una palabra que dijo Ginzberg.

Los diarios de la tarde no descuidaron esas desapariciones periódicas. *La Cruz de la Espada* las contrastó con la admirable disciplina y el orden del último Congreso Eremítico; Ernst Palast, en *El Mártir*, reprobó "las demoras intolerables de un pogrom clandestino y frugal, que ha necesitado tres meses para liquidar tres judíos"; la *Yidische Zaitung* rechazó la hipótesis horrorosa de un complot antisemita, "aunque muchos espíritus penetrantes no admiten otra solución del triple misterio"; el más ilustre de los pistoleros del Sur, Dandy Red Scharlach, juró que en su distrito nunca se producirían crímenes de esos y acusó de culpable negligencia al comisario Franz Treviranus.

Éste recibió, la noche del primero de marzo, un imponente sobre sellado. Lo abrió; el sobre contenía una carta firmada *Baruj Spinoza* y un minucioso plano de la ciudad, arrancado notoriamente de un Baedeker. La carta profetizaba que el tres de marzo no habría un cuarto crimen, pues la pinturería del Oeste, la taberna de la Rue de Toulon y el Hôtel du Nord eran "los vértices perfectos de un triángulo equilátero y místico"; el plano demostraba en tinta roja la regularidad de ese triángulo.

L'autre essaya une ironie :

« C'est le renseignement le plus précieux que vous ayez recueilli cette nuit ?

— Non. Plus précieux est un mot que Ginzberg a prononcé. »

Les journaux du soir ne négligèrent pas ces disparitions périodiques. *La Croix de l'Épée* les opposa à l'admirable discipline et à l'ordre du dernier Congrès Érémitique ; Ernst Palast, dans *Le Martyr,* réprouva « les lenteurs intolérables d'un pogrom clandestin et frugal qui a besoin de trois mois pour liquider trois juifs » ; la *Yiddische Zeitung* repoussa l'hypothèse horrible d'un complot antisémite, « bien que beaucoup d'esprits pénétrants n'admettent pas d'autre solution au triple mystère » ; le plus illustre des manieurs de pistolet du Sud, Dandy Red Scharlach, jura que, dans son district, de tels crimes ne se produiraient jamais et accusa de négligence coupable le commissaire Franz Treviranus.

Dans la nuit du premier mars, celui-ci reçut une imposante enveloppe timbrée. Il l'ouvrit ; l'enveloppe contenait une lettre signée Baruch Spinoza et un plan minutieux de la ville, visiblement arraché à un Baedeker[1]. La lettre prophétisait que, le 3 mars, il n'y aurait pas de quatrième crime, car la boutique du marchand de couleurs de l'ouest, le cabaret de la rue de Toulon et l'Hôtel du Nord étaient « les sommets parfaits d'un triangle équilatéral et mystique » ; le plan démontrait à l'encre rouge la régularité de ce triangle.

---

1. Célèbre collection de manuels du voyageur par Karl Baedeker, édités à Leipzig et à Paris.

Treviranus leyó con resignación ese argumento *more geometrico* y mandó la carta y el plano a casa de Lönnrot —indiscutible merecedor de tales locuras.

Erik Lönnrot las estudió. Los tres lugares, en efecto, eran equidistantes. Simetría en el tiempo (3 de diciembre, 3 de enero, 3 de febrero); simetría en el espacio, también... Sintió, de pronto, que estaba por descifrar el misterio. Un compás y una brújula completaron esa brusca intuición. Sonrió, pronunció la palabra *Tetragrámaton* (de adquisición reciente) y llamó por teléfono al comisario. Le dijo:

—Gracias por ese triángulo equilátero que usted anoche me mandó. Me ha permitido resolver el problema. Mañana viernes los criminales estarán en la cárcel; podemos estar muy tranquilos.

—Entonces ¿no planean un cuarto crimen?

—Precisamente porque planean un cuarto crimen, podemos estar muy tranquilos. —Lönnrot colgó el tubo. Una hora después, viajaba en un tren de los Ferrocarriles Australes, rumbo a la quinta abandonada de Triste-le-Roy. Al sur de la ciudad de mi cuento fluye un ciego riachuelo de aguas barrosas, infamado de curtiembres y de basuras. Del otro lado hay un suburbio fabril donde, al amparo de un caudillo barcelonés, medran los pistoleros. Lönnrot sonrió al pensar que el más afamado —Red Scharlach— hubiera dado cualquier cosa por conocer esa clandestina visita. Azevedo fue compañero de Scharlach; Lönnrot consideró la remota posibilidad de que la cuarta víctima fuera Scharlach. Después, la desechó... Virtualmente, había descifrado el problema;

Treviranus lut avec résignation cet argument *more geometrico* et envoya la lettre et le plan chez Lönnrot, qui méritait indiscutablement ces folies.

Erik Lönnrot les étudia. les trois lieux, en effet, étaient équidistants. Symétrie dans le temps (3 décembre, 3 janvier, 3 février); symétrie dans l'espace, aussi... Il sentit, tout à coup, qu'il était sur le point de déchiffrer le mystère. Un compas et une boussole complétèrent cette brusque intuition. Il sourit, prononça le mot *Tetragrammaton* (d'acquisition récente) et téléphona au commissaire. Il lui dit :

« Merci de ce triangle équilatéral que vous m'avez envoyé hier soir. Il m'a permis de résoudre le problème. Demain vendredi les criminels seront en prison; nous pouvons être tranquilles.

— Alors, ils ne projettent pas un quatrième crime ?

— C'est précisément parce qu'ils projettent un quatrième crime que nous pouvons être tranquilles. » Lönnrot raccrocha. Une heure plus tard, il était dans un train des Chemins de Fer du Midi, et roulait vers la propriété abandonnée de Triste-le-Roy. Au sud de la ville de mon récit, coule un ruisseau aveugle aux eaux fangeuses, outragé de tanneries et d'ordures. De l'autre côté, il y a un faubourg ouvrier où, sous la protection d'un chef de bande barcelonais, prospèrent les manieurs de pistolet. Lönnrot sourit en pensant que le plus renommé — Red Scharlach — aurait donné n'importe quoi pour connaître cette visite clandestine. Azevedo avait été le compagnon de Scharlach. Lönnrot envisagea la lointaine possibilité que la quatrième victime fût Scharlach. Puis, il la rejeta... Virtuellement, il avait déchiffré le problème;

las meras circunstancias, la realidad (nombres, arrestos, caras, trámites judiciales y carcelarios), apenas le interesaban ahora. Quería pasear, quería descansar de tres meses de sedentaria investigación. Reflexionó que la explicación de los crímenes estaba en un triángulo anónimo y en una polvorienta palabra griega. El misterio casi le pareció cristalino; se abochornó de haberle dedicado cien días.

El tren paró en una silenciosa estación de cargas. Lönnrot bajó. Era una de esas tardes desiertas que parecen amaneceres. El aire de la turbia llanura era húmedo y frío. Lönnrot echó a andar por el campo. Vio perros, vio un furgón en una vía muerta, vio el horizonte, vio un caballo plateado que bebía el agua crapulosa de un charco. Oscurecía cuando vio el mirador rectangular de la quinta de Triste-le-Roy, casi tan alto como los negros eucaliptos que lo rodeaban. Pensó que apenas un amanecer y un ocaso (un viejo resplandor en el oriente y otro en el occidente) lo separaban de la hora anhelada por los buscadores del Nombre.

Una herrumbrada verja definía el perímetro irregular de la quinta. El portón principal estaba cerrado. Lönnrot, sin mucha esperanza de entrar, dio toda la vuelta. De nuevo ante el portón infranqueable, metió la mano entre los barrotes, casi maquinalmente, y dio con el pasador. El chirrido del hierro lo sorprendió. Con una pasividad laboriosa, el portón entero cedió.

Lönnrot avanzó entre los eucaliptos, pisando confundidas generaciones de rotas hojas rígidas.

les pures circonstances, la réalité (noms, arrestations, visages, voies judiciaires et pénales) l'intéressaient à peine maintenant. Il voulait se promener, il voulait se reposer de trois mois d'enquête sédentaire. Il réfléchit : l'explication des crimes tenait dans un triangle anonyme et dans un poussiéreux mot grec. Le mystère lui parut presque cristallin ; il eut honte de lui avoir consacré cent jours.

Le train s'arrêta dans une silencieuse gare de marchandises. Lönnrot descendit. C'était un de ces après-midi déserts, à l'apparence d'aubes. L'air de la plaine trouble était humide et froid. Lönnrot s'en alla à travers la campagne. Il vit des chiens, il vit un fourgon sur une voie morte, il vit l'horizon, il vit un cheval argenté qui buvait l'eau crapuleuse d'une mare. La nuit tombait quand il vit le mirador rectangulaire de la villa de Triste-le-Roy, presque aussi haut que les noirs eucalyptus qui l'entouraient. Il pensa qu'à peine une aurore et un couchant (une vieille lueur à l'orient et une autre à l'occident) le séparaient de l'heure anxieusement attendue par les chercheurs du Nom.

Une grille rouillée définissait le périmètre irrégulier de la propriété. Le portail principal était fermé. Lönnrot, sans grand espoir d'entrer, en fit tout le tour. De nouveau devant le portail infranchissable, il avança la main entre les barreaux, presque machinalement, et trouva la targette. Le grincement du fer le surprit. Avec une passivité laborieuse, le portail tout entier céda.

Lönnrot avança entre les eucalyptus, marchant sur des générations confondues de feuilles raides déchirées.

Vista de cerca, la casa de la quinta de Triste-le-Roy abundaba en inútiles simetrías y en repeticiones maníaticas: a una Diana glacial en un nicho lóbrego correspondía en un segundo nicho otra Diana; un balcón se reflejaba en otro balcón; dobles escalinatas se abrían en doble balaustrada. Un Hermes de dos caras proyectaba una sombra monstruosa. Lönnrot rodeó la casa como había rodeado la quinta. Todo lo examinó; bajo el nivel de la terraza vio una estrecha persiana.

La empujó: unos pocos escalones de mármol descendían a un sótano. Lönnrot, que ya intuía las preferencias del arquitecto, adivinó que en el opuesto muro del sótano había otros escalones. Los encontró, subió, alzó las manos y abrió la trampa de salida.

Un resplandor lo guió a una ventana. La abrió: una luna amarilla y circular definía en el triste jardín dos fuentes cegadas. Lönnrot exploró la casa. Por antecomedores y galerías salió a patios iguales y repetidas veces al mismo patio. Subió por escaleras polvorientas a antecámaras circulares; infinitamente se multiplicó en espejos opuestos; se cansó de abrir o entreabrir ventanas que le revelaban, afuera, el mismo desolado jardín desde varias alturas y varios ángulos; adentro, muebles con fundas amarillas y arañas embaladas en tarlatán. Un dormitorio lo detuvo; en ese dormitorio, una sola flor en una copa de porcelana; al primer roce los pétalos antiguos se deshicieron. En el segundo piso, en el último, la casa le pareció infinita y creciente. *La casa no es tan grande,* pensó.

Vue de près, la propriété de Triste-le-Roy abondait en symétries inutiles et en répétitions maniaques ; à une Diane glaciale dans une niche sombre correspondait une autre Diane dans une seconde niche ; un balcon se reflétait dans un autre balcon ; un double perron s'ouvrait en une double balustrade. Un Hermès à deux faces projetait une ombre monstrueuse. Lönnrot fit le tour de la maison comme il avait fait le tour de la propriété. Il examina tout ; sous le niveau de la terrasse, il vit une étroite persienne. Il la poussa : quelques marches de marbre descendaient dans une cave. Lönnrot, qui avait déjà l'intuition des préférences de l'architecte, devina que dans le mur opposé de la cave, il y avait d'autres marches. Il les trouva, monta, éleva les mains et ouvrit la trappe de sortie.

Une lueur le guida à une fenêtre. Il l'ouvrit : une lune jaune et circulaire définissait dans le jardin triste deux fontaines obstruées. Lönnrot explora la maison. Par des offices et des galeries, il sortit dans des cours semblables et à plusieurs reprises dans la même cour. Il monta par des escaliers poussiéreux à des antichambres circulaires ; il se multiplia à l'infini dans des miroirs opposés ; il se fatigua à ouvrir et à entrouvrir des fenêtres qui lui révélaient, au-dehors, le même jardin désolé, vu de différentes hauteurs et sous différents angles ; à l'intérieur, des meubles couverts de housses jaunes et des lustres emballés dans de la tarlatane. Une chambre à coucher l'arrêta ; dans cette chambre, une seule fleur et une coupe de porcelaine : au premier frôlement, les vieux pétales s'effritèrent. Au second étage, le dernier, la maison lui parut infinie et croissante : « La maison n'est pas si grande, pensa-t-il.

La agrandan la penumbra, la simetría, los espejos, los muchos años, mi desconocimiento, la soledad.

Por una escalera espiral llegó al mirador. La luna de esa tarde atravesaba los losanges de las ventanas; eran amarillos, rojos y verdes. Lo detuvo un recuerdo asombrado y vertiginoso.

Dos hombres de pequeña estatura, feroces y fornidos, se arrojaron sobre él y lo desarmaron; otro, muy alto, lo saludó con gravedad y le dijo:

—Usted es muy amable. Nos ha ahorrado una noche y un día.

Era Red Scharlach, Los hombres maniataron a Lönnrot. Éste, al fin, encontró su voz.

—Scharlach ¿usted busca el Nombre Secreto?

Scharlach seguía de pie, indiferente. No había participado en la breve lucha, apenas si alargó la mano para recibir el revólver de Lönnrot. Habló; Lönnrot oyó en su voz une fatigada victoria, un odio del tamaño del universo, una tristeza no menor que aquel odio.

—No —dijo Scharlach—. Busco algo más efímero y deleznable, busco a Erik Lönnrot. Hace tres años, en un garito de la Rue de Toulon, usted mismo arrestó, e hizo encarcelar a mi hermano. En un cupé, mis hombres me sacaron del tiroteo con una bala policial en el vientre. Nueve días y nueve noches agonicé en esta desolada quinta simétrica; me arrasaba la fiebre, el odioso Jano bifronte que mira los ocasos y las auroras daba horror a mi ensueño y a mi vigilia. Llegué a abominar de mi cuerpo,

Elle est agrandie par la pénombre, la symétrie, les miroirs, l'âge, mon dépaysement, la solitude. »

Par un escalier en spirale, il arriva au mirador. La lune ce soir-là traversait les losanges des fenêtres ; ils étaient jaunes, rouges et verts. Il fut arrêté par un souvenir stupéfiant et vertigineux.

Deux hommes de petite taille, féroces et trapus, se jetèrent sur lui et le désarmèrent ; un autre, très grand, le salua gravement et lui dit :

« Vous êtes bien aimable. Vous nous avez épargné une nuit et un jour. »

C'était Red Scharlach. Les hommes lièrent les mains de Lönnrot. Celui-ci, à la fin, retrouva sa voix : « Scharlach, vous cherchez le Nom secret ? »

Scharlach était toujours debout, indifférent. Il n'avait pas participé à la courte lutte, c'est à peine s'il avait allongé la main pour recevoir le revolver de Lönnrot. Il parla ; Lönnrot entendit dans sa voix une victoire lasse, une haine à l'échelle de l'univers, une tristesse qui n'était pas moindre que cette haine.

« Non, dit Scharlach. Je cherche quelque chose de plus éphémère et de plus périssable, je cherche Erik Lönnrot. Il y a trois ans, dans un tripot de la rue de Toulon, vous-même avez arrêté et fait emprisonner mon frère. Dans un coupé, mes hommes m'arrachèrent à la fusillade avec une balle de policier dans le ventre. Neuf jours et neuf nuits j'agonisai dans cette symétrique propriété désolée ; j'étais abattu par la fièvre, l'odieux Janus à deux fronts qui regarde les couchants et les aurores rendait horribles mes rêves et mes veilles. J'en arrivai à prendre mon corps en abomination.

llegué a sentir que dos ojos, dos manos, dos pulmones, son tan monstruosos como dos caras. Un irlandés trató de convertirme a la fe de Jesús; me repetía la sentencia de los *goím*: Todos los caminos llevan a Roma. De noche, mi delirio se alimentaba de esa metáfora: yo sentía que el mundo es un laberinto, del cual era imposible huir, pues todos los caminos, aunque fingieran ir al norte o al sur, iban realmente a Roma, que era también la cárcel cuadrangular donde agonizaba mi hermano y la quinta de Triste-le-Roy. En esas noches yo juré por el dios que ve con dos caras y por todos los dioses de la fiebre y de los espejos tejer un laberinto en torno del hombre que había encarcelado a mi hermano. Lo he tejido y es firme: los materiales son un heresiólogo muerto, una brújula, una secta del siglo XVIII, una palabra griega, un puñal, los rombos de una pinturería.

El primer término de la serie me fue dado por el azar. Yo había tramado con algunos colegas —entre ellos, Daniel Azevedo— el robo de los zafiros del Tetrarca. Azevedo nos traicionó: se emborrachó con el dinero que le habíamos adelantado y acometió la empresa el día antes. En el enorme hotel se perdió; hacia las dos de la mañana irrumpió en el dormitorio de Yarmolinsky. Éste, acosado por el insomnio, se había puesto a escribir. Verosímilmente, redactaba unas notas o un artículo sobre el Nombre de Dios; había escrito ya las palabras: *La primera letra del Nombre ha sido articulada*. Azevedo le intimó silencio;

J'en arrivai à sentir que deux yeux, deux mains, deux poumons sont aussi monstrueux que deux visages. Un Irlandais essaya de me convertir à la foi de Jésus ; il me répétait la maxime des " goim " : " Tous les chemins mènent à Rome. " La nuit, mon délire se nourrissait de cette métaphore ; je sentais que le monde était un labyrinthe d'où il était impossible de s'enfuir puisque tous les chemins, bien qu'ils fissent semblant d'aller vers le nord ou vers le sud, allaient réellement à Rome, qui était aussi la prison quadrangulaire où agonisait mon frère et la propriété de Triste-le-Roy. Au cours de ces nuits-là je jurai sur le dieu à deux faces et sur tous les dieux de la fièvre et des miroirs d'ourdir un labyrinthe autour de l'homme qui avait fait emprisonner mon frère. Je l'ai ourdi et il est solide : les matériaux en sont un hérésiologue mort, une boussole, une secte du XVIIIe siècle, un mot grec, un poignard, les losanges d'une boutique de marchand de couleurs.

« Le premier terme de la série me fut donné par le hasard. J'avais tramé avec quelques collègues — parmi lesquels Daniel Azevedo — le vol des saphirs du Tétrarque. Azevedo nous trahit : il se saoula avec l'argent que nous lui avions avancé et entreprit l'affaire la veille. Il se perdit dans l'énorme hôtel ; vers deux heures du matin, il fit irruption dans la chambre de Yarmolinsky. Celui-ci, traqué par l'insomnie, s'était mis à écrire. Vraisemblablement, il rédigeait quelques notes ou un article sur le Nom de Dieu ; il avait déjà écrit les mots " La première lettre du Nom a été articulée ". Azevedo lui intima l'ordre de garder le silence.

Yarmolinsky alargó la mano hacia el timbre que despertaría todas las fuerzas del hotel; Azevedo le dio una sola puñalada en el pecho. Fue casi un movimiento reflejo; medio siglo de violencia le había enseñado que lo más fácil y seguro es matar... A los diez días yo supe por la *Yidische Zaitung* que usted buscaba en los escritos de Yarmolinsky la clave de la muerte de Yarmolinsky. Leí la *Historia de la secta de los Hasidim;* supe que el miedo reverente de pronunciar el Nombre de Dios había originado la doctrina de que ese Nombre es todopoderoso y recóndito. Supe que algunos Hasidim, en busca de ese Nombre secreto, habían llegado a cometer sacrificios humanos... Comprendí que usted conjeturaba que los Hasidim habían sacrificado al rabino; me dediqué a justificar esa conjetura.

Marcelo Yarmolinsky murió la noche del tres de diciembre; para el segundo "sacrificio" elegí la del tres de enero. Murió en el Norte; para el segundo "sacrificio" nos convenía un lugar del Oeste. Daniel Azevedo fue la víctima necesaria. Merecía la muerte: era un impulsivo, un traidor; su captura podía aniquilar todo el plan. Uno de los nuestros lo apuñaló; para vincular su cadáver al anterior, yo escribí encima de los rombos de la pinturería *La segunda letra del Nombre ha sido articulada.*

El tercer "crimen" se produjo el tres de febrero. Fue, como Treviranus adivinó, un mero simulacro. Gryphius-Ginzberg-Ginsburg soy yo; una semana interminable sobrellevé (suplementado por una tenue barba postiza) en ese perverso cubículo de la Rue de Toulon, hasta que los amigos me secuestraron.

Yarmolinsky tendit la main vers le timbre qui réveillerait toutes les forces de l'hôtel ; Azevedo lui donna un seul coup de poignard dans la poitrine. Ce fut presque un réflexe ; un demi-siècle de violence lui avait appris que le plus facile et le plus sûr est de tuer... Dix jours plus tard, j'appris par la *Yiddische Zeitung* que vous cherchiez dans les écrits de Yarmolinsky la clé de la mort de Yarmolinsky. Je lus l'*Histoire de la secte des Hasidim* ; je sus que la crainte respectueuse de prononcer le Nom de Dieu avait donné naissance à la doctrine suivant laquelle ce Nom est tout-puissant et caché. Je sus que quelques Hasidim, en quête de ce Nom secret, en étaient arrivés à faire des sacrifices humains... Je compris que vous conjecturiez que les Hasidim avaient sacrifié le rabbin ; je m'appliquai à justifier cette conjecture.

« Marcel Yarmolinsky mourut la nuit du 3 décembre ; pour le second " sacrifice ", je choisis celle du 3 janvier. Il mourut au Nord, il nous fallait un lieu de l'Ouest. Daniel Azevedo fut la victime nécessaire. Il méritait la mort ; c'était un impulsif, un traître ; sa capture pouvait anéantir tout le plan. Un des nôtres le poignarda ; pour rattacher son cadavre au précédent, j'écrivis au-dessus des losanges de la boutique du marchand de couleurs : " La seconde lettre du Nom a été articulée. "

« Le troisième " crime " se produisit le 3 février. Ce fut, comme Treviranus le devina, un pur simulacre. Gryphius-Ginzberg-Ginsburg c'est moi. Je supportai (agrémenté d'une légère barbe postiche) une semaine interminable dans cette perverse chambre de la rue de Toulon, jusqu'au moment où mes amis m'enlevèrent.

Desde el estribo del cupé, uno de ellos escribió en un pilar *La última de las letras del Nombre ha sido articulada*. Esa escritura divulgó que la serie de crímenes era *triple*. Así lo entendió el público; yo, sin embargo, intercalé repetidos indicios para que usted, el razonador Erik Lönnrot, comprendiera que es *cuádruple*. Un prodigio en el Norte, otros en el Este y en Oeste, reclaman un cuarto prodigio en el Sur; el Tetragrámaton —el Nombre de Dios, JHVH— consta de *cuatro* letras; los arlequines y la muestra del pinturero sugieren *cuatro* términos. Yo subrayé cierto pasaje en el manual de Leusden; ese pasaje manifiesta que los hebreos computaban el día de ocaso a ocaso; ese pasaje da a entender que las muertes ocurrieron el *cuatro* de cada mes. Yo mandé el triángulo equilátero a Treviranus. Yo presentí que usted agregaría el punto que falta. El punto que determina un rombo perfecto, el punto que prefija el lugar donde una exacta muerte lo espera. Todo lo he premeditado, Erik Lönnrot, para atraerlo a usted a las soledades de Triste-le-Roy.

Lönnrot evitó los ojos de Scharlach. Miró los árboles y el cielo subdivididos en rombos turbiamente amarillos, verdes y rojos. Sintió un poco de frío y una tristeza impersonal, casi anónima. Ya era de noche; desde el polvoriento jardín subió el grito inútil de un pájaro. Lönnrot consideró por última vez el problema de las muertes simétricas y periódicas.

—En su laberinto sobran tres líneas —dijo por fin—. Yo sé de un laberinto griego que es una línea única, recta.

Du marchepied du coupé l'un d'eux écrivit sur un pilier : " La dernière lettre du Nom a été articulée. " Cette phrase proclamait que la série des crimes était " triple ". C'est ainsi que le comprit le public; moi, cependant, j'intercalai des indices répétés pour que vous, le raisonneur Erik Lönnrot, vous compreniez qu'il était " quadruple ". Un prodige au Nord, d'autres à l'Est et à l'Ouest réclament un quatrième prodige au Sud; le Tetragrammaton — le Nom de Dieu, JHVH — se compose de *quatre lettres;* les arlequins et l'enseigne du marchand de couleurs suggèrent " quatre " termes. Je soulignai un certain passage dans le manuel de Leusden : ce passage manifeste que les Hébreux calculaient le jour de couchant à couchant ; ce passage donne à entendre que les morts eurent lieu le " quatre " de chaque mois. J'envoyai le triangle équilatéral à Treviranus. Je pressentis que vous y ajouteriez le point qui manquait. Le point qui déterminait un losange parfait, le point qui préfixait le lieu où une mort exacte vous attend. J'ai tout prémédité, Erik Lönnrot, pour vous attirer dans les solitudes de Triste-le-Roy. »

Lönnrot évita les yeux de Scharlach. Il regarda les arbres et le ciel subdivisé en losanges confusément jaunes, verts et rouges. Il sentit un peu de froid et une tristesse impersonnelle, presque anonyme. Il faisait déjà nuit ; du jardin poussiéreux monta le cri inutile d'un oiseau. Lönnrot considéra pour la dernière fois le problème des morts symétriques et périodiques.

« Dans votre labyrinthe, il y a trois lignes de trop, dit-il enfin. Je connais un labyrinthe grec qui est une ligne unique, droite.

En esa línea se han perdido tantos filósofos que bien puede perderse un mero *detective*. Scharlach, cuando en otro avatar usted me dé caza, finja (o cometa) un crimen en A, luego un segundo crimen en B, a 8 kilómetros de A, luego un tercer crimen en C, a 4 kilómetros de A y de B, a mitad de camino entre los dos. Aguárdeme después en D, a 2 kilómetros de A y de C, de nuevo a mitad de camino. Máteme en D, como ahora va a matarme en Triste-le-Roy.

—Para la otra vez que lo mate —replicó Scharlach— le prometo ese laberinto, que consta de una sola línea recta y que es invisible, incesante.

Retrocedió unos pasos. Después, muy cuidadosamente, hizo fuego.

1942.

Sur cette ligne, tant de philosophes se sont égarés qu'un pur *détective* peut bien s'y perdre. Scharlach, quand, dans un autre avatar, vous me ferez la chasse, feignez (ou commettez) un crime en A, puis un second crime en B, à 8 kilomètres de A, puis un troisième crime en C, à 4 kilomètres de A et de B, à mi-chemin entre les deux. Attendez-moi ensuite en D, à 2 kilomètres de A et de C, encore à mi-chemin. Tuez-moi en D, comme vous allez maintenant me tuer à Triste-le-Roy.

— La prochaine fois que je vous tuerai, répliqua Scharlach, je vous promets ce labyrinthe, qui se compose d'une seule ligne droite et qui est invisible, et incessant. »

Il recula de quelques pas. Puis, très soigneusement, il fit feu.

1942.

EL MILAGRO SECRETO

«Y Dios lo hizo morir durante cien años y luego lo animó y le dijo:
—¿Cuánto tiempo has estado aquí?
—Un día o parte de un día, respondió.»

Alcorán, II, 261.

La noche del catorce de marzo de 1939, en un departamento de la Zeltnergasse de Praga, Jaromir Hladík, autor de la inconclusa tragedia *Los enemigos*, de una *Vindicación de la eternidad* y de un examen de las indirectas fuentes judías de Jakob Boehme, soñó con un largo ajedrez. No lo disputaban dos individuos sino dos familias ilustres; la partida había sido entablada hace muchos siglos; nadie era capaz de nombrar el olvidado premio, pero se murmuraba que era enorme y quizá infinito; las piezas y el tablero estaban en una torre secreta; Jaromir (en el sueño) era el primogénito de una de las familias hostiles; en los relojes resonaba la hora de la impostergable jugada;

LE MIRACLE SECRET

« Et Dieu le fit mourir pendant cent ans, puis le ranima et lui dit :
" Combien de temps es-tu resté ici ?
— Un jour, ou une partie du jour ", répondit-il. »

Coran, II, 261.

La nuit du 14 mars 1939, dans un appartement de la Zeltnergasse de Prague, Jaromir Hladik, auteur de la tragédie inachevée *Les ennemis*, d'une *Défense de l'éternité* et d'un examen des sources juives indirectes de Jakob Boehme[1], rêva d'une longue partie d'échecs. Elle n'était pas disputée par deux personnes mais par deux familles illustres ; la partie avait été commencée depuis des siècles ; nul n'était capable d'en nommer l'enjeu oublié, mais on murmurait qu'il était énorme et peut-être infini ; les pièces et l'échiquier se trouvaient dans une tour secrète ; Jaromir (dans son rêve) était l'aîné d'une des familles hostiles ; les horloges sonnaient l'heure du coup qui ne pouvait plus être retardé ;

---

1. Jakob Boehme (1575-1674) : mystique allemand, auteur d'une vaste production théosophique.

el soñador corría por las arenas de un desierto lluvioso y no lograba recordar las figuras ni las leyes del ajedrez. En ese punto, se despertó. Cesaron los estruendos de la lluvia y de los terribles relojes. Un ruido acompasado y unánime, cortado por algunas voces de mando, subía de la Zeltnergasse. Era el amanecer, las blindadas vanguardias del Tercer Reich entraban en Praga.

El diecinueve, las autoridades recibieron una denuncia; el mismo diecinueve, al atardecer, Jaromir Hladík fue arrestado. Lo condujeron a un cuartel aséptico y blanco, en la ribera opuesta del Moldau. No pudo levantar uno solo de los cargos de la Gestapo: su apellido materno era Jaroslavski, su sangre era judía, su estudio sobre Boehme era judaizante, su firma delataba el censo final de una protesta contra el Anschluss. En 1928, había traducido el *Sepher Yezirah* para la editorial Hermann Barsdorf; el efusivo catálogo de esa casa había exagerado comercialmente el renombre del traductor; ese catálogo fue hojeado por Julius Rothe, uno de los jefes en cuyas manos estaba la suerte de Hladík. No hay hombre que, fuera de su especialidad, no sea crédulo; dos o tres adjetivos en letra gótica bastaron para que Julius Rothe admitiera la preeminencia de Hladík y dispusiera que lo condenaran a muerte, *pour encourager les autres*. Se fijó el día veintinueve de marzo, a las nueve a.m. Esa demora (cuya importancia apreciará después el lector) se debía al deseo administrativo de obrar impersonal y pausadamente, como los vegetales y los planetas.

le rêveur parcourait les sables d'un désert pluvieux et ne parvenait à se rappeler ni les pièces ni les règles du jeu d'échecs. À ce moment, il se réveilla. Le fracas de la pluie et des terribles horloges cessa. Un bruit rythmé et unanime, entrecoupé de quelques cris de commandement, montait de la Zeltnergasse. C'était l'aube ; les avant-gardes blindées du Troisième Reich entraient dans Prague.

Le 19, les autorités reçurent une dénonciation ; le même jour, au soir, Jaromir Hladik fut arrêté. On le conduisit dans une caserne aseptique et blanche, sur la rive opposée de la Moldau. Il ne put se défendre d'aucune des accusations de la Gestapo : son nom de famille maternel était Jaroslavski, son sang était juif ; son étude sur Boehme était judaïsante ; sa signature allongeait la liste finale d'une protestation contre l'Anschluss. En 1928, il avait traduit le *Sepher Yezirah* pour la maison d'édition Hermann Barsdorf ; le catalogue prolixe de cette maison avait exagéré dans un but commercial le renom du traducteur ; ce catalogue fut feuilleté par Julius Rothe, un des chefs entre les mains de qui était le sort de Hladik. Il n'y a pas d'homme qui, en dehors de sa spécialité, ne soit crédule ; deux ou trois adjectifs en lettres gothiques suffirent pour que Julius Rothe admît la prééminence de Hladik et décidât de le condamner à mort, *pour encourager les autres*[1]. On fixa l'exécution au 29 mars, à neuf heures du matin. Ce délai (dont le lecteur appréciera l'importance par la suite) était dû au fait que l'administration désirait agir impersonnellement et posément, comme les végétaux et les planètes.

1. Ces mots, cités en français, sont empruntés à Voltaire, chapitre XXIII de *Candide* (exécution de l'amiral Byng).

El primer sentimiento de Hladík fue de mero terror. Pensó que no lo hubieran arredrado la horca, la decapitación o el degüello, pero que morir fusilado era intolerable. En vano se redijo que el acto puro y general de morir era lo temible, no las circunstancias concretas. No se cansaba de imaginar esas circunstancias: absurdamente procuraba agotar todas las variaciones. Anticipaba infinitamente el proceso, desde el insomne amanecer hasta la misteriosa descarga. Antes del día prefijado por Julius Rothe, murió centenares de muertes, en patios cuyas formas y cuyos ángulos fatigaban la geometría, ametrellado por soldados variables, en número cambiante, que a veces lo ultimaban desde lejos; otras, desde muy cerca. Afrontaba con verdadero temor (quizá con verdadero coraje) esas ejecuciones imaginarias; cada simulacro duraba unos pocos segundos; cerrado el círculo, Jaromir interminablemente volvía a las trémulas vísperas de su muerte. Luego reflexionó que la realidad no suele coincidir con las previsiones; con lógica perversa infirió que prever un detalle circunstancial es impedir que éste suceda. Fiel a esa débil magia, inventaba, *para que no sucedieran*, rasgos atroces; naturalmente, acabó por temer que esos rasgos fueran proféticos. Miserable en la noche, procuraba afirmarse de algún modo en la sustancia fugitiva del tiempo. Sabía que éste se precipitaba hacia el alba del día veintinueve; razonaba en voz alta: *Ahora estoy en la noche del veintidós; mientras dure esta noche (y seis noches más) soy invulnerable, inmortal.*

Le premier sentiment de Hladik fut un sentiment de pure terreur. Il pensa qu'il n'aurait pas été effrayé par la potence, la hache ou le couteau, mais qu'il était intolérable de mourir fusillé. Il se répéta vainement que ce qui était redoutable c'était l'acte pur et général de mourir et non les circonstances concrètes. Il ne se lassait pas d'imaginer ces circonstances : il essayait absurdement d'en épuiser toutes les variantes. Il anticipait infiniment le processus, depuis l'insomnie de l'aube jusqu'à la mystérieuse décharge. Avant le jour préfixé par Julius Rothe, il mourut des centaines de morts dans des cours dont les formes et les angles épuisaient la géométrie, mitraillé par des soldats variables, en nombre changeant, qui tantôt le tuaient de loin, tantôt de très près. Il affrontait avec un véritable effroi (peut-être avec un vrai courage) ces exécutions imaginaires ; chaque simulacre durait quelques secondes ; une fois le circuit fermé, Jaromir revenait interminablement aux veilles frissonnantes de sa mort. Puis il réfléchit : la réalité ne coïncide habituellement pas avec les prévisions ; avec une logique perverse, il en déduisit que prévoir un détail circonstanciel, c'est empêcher que celui-ci ne se réalise. Fidèle à cette faible magie, il inventait, *pour les empêcher de se réaliser*, des péripéties atroces ; naturellement, il finit par craindre que ces péripéties ne fussent prophétiques. Misérable dans la nuit, il essayait de s'affirmer en quelque sorte dans la substance fugitive du temps. Il savait que celui-ci se précipitait vers l'aube du 29 ; il raisonnait à haute voix : « Je suis maintenant dans la nuit du 22 ; tant que durera cette nuit (et six nuits de plus) je suis invulnérable, immortel. »

Pensaba que las noches de sueño eran piletas hondas y oscuras en las que podía sumergirse. A veces anhelaba con impaciencia la definitiva descarga, que lo redimiría, mal o bien, de su vana tarea de imaginar. El veintiocho, cuando el último ocaso reverberaba en los altos barrotes, lo desvió de esas consideraciones abyectas la imagen de su drama *Los enemigos*.

Hladík había rebasado los cuarenta años. Fuera de algunas amistades y de muchas costumbres, el problemático ejercicio de la literatura constituía su vida; como todo escritor, medía las virtudes de los otros por lo ejecutado por ellos y pedía que los otros lo midieran por lo que vislumbraba o planeaba. Todos los libros que había dado a la estampa le infundían un complejo arrepentimiento. En sus exámenes de la obra de Boehme, de Abnesra y de Flood, había intervenido esencialmente la mera aplicación; en su traducción del *Sepher Yezirah*, la negligencia, la fatiga y la conjetura. Juzgaba menos deficiente, tal vez, la *Vindicación de la eternidad:* el primer volumen historia las diversas eternidades que han ideado los hombres, desde el inmóvil Ser de Parménides hasta el pasado modificable de Hinton; el segundo niega (con Francis Bradley) que todos los hechos del universo integran una serie temporal. Arguye que no es infinita la cifra de las posibles experiencias del hombre y que basta una sola "repetición" para demostrar que el tiempo es una falacia...

Il pensait que les nuits de sommeil étaient des piscines profondes et sombres dans lesquelles il pouvait se plonger. Il souhaitait parfois avec impatience la décharge définitive qui le libérerait tant bien que mal de son vain travail d'imagination. Le 28, quand le dernier couchant se reflétait sur les barreaux élevés, il fut distrait de ces considérations abjectes par le souvenir de son drame *Les ennemis*.

Hladik avait dépassé la quarantaine. En dehors de quelques amitiés et d'un grand nombre d'habitudes, c'était l'exercice problématique de la littérature qui faisait toute sa vie; comme tout écrivain, il mesurait les vertus des autres à ce qu'ils réalisaient et demandait aux autres de le mesurer à ce qu'il entrevoyait ou projetait. Tous les livres qu'il avait donnés à l'impression lui inspiraient un repentir complexe. Dans ses examens de l'œuvre de Boehme, d'Abenesra[1] et de Fludd[2], était intervenue essentiellement une pure application; dans sa traduction de *Sepher Yezirah*, la négligence, la fatigue et la conjecture. Il jugeait moins déficient, peut-être, son ouvrage la *Défense de l'éternité* : le premier volume trace l'histoire des diverses éternités qu'ont imaginées les hommes, depuis l'Être immobile de Parménide jusqu'au passé modifiable de Hinton; le second nie (avec Francis Bradley) que tous les faits de l'univers entrent dans une série temporelle. Il argumente que le chiffre des expériences possibles de l'homme n'est pas infini et qu'il suffit d'une seule « répétition » pour démontrer que le temps est une tromperie...

1. Abenesra est Rabbi Abraham ibn (ben) Ezra (1092-1167), auteur de commentaires sur la Bible.
2. Robert Fludd : mystique anglais.

Desdichadamente, no son menos falaces los argumentos que demuestran esa falacia; Hladík solía recorrerlos con cierta desdeñosa perplejidad. También había redactado una serie de poemas expresionistas, éstos, para confusión del poeta, figuraron en una antología de 1924 y no hubo antología posterior que no los heredara. De todo ese pasado equívoco y lánguido quería redimirse Hladík con el drama en verso *Los enemigos*. (Hladík preconizaba el verso, porque impide que los espectadores olviden la irrealidad, que es condición del arte.)

Este drama observaba las unidades de tiempo, de lugar y de acción; transcurría en Hradcany, en la biblioteca del barón de Roemerstadt, en una de las últimas tardes del siglo diecinueve. En la primera escena del primer acto, un desconocido visita a Roemerstadt. (Un reloj da las siete, una vehemencia de último sol exalta los cristales, el aire trae una arrebatada y reconocible música húngara.) A esta visita siguen otras; Roemerstadt no conoce las personas que lo importunan, pero tiene la incómoda impresión de haberlos visto ya, tal vez en un sueño. Todos exageradamente lo halagan, pero es notorio —primero para los espectadores del drama, luego para el mismo barón— que son enemigos secretos, conjurados para perderlo. Roemerstadt logra detener o burlar sus complejas intrigas;

Malheureusement, les arguments qui démontrent cette tromperie ne sont pas moins trompeurs ; Hladik les passait habituellement en revue avec une certaine perplexité dédaigneuse. Il avait également rédigé une série de poèmes expressionnistes ; ceux-ci, pour la plus grande confusion du poète, figurèrent dans une anthologie de 1924[1], et il n'y eut pas d'anthologie postérieure qui ne les reçût en héritage. Hladik voulait se racheter de tout ce passé équivoque et languissant par son drame en vers *Les ennemis*. (Hladik préconisait le vers, parce que celui-ci empêche les spectateurs d'oublier l'irréalité qui est la condition de l'art.)

Ce drame observait les unités de temps, de lieu et d'action ; il se déroulait à Hradcany, dans la bibliothèque du baron de Roemerstadt, un des derniers après-midi du XIXe siècle. Dans la première scène du premier acte, un inconnu vient voir Roemerstadt. (Une horloge sonne sept heures, une véhémence de dernier soleil exalte les vitres, le vent apporte une musique hongroise passionnée et reconnaissable.) D'autres visites suivent celle-là ; Roemerstadt ne connaît pas les personnages qui l'importunent, mais il a la désagréable impression de les avoir déjà vus, peut-être en rêve. Tous le flattent exagérément mais il est évident — d'abord pour les spectateurs du drame, puis pour le baron lui-même — que ce sont des ennemis secrets, conjurés pour sa perte. Roemerstadt réussit à arrêter ou à déjouer leurs intrigues complexes ;

---

1. Dans cette analyse d'une œuvre qui présente beaucoup de traits communs avec la sienne, Borges, par Hladik interposé, confesse ses relations passées avec l'expressionnisme.

en el diálogo, aluden a su novia, Julia de Weidenau, y a un tal Jaroslav Kubin, que alguna vez la importunó con su amor. Éste, ahora, se ha enloquecido y cree ser Roemerstadt... Los peligros arrecian; Roemerstadt, al cabo del segundo acto, se ve en la obligación de matar a un conspirador. Empieza el tercer acto, el último. Crecen gradualmente las incoherencias: vuelven actores que parecían descartados ya de la trama; vuelve, por un instante, el hombre matado por Roemerstadt. Alguien hace notar que no ha atardecido: el reloj da las siete, en los altos cristales reverbera el sol occidental, el aire trae la arrebatada música húngara. Aparece el primer interlocutor y repite las palabras que pronunció en la primera escena del primer acto. Roemerstadt le habla sin asombro; el espectador entiende que Roemerstadt es el miserable Jaroslav Kubin. El drama no ha ocurrido: es el delirio circular que interminablemente vive y revive Kubin.

Nunca se había preguntado Hladík si esa tragicomedia de errores era baladí o admirable, rigurosa o casual. En el argumento que he bosquejado intuía la invención más apta para disimular sus defectos y para ejercitar sus felicidades, la posibilidad de rescatar (de manera simbólica) lo fundamental de su vida. Había terminado ya el primer acto y alguna escena del tercero; el carácter métrico de la obra le permitía examinarla continuamente, rectificando los hexámetros, sin el manuscrito a la vista. Pensó que aun le faltaban dos actos y que muy pronto iba a morir.

dans le dialogue, ils font allusion à sa fiancée, Julie de Weidenau, et à un certain Jaroslav Kubin, qui importuna quelquefois cette dernière de son amour. Cet homme est devenu fou, maintenant, et croit être Roemerstadt... Les dangers redoublent; Roemerstadt, à la fin du second acte, se voit dans l'obligation de tuer un conspirateur. Le troisième et dernier acte commence. Les incohérences augmentent graduellement : des acteurs qui semblaient déjà écartés de la trame reviennent; l'homme tué par Roemerstadt revient, pour un instant. Quelqu'un fait remarquer que la nuit n'est pas venue : l'horloge sonne sept heures, sur les vitres élevées se reflète le soleil du couchant, le vent apporte une musique hongroise passionnée. Le premier interlocuteur paraît et répète les paroles qu'il avait prononcées dans la première scène du premier acte. Roemerstadt lui parle sans étonnement; le spectateur comprend que Roemerstadt est le misérable Jaroslav Kubin. Le drame n'a pas eu lieu : il est le délire circulaire que Kubin vit et revit interminablement.

Hladik ne s'était jamais demandé si cette tragicomédie d'erreurs était futile ou admirable, rigoureuse ou fortuite. Dans l'argument que j'ai ébauché il voyait l'invention la plus apte à dissimuler ses défauts et à exercer ses idées heureuses, la possibilité de racheter (symboliquement) la part fondamentale de sa vie. Il avait déjà terminé le premier acte et une scène du troisième; le caractère métrique de l'œuvre lui permettait de l'examiner continuellement, et de rectifier les hexamètres, sans avoir le manuscrit sous les yeux. Il pensa qu'il lui manquait encore deux actes et qu'il allait bientôt mourir.

Habló con Dios en la oscuridad. *Si de algún modo exísto, si no soy una de tus repeticiones y erratas, existo como autor de* Los enemigos. *Para llevar a término ese drama, que puede justificarme y justificarte, requiero un año más. Otórgame esos días, Tú de Quien son los siglos y el tiempo.* Era la última noche, la más atroz, pero diez minutos después el sueño lo anegó como un agua oscura.

Hacia el alba, soñó que se había ocultado en una de las naves de la biblioteca del Clementinum. Un bibliotecario de gafas negras le preguntó: *¿Qué busca?* Hladík le replicó: *Busco a Dios.* El bibliotecario le dijo: *Dios está en una de las letras de una de las páginas de uno de los cuatrocientos mil tomos del Clementinum. Mis padres y los padres de mis padres han buscado esa letra; yo me he quedado ciego buscándola.* Se quitó las gafas y Hladík vio los ojos, que estaban muertos. Un lector entró a devolver un atlas. *Este atlas es inútil,* dijo, y se lo dio a Hladík. Éste lo abrió al azar. Vio un mapa de la India, vertiginoso. Bruscamente seguro, tocó una de las mínimas letras. Una voz ubicua le dijo: *El tiempo de tu labor ha sido otorgado.* Aquí Hladík se despertó.

Recordó que los sueños de los hombres pertenecen a Dios y que Maimónides ha escrito que son divinas las palabras de un sueño, cuando son distintas y claras y no se puede ver quién las dijo. Se vistió; dos soldados entraron en la celda y le ordenaron que los siguiera.

Del otro lado de la puerta, Hladík había previsto un laberinto de galerías, escaleras y pabellones.

Il parla à Dieu dans l'obscurité : « Si j'existe de quelque façon, si je ne suis pas une de tes répétitions, un de tes errata, j'existe en tant qu'auteur des *Ennemis*. Pour terminer ce drame, qui peut me justifier et te justifier, je demande une année de plus. Accorde-moi ces jours, Toi à qui les siècles et le temps appartiennent. » C'était la dernière nuit, la plus atroce, mais dix minutes plus tard, le sommeil le noya comme une eau sombre.

Vers l'aube, il rêva qu'il s'était caché dans une des nefs de la bibliothèque du Clementinum. Un bibliothécaire aux lunettes noires lui demanda : « Que cherchez-vous ? » Hladik répliqua : « Je cherche Dieu. » Le bibliothécaire lui dit : « Dieu est dans l'une des lettres de l'une des pages de l'un des quatre cent mille tomes du Clementinum. Mes parents et les parents de mes parents ont cherché cette lettre ; je suis devenu aveugle à force de la chercher. » Il ôta ses lunettes et Hladik vit ses yeux morts. Un lecteur entra pour rendre un atlas. « Cet atlas est inutile », dit-il et il le donna à Hladik. Celui-ci l'ouvrit au hasard. Il vit une carte de l'Inde, vertigineuse. Brusquement certain, il toucha une des plus petites lettres. Une voix qui venait de partout lui dit : « Le temps pour ton travail t'a été accordé. » Alors Hladik s'éveilla.

Il se rappela que les songes des hommes appartiennent à Dieu et que Maimonide a écrit que les paroles d'un rêve sont divines quand elles sont distinctes et claires et qu'on ne peut voir celui qui les a prononcées. Il s'habilla ; deux soldats entrèrent dans sa cellule et lui ordonnèrent de les suivre.

De l'autre côté de la porte, Hladik avait prévu un labyrinthe de galeries, d'escaliers et de pavillons.

La realidad fue menos rica: bajaron a un traspatio por una sola escalera de fierro. Varios soldados —alguno de uniforme desabrochado— revisaban una motocicleta y la discutían. El sargento miró el reloj: eran las ocho y cuarenta y cuatro minutos. Había que esperar que dieran las nueve. Hladík, más insignificante que desdichado, se sentó en un montón de leña. Advirtió que los ojos de los soldados rehuían los suyos. Para aliviar la espera, el sargento le entregó un cigarrillo. Hladík no fumaba; lo aceptó por cortesía o por humildad. Al encenderlo, vio que le temblaban las manos. El día se nubló; los soldados hablaban en voz baja como si él ya estuviera muerto. Vanamente, procuró recordar a la mujer cuyo símbolo era Julia de Weidenau...

El piquete se formó, se cuadró. Hladík, de pie contra la pared del cuartel, esperó la descarga. Alguien temió que la pared quedara maculada de sangre; entonces le ordenaron al reo que avanzara unos pasos. Hladík, absurdamente, recordó las vacilaciones preliminares de los fotógrafos. Una pesada gota de lluvia rozó una de las sienes de Hladík y rodó lentamente por su mejilla; el sargento vociferó la orden final.

El universo físico se detuvo.

Las armas convergían sobre Hladík, pero los hombres que iban a matarlo estaban inmóviles. El brazo del sargento eternizaba un ademán inconcluso. En una baldosa del patio una abeja proyectaba una sombra fija. El viento había cesado, como en un cuadro. Hladík ensayó un grito, una sílaba, la torsión de una mano. Comprendió que estaba paralizado.

La réalité fut moins riche : ils descendirent dans une arrière-cour par un seul escalier de fer. Plusieurs soldats — dont l'un avait un uniforme déboutonné — examinaient une motocyclette et la discutaient. Le sergent regarda sa montre : il était huit heures quarante-quatre. Il fallait attendre neuf heures. Hladik, plus insignifiant que malheureux, s'assit sur un tas de bois. Il remarqua que les yeux des soldats fuyaient les siens. Pour adoucir l'attente, le sergent lui offrit une cigarette. Hladik ne fumait pas; il l'accepta par courtoisie ou par humilité. En l'allumant, il vit que ses mains tremblaient. Le ciel se couvrit; les soldats parlaient à voix basse comme s'il était déjà mort. Vainement, il essaya de se rappeler la femme dont le symbole était Julie de Weidenau...

Le peloton se forma et se mit au garde-à-vous. Hladik, debout contre le mur de la caserne, attendit la décharge. Quelqu'un craignit que le mur ne fût taché de sang; alors on ordonna au condamné d'avancer de quelques pas. Hladik, absurdement, se rappela les hésitations préliminaires des photographes. Une lourde goutte de pluie frôla une des tempes de Hladik et roula lentement sur sa joue; le sergent vociféra l'ordre final.

L'univers physique s'arrêta.

Les armes convergeaient sur Hladik, mais les hommes qui allaient le tuer étaient immobiles. Le bras du sergent éternisait un geste inachevé. Sur une dalle de la cour une abeille projetait une ombre fixe. Le vent avait cessé, comme dans un tableau. Hladik essaya un cri, une syllabe, la torsion d'une main. Il comprit qu'il était paralysé.

No le llegaba ni el más tenue rumor del impedido mundo. Pensó *estoy en el infierno, estoy muerto.* Pensó *estoy loco.* Pensó *el tiempo se ha detenido.* Luego reflexionó que en tal caso, también se hubiera detenido su pensamiento. Quiso ponerlo a prueba: repitió (sin mover los labios) la misteriosa cuarta égloga de Virgilio. Imaginó que los ya remotos soldados compartían su angustia; anheló comunicarse con ellos. Le asombró no sentir ninguna fatiga, ni siquiera el vértigo de su larga inmovilidad. Durmió, al cabo de un plazo indeterminado. Al despertar, el mundo seguía inmóvil y sordo. En su mejilla perduraba la gota de agua; en el patio, la sombra de la abeja; el humo del cigarrillo que había tirado no acababa nunca de dispersarse. Otro "día" pasó, antes que Hladík entendiera.

Un año entero había solicitado de Dios para terminar su labor: un año le otorgaba su omnipotencia. Dios operaba para él un milagro secreto: lo mataría el plomo alemán, en la hora determinada, pero en su mente un año transcurría entre la orden y la ejecución de la orden. De la perplejidad pasó al estupor, del estupor a la resignación, de la resignación a la súbita gratitud.

No disponía de otro documento que la memoria; el aprendizaje de cada hexámetro que agregaba le impuso un afortunado rigor que no sospechan quienes aventuran y olvidan párrafos interinos y vagos. No trabajó para la posteridad ni aun para Dios, de cuyas preferencias literarias poco sabía. Minucioso, inmóvil, secreto, urdió en el tiempo su alto laberinto invisible. Rehizo el tercer acto dos veces.

Il ne recevait pas la plus légère rumeur du monde figé. Il pensa « je suis en enfer », « je suis mort ». Il pensa « je suis fou ». Il pensa « le temps s'est arrêté ». Puis il réfléchit : dans ce cas, sa pensée se serait arrêtée. Il voulut la mettre à l'épreuve : il récita (sans remuer les lèvres) la mystérieuse quatrième églogue de Virgile. Il imagina que les soldats déjà lointains partageaient son angoisse ; il désira communiquer avec eux. Il s'étonna de n'éprouver aucune fatigue, pas même le vertige de sa longue immobilité. Il s'endormit, au bout d'un temps indéterminé. Quand il s'éveilla, le monde était toujours immobile et sourd. La goutte d'eau était toujours sur sa joue ; dans la cour, l'ombre de l'abeille ; la fumée de la cigarette qu'il avait jetée n'en finissait pas de se dissiper. Un autre « jour » passa avant que Hladik eût compris.

Il avait sollicité de Dieu une année entière pour terminer son travail : l'omnipotence divine lui accordait une année. Dieu opérait pour lui un miracle secret : le plomb germanique le tuerait à l'heure convenue ; mais, dans son esprit, une année s'écoulerait entre l'ordre et l'exécution de cet ordre. De la perplexité il passa à la stupeur, de la stupeur à la résignation, de la résignation à une soudaine gratitude.

Il n'avait pour tout document que sa mémoire ; l'apprentissage de chaque hexamètre qu'il ajoutait lui avait imposé une heureuse rigueur que ne soupçonnent pas ceux qui aventurent et oublient des paragraphes intérimaires et vagues. Il ne travailla pas pour la postérité ni même pour Dieu, dont il connaissait mal les préférences littéraires. Minutieux, immobile, secret, il ourdit dans le temps son grand labyrinthe invisible. Il refit deux fois le troisième acte.

Borró algún símbolo demasiado evidente: las repetidas campanadas, la música. Ninguna circunstancia lo importunaba. Omitió, abrevió, amplificó; en algún caso, optó por la versión primitiva. Llegó a querer el patio, el cuartel; uno de los rostros que lo enfrentaban modificó su concepción del carácter de Roemerstadt. Descubrió que las arduas cacofonías que alarmaron tanto a Flaubert son meras supersticiones visuales: debilidades y molestias de la palabra escrita, no de la palabra sonora... Dio término a su drama: no le faltaba ya resolver sino un solo epíteto. Lo encontró; la gota de agua resbaló en su mejilla. Inició un grito enloquecido, movió la cara, la cuádruple descarga lo derribó.

Jaromir Hladík murió el veintinueve de marzo, a las nueve y dos minutos de la mañana.

1943.

Il effaça un symbole trop évident : les coups de cloches répétés, la musique. Aucune circonstance ne l'importunait. Il omit, abrégea, amplifia ; dans certain cas, il opta pour la version primitive. Il finit par aimer la cour, la caserne ; un des visages qui lui faisaient face modifia sa conception du caractère de Roemerstadt. Il découvrit que les pénibles cacophonies qui avaient tant alarmé Flaubert sont de pures superstitions visuelles, des faiblesses et des inconvénients du mot écrit, et non du mot sonore... Il termina son drame : il ne lui manquait plus qu'à décider d'une seule épithète. Il la trouva ; la goutte d'eau glissa sur sa joue. Il commença un cri affolé, remua la tête, la quadruple décharge l'abattit.

Jaromir Hladik mourut le 29 mars, à neuf heures et deux minutes du matin.

1943.

TRES VERSIONES DE JUDAS

> « There seemed a certainty in degradation. »
>
> T. E. LAWRENCE
> *Seven Pillars of Wisdom,* CIII.

En el Asia Menor o en Alejandría, en el segundo siglo de nuestra fe, cuando Basílides publicaba que el cosmos era una temeraria o malvada improvisación de ángeles deficientes, Nils Runeberg hubiera dirigido, con singular pasión intelectual, uno de los conventículos gnósticos. Dante le hubiera destinado, tal vez, un sepulcro de fuego; su nombre aumentaría los catálogos de heresiarcas menores, entre Satornilo y Carpócrates; algún fragmento de sus prédicas, exornado de injurias, perduraría en el apócrifo *Liber adversus omnes haereses* o habría perecido cuando el incendio de una biblioteca monástica devoró el último ejemplar del *Syntagma*. En cambio, Dios le deparó el siglo xx y la ciudad universitaria de Lund.

TROIS VERSIONS DE JUDAS

« There seemed a certainty in degradation[1]. »

T. E. LAWRENCE,
Seven Pillars of Wisdom, CIII.

En Asie Mineure ou à Alexandrie, au second siècle de notre foi, quand Basilide proclamait que le cosmos était une improvisation téméraire ou mal intentionnée d'anges déficients, Nils Runeberg aurait dirigé avec une singulière passion intellectuelle un des petits couvents gnostiques. Dante lui aurait destiné, peut-être, un sépulcre de feu ; son nom aurait grossi les catalogues des hérésiarques mineurs, entre Satornile et Carpocrate ; quelque fragment de ses prédications, agrémenté d'injures, resterait dans l'apocryphe *Liber adversus omnes haereses* ou aurait péri quand l'incendie d'une bibliothèque monastique dévora le dernier exemplaire du *Syntagma*. En revanche, Dieu lui accorda le XXe siècle et la cité universitaire de Lund.

---

1. « On avait l'impression d'un avilissement inévitable. » Borges appréciait beaucoup *Les sept piliers de la sagesse* (1926) de Thomas Edward Lawrence (1885-1935).

Ahí, en 1904, publicó la primera edición de *Kristus och Judas;* ahí, en 1909, su libro capital *Den hemlige Frälsaren*. (Del último hay versión alemana, ejecutada en 1912 por Emil Schering; se llama *Der heimliche Heiland*.)

Antes de ensayar un examen de los precitados trabajos, urge repetir que Nils Runeberg, miembro de la Unión Evangélica Nacional, era hondamente religioso. En un cenáculo de París o aun de Buenos Aires, un literato podría muy bien redescubrir las tesis de Runeberg; esas tesis, propuestas en un cenáculo, serían ligeros ejercicios inútiles de la negligencia o de la blasfemia. Para Runeberg, fueron la clave que descifra un misterio central de la teología; fueron materia de meditación y de análisis, de controversia histórica y filológica, de soberbia, de júbilo y de terror. Justificaron y desbarataron su vida. Quienes recorran este artículo, deben asimismo considerar que no registra sino las conclusiones de Runeberg, no su dialéctica y sus pruebas. Alguien observará que la conclusión precedió sin duda a las "pruebas". ¿Quién se resigna a buscar pruebas de algo no creído por él o cuya prédica no le importa?

La primera edición de *Kristus och Judas* lleva este categórico epígrafe, cuyo sentido, años después, monstruosamente dilataría el propio Nils Runeberg: *No una cosa, todas las cosas que la tradición atribuye a Judas Iscariote son falsas* (De Quincey, 1857). Precedido por algún alemán, De Quincey especuló que Judas entregó a Jesucristo para forzarlo a declarar su divinidad y a encender una vasta rebelión contra el yugo de Roma;

C'est là qu'en 1904, il publia la première édition de *Kristus och Judas*, en 1909, son livre capital *Den hemlige Frälsaren*. (De ce dernier, il existe une version allemande, réalisée en 1912 par Emil Schering ; elle s'intitule *Der heimliche Heiland*.)

Avant de tenter un examen des travaux précités, il est urgent de répéter que Nils Runeberg, membre de l'Union évangélique nationale, était profondément religieux. Dans un cénacle de Paris ou même de Buenos Aires, un homme de lettres pourrait très bien redécouvrir les thèses de Runeberg ; ces thèses, proposées dans un cénacle, seraient de légers exercices inutiles de la négligence ou du blasphème. Pour Runeberg, elles furent la clé qui permet de déchiffrer un mystère central de la théologie ; elles furent matière à méditation et analyse, à controverse historique et philologique, à superbe, à jubilation et à terreur. Elles justifièrent et gâchèrent sa vie. Ceux qui parcourront cet article doivent aussi considérer qu'il ne consigne que les conclusions de Runeberg, non sa dialectique et ses preuves. On observera que la conclusion précéda sans doute les « preuves ». Qui se résigne à chercher des preuves d'une chose à laquelle il ne croit pas ou dont la prédication ne l'intéresse pas ?

La première édition de *Kristus och Judas* porte cette épigraphe catégorique, dont Nils Runeberg lui-même, des années plus tard, élargirait monstrueusement le sens : « Non pas une seule mais toutes les choses que la tradition attribue à Judas Iscariote sont fausses » (De Quincey, 1857). À la suite d'un certain Allemand, De Quincey imagina que Judas avait livré Jésus-Christ pour le forcer à déclarer sa divinité et à allumer une vaste rébellion contre le joug de Rome ;

Runeberg sugiere una vindicación de índole metafísica. Hábilmente, empieza por destacar la superfluidad del acto de Judas. Observa (como Robertson) que para identificar a un maestro que diariamente predicaba en la sinagoga y que obraba milagros ante concursos de miles de hombres, no se requiere la traición de un apóstol. Ello, sin embargo, ocurrió. Suponer un error en la Escritura es intolerable; no menos intolerable es admitir un hecho casual en el más precioso acontecimiento de la historia del mundo. *Ergo,* la traición de Judas no fue casual; fue un hecho prefijado que tiene su lugar misterioso en la economía de la redención. Prosigue Runeberg: El Verbo, cuando fue hecho carne, pasó de la ubicuidad al espacio, de la eternidad a la historia, de la dicha sin límites a la mutación y a la muerte; para corresponder a tal sacrificio, era necesario que un hombre, en representación de todos los hombres, hiciera un sacrificio condigno. Judas Iscariote fue ese hombre. Judas, único entre los apóstoles, intuyó la secreta divinidad y el terrible propósito de Jesús. El Verbo se había rebajado a mortal; Judas, discípulo del Verbo, podía rebajarse a delator (el peor delito que la infamia soporta) y a ser huésped del fuego que no se apaga. El orden inferior es un espejo del orden superior; las formas de la tierra corresponden a las formas del cielo; las manchas de la piel son un mapa de las incorruptibles constelaciones; Judas refleja de algún modo a Jesús. De ahí los treinta dineros y el beso; de ahí la muerte voluntaria, para merecer aun más la Reprobación. Así dilucidó Nils Runeberg el enigma de Judas.

Runeberg suggère une justification de caractère métaphysique. Il commence habilement par détacher la superfluité de l'acte de Judas. Il fait observer (comme Robertson) que pour identifier un maître qui prêchait journellement à la synagogue et qui faisait des miracles devant des foules de milliers d'hommes, point n'était besoin de la trahison d'un apôtre. C'est ce qui eut lieu, cependant. Il est intolérable de supposer une erreur dans l'Écriture ; il est non moins intolérable d'admettre un fait fortuit dans le plus précieux événement de l'histoire du monde. *Ergo,* la trahison de Judas n'a pas été fortuite ; elle fut un fait préfixé qui a sa place mystérieuse dans l'économie de la rédemption. Runeberg poursuit : le Verbe, quand il s'incarna, passa de l'ubiquité à l'espace, de l'éternité à l'histoire, de la félicité illimitée au changement et à la mort ; pour correspondre à un tel sacrifice, il fallait qu'un homme, représentant tous les hommes, fît un sacrifice condigne. Judas Iscariote fut cet homme. Judas, le seul parmi les apôtres, pressentit la secrète divinité et le terrible dessein de Jésus. Le Verbe s'était abaissé à être mortel ; Judas, disciple du Verbe, pouvait s'abaisser à être délateur (la délation étant le comble de l'infamie) et à être l'hôte du feu qui ne s'éteint pas. L'ordre inférieur est un miroir de l'ordre supérieur ; les formes de la terre correspondent aux formes du ciel ; les taches de la peau sont une carte des constellations incorruptibles ; Judas, en quelque sorte, reflète Jésus. De là les trente deniers et le baiser ; de là la mort volontaire, pour mériter encore davantage la Réprobation. C'est ainsi que Nils Runeberg élucida l'énigme de Judas.

Los teólogos de todas las confesiones lo refutaron. Lars Peter Engström lo acusó de ignorar, o de preterir, la unión hipostática; Axel Borelius, de renovar la herejía de los docetas, que negaron la humanidad de Jesús; el acerado obispo de Lund, de contradecir el tercer versículo del capítulo veintidós del evangelio de San Lucas.

Estos variados anatemas influyeron en Runeberg, que parcialmente reescribió el reprobado libro y modificó su doctrina. Abandonó a sus adversarios el terreno teológico y propuso oblicuas razones de orden moral. Admitió que Jesús, "que disponía de los considerables recursos que la Omnipotencia puede ofrecer", no necesitaba de un hombre para redimir a todos los hombres. Rebatió, luego, a quienes afirman que nada sabemos del inexplicable traidor; sabemos, dijo, que fue uno de los apóstoles, uno de los elegidos para anunciar el reino de los cielos, para sanar enfermos, para limpiar leprosos, para resucitar muertos y para echar fuera demonios (Mateo 10:7-8; Lucas 9:1). Un varón a quien ha distinguido así el Redentor merece de nosotros la mejor interpretación de sus actos. Imputar su crimen a la codicia (como lo han hecho algunos, alegando a Juan 12:6) es resignarse al móvil más torpe. Nils Runeberg propone el móvil contrario: un hiperbólico y hasta ilimitado ascetismo. El asceta, para mayor gloria de Dios, envilece y mortifica la carne; Judas hizo lo propio con el espíritu. Renunció al honor, al bien, a la paz, al reino de los cielos, como otros, menos heroicamente, al placer*.

---

* Borelius interroga con burla: *¿Por qué no renunció a renunciar? ¿Por qué no a renunciar a renunciar?*

Les théologiens de toutes les confessions le réfutèrent. Lars Peter Engström l'accusa d'ignorer, ou d'omettre, l'union hypostatique ; Axel Borelius, de reprendre l'hérésie des docètes, qui nièrent l'humanité de Jésus ; le caustique évêque de Lund, de contredire le troisième verset du chapitre vingt-deux de l'évangile selon saint Luc.

Ces anathèmes variés influencèrent Runeberg, qui récrivit partiellement le livre réprouvé et modifia sa doctrine. Il abandonna à ses adversaires le terrain théologique et proposa des raisons détournées d'ordre moral. Il admit que Jésus, « qui disposait des ressources considérables que l'Omnipotence confère », n'avait pas besoin d'un homme pour racheter tous les hommes. Ensuite, il réfuta ceux qui affirment que nous ne savons rien de l'inexplicable traître ; nous savons, dit-il, qu'il fut un des apôtres, un des élus pour annoncer le royaume des cieux, guérir les malades, purifier les lépreux, ressusciter les morts et chasser les démons (Matthieu, X, 7-8 ; Luc, IX, 1). Un homme qui a été ainsi distingué par le Rédempteur mérite de notre part la meilleure interprétation de ses actes. Imputer son crime à la cupidité (comme l'ont fait quelques-uns, en alléguant Jean, XII, 6) c'est se résigner au mobile le plus grossier. Nils Runeberg propose le mobile contraire : un ascétisme hyperbolique et même illimité. L'ascète avilit et mortifie sa chair pour la plus grande gloire de Dieu : Judas fit de même avec son esprit. Il renonça à l'honneur, au bien, à la paix, au royaume des cieux, comme d'autres, moins héroïquement, à la volupté*.

---

* Borelius demande en plaisantant : « Pourquoi n'a-t-il pas renoncé à renoncer ? Pourquoi pas à renoncer à renoncer ? »

Premeditó con lucidez terrible sus culpas. En el adulterio suelen participar la ternura y la abnegación; en el homicidio, el coraje; en las profanaciones y la blasfemia, cierto fulgor satánico. Judas eligió aquellas culpas no visitadas por ninguna virtud: el abuso de confianza (Juan 12:6) y la delación. Obró con gigantesca humildad, se creyó indigno de ser bueno. Pablo ha escrito: *El que se gloría, glóriese en el Señor* (I, Corintios 1:31); Judas buscó el Infierno, porque la dicha del Señor le bastaba. Pensó que la felicidad, como el bien, es un atributo divino y que no deben usurparlo los hombres*.

Muchos han descubierto, *post factum,* que en los justificables comienzos de Runeberg está su extravagante fin y que *Den hemlige Frälsaren* es una mera perversión o exasperación de *Kristus och Judas*. A fines de 1907, Runeberg terminó y revisó el texto manuscrito; casi dos años transcurrieron sin que lo entregara a la imprenta. En octubre de 1909, el libro apereció con un prólogo (tibio hasta lo enigmático) del hebraísta dinamarqués Erik Erfjord y con este pérfido epígrafe: *En el mundo estaba y el mundo fue hecho por él,*

---

* Euclydes da Cunha, en un libro ignorado por Runeberg, anota que para el heresiarca de Canudos, Antonio Conselheiro, la virtud "era una casi impiedad". El lector argentino recordará pasajes análogos en la obra de Almafuerte. Runeberg publicó, en la hoja simbólica *Sju insegel,* un asiduo poema descriptivo, *El agua secreta;* las primeras estrofas narran los hechos de un tumultuoso día; las últimas, el hallazgo de un estanque glacial; el poeta sugiere que la perduración de esa agua silenciosa corrige nuestra inútil violencia y de algún modo la permite y la absuelve. El poema concluye así: *El agua de la selva es feliz; podemos ser malvados y dolorosos.*

Il prémédita ses fautes avec une terrible lucidité. Dans l'adultère ont habituellement leur part la tendresse et l'abnégation; dans l'homicide, le courage; dans les profanations et le blasphème, certaine lueur de satanisme. Judas choisit des fautes qu'aucune vertu ne visite jamais : l'abus de confiance (Jean, XII, 6) et la délation. Il agit avec une gigantesque humilité; il se crut indigne d'être bon. Paul a écrit : « Que celui qui se glorifie, se glorifie dans le Seigneur » (I Corinthiens, I, 31); Judas rechercha l'enfer, parce que le bonheur du Seigneur lui suffisait. Il pensa que la félicité, comme le bien, est un attribut divin et que les hommes ne doivent pas l'usurper*.

Plusieurs personnes ont découvert, *post factum*, que la fin extravagante de Runeberg est contenue dans ses débuts justifiables, et que *Den Hemlige Frälsaren* est un pur pervertissement ou une exaspération du *Kristus och Judas*. À la fin de 1907, Runeberg termina et revit le texte manuscrit : presque deux années passèrent avant qu'il ne le donnât à l'impression. En octobre 1909, le livre parut avec un prologue (tiède au point d'être énigmatique) de l'hébraïste danois Erik Erfjord et avec une épigraphe perfide : « Il était dans le monde et le monde fut fait par lui,

---

* Euclydes da Cunha, dans un livre ignoré de Runeberg, note que pour l'hérésiarque de Canudos, Antonio Conselheiro, la vertu était « presque une impiété ». Le lecteur argentin se rappellera des passages analogues dans l'œuvre d'Almafuerte. Runeberg publia, dans la feuille symbolique *Sju insegel*, un poème descriptif assidu, *L'eau secrète :* les premières strophes racontent les faits d'un jour tumultueux; les dernières, la découverte d'un étang glacial; le poète suggère que la persistance de cette eau silencieuse corrige notre violence inutile et la permet et l'absout en quelque sorte. Le poème conclut ainsi : « L'eau de la forêt est heureuse; nous pouvons être pervers et douloureux. »

y el mundo no lo conoció (Juan 1:10). El argumento general no es complejo, si bien la conclusión es monstruosa. Dios, arguye Nils Runeberg, se rebajó a ser hombre para la redención del género humano; cabe conjeturar que fue perfecto el sacrificio obrado por él, no invalidado o atenuado por omisiones. Limitar lo que padeció a la agonía de una tarde en la cruz es blasfematorio*. Afirmar que fue hombre y que fue incapaz de pecado encierra contradicción; los atributos de *impeccabilitas* y de *humanitas* no son compatibles. Kemnitz admite que el Redentor pudo sentir fatiga, frío, turbación, hambre y sed; también cabe admitir que pudo pecar y perderse. El famoso texto *Brotará como raíz de tierra sedienta; no hay buen parecer en él, ni hermosura; despreciado y el último de los hombres; varón de dolores, experimentado en quebrantos* (Isaías 53:2-3), es para muchos una previsión del crucificado, en la hora de su muerte; para algunos (verbigracia, Hans Lassen Martensen),

---

* Maurice Abramowicz observa : "Jésus, d'après ce Scandinave, a toujours le beau rôle; ses déboires, grâce à la science des typographes, jouissent d'une réputation polyglotte; sa résidence de trente-trois ans parmi les humains ne fut, en somme, qu'une villégiature." Erfjord, en el tercer apéndice de la *Christelige Dogmatik*, refuta ese pasaje. Anota que la crucifixión de Dios no ha cesado, porque lo acontecido una sola vez en el tiempo se repite sin tregua en la eternidad. Judas, *ahora*, sigue cobrando las monedas de plata; sigue besando a Jesucristo ; sigue arrojando las monedas de plata en el templo ; sigue anudando el lazo de la cuerda en el campo de sangre. (Erfjord, para justificar esa afirmación, invoca el último capítulo del primer tomo de la *Vindicación de la eternidad*, de Jaromir Hladík.)

et le monde ne le connut pas » (Jean, I, 10). L'argument général n'est pas complexe, mais la conclusion est monstrueuse. Dieu, raisonne Nils Runeberg, s'abaissa à être homme pour la rédemption du genre humain ; il est permis de conjecturer que son sacrifice fut parfait, qu'il ne fut ni invalidé ni atténué par des omissions. Il est blasphématoire de limiter sa souffrance à l'agonie d'un soir sur la croix*. Le fait d'affirmer qu'il fût homme et incapable de pécher renferme une contradiction : les attributs d'*impeccabilitas* et d'*humanitas* ne sont pas compatibles. Kennitz admet que le Rédempteur ait pu connaître la fatigue, le froid, le trouble, la faim et la soif ; il est permis d'admettre aussi qu'il ait pu pécher et se perdre. Le texte fameux : « Il jaillira comme une racine d'une terre assoiffée ; il n'y a en lui ni bonne apparence, ni beauté ; méprisé et le dernier des hommes ; un homme de douleur, qui connaît l'affliction » (Ésaïe, LIII, 2-3) est pour beaucoup une vision anticipée du crucifié à l'heure de sa mort ; pour quelques-uns (par exemple, Hans Lassen Martensen),

---

* Maurice Abramowicz fait observer que : « Jésus, d'après ce Scandinave, a toujours le beau rôle ; ses déboires, grâce à la science des typographes, jouissent d'une réputation polyglotte ; sa résidence de trente-trois ans parmi les humains ne fut, en somme, qu'une *villégiature*. » Erfjord, dans le troisième appendice de la *Christelige Dogmatik*, réfute ce passage. Il note que le crucifiement de Dieu n'a pas cessé, car ce qui s'est passé une seule fois dans le temps se répète sans trêve dans l'éternité. Judas, *maintenant*, continue à toucher les pièces d'argent ; il donne encore son baiser à Jésus-Christ : il continue à jeter ses pièces d'argent dans le temple : il continue à faire un nœud avec une corde dans une campagne de sang. (Erfjord, pour justifier cette affirmation, invoque le dernier chapitre du premier tome de la *Défense de l'éternité*, de Jaromir Hladik.)

[Avocat genevois et ami d'adolescence de Borges, Maurice Abramowicz fut son condisciple au collège Calvin de Genève. *N.d.T.*]

una refutación de la hermosura que el consenso vulgar atribuye a Cristo; para Runeberg, la puntual profecía no de un momento sino de todo el atroz porvenir, en el tiempo y en la eternidad, del Verbo hecho carne. Dios totalmente se hizo hombre pero hombre hasta la infamia, hombre hasta la reprobación y el abismo. Para salvarnos, pudo elegir *cualquiera* de los destinos que traman la perpleja red de la historia; pudo ser Alejandro o Pitágoras o Rurik o Jesús; eligió un ínfimo destino: fue Judas.

En vano propusieron esa revelación las librerías de Estocolmo y de Lund. Los incrédulos la consideraron, *a priori*, un insípido y laborioso juego teológico; los teólogos la desdeñaron. Runeberg intuyó en esa indiferencia ecuménica una casi milagrosa confirmación. Dios ordenaba esa indiferencia; Dios no quería que se propalara en la tierra Su terrible secreto. Runeberg comprendió que no era llegada la hora. Sintió que estaban convergiendo sobre él antiguas maldiciones divinas; recordó a Elías y a Moisés, que en la montaña se taparon la cara para no ver a Dios; a Isaías, que se aterró cuando sus ojos vieron a Aquel cuya gloria llena la tierra; a Saúl, cuyos ojos quedaron ciegos en el camino de Damasco; al rabino Simeón ben Azaí, que vio el Paraíso y murió; al famoso hechicero Juan de Viterbo, que enloqueció cuando pudo ver a la Trinidad; a los Midrashim, que abominan de los impíos que pronuncian el *Shem Hamephorash*, el Secreto Nombre de Dios. ¿No era él, acaso, culpable de ese crimen oscuro? ¿No sería ésa la blasfemia contra el Espíritu, la que no será perdonada? (Mateo 12:31).

une réfutation de la beauté que le vulgaire consensus attribue unanimement au Christ ; pour Runeberg, l'exacte prophétie non d'un moment mais de tout l'atroce avenir, dans le temps et dans l'éternité, du Verbe incarné. Dieu s'est totalement fait homme, mais homme jusqu'à l'infamie, homme jusqu'à la réprobation et l'abîme. Pour nous sauver, il aurait pu choisir *n'importe lequel* des destins qui trament le réseau perplexe de l'histoire ; il aurait pu être Alexandre ou Pythagore ou Rurik ou Jésus ; il choisit un infime destin : il fut Judas.

C'est en vain que les librairies de Stockholm et de Lund proposèrent cette révélation. Les incrédules la considérèrent, *a priori,* comme un jeu théologique insipide et laborieux ; les théologiens la dédaignèrent. Runeberg vit dans cette indifférence œcuménique une confirmation presque miraculeuse. Dieu ordonnait cette indifférence ; Dieu ne voulait pas que Son terrible secret fût propagé sur la terre. Runeberg comprit que l'heure n'était pas venue. Il sentit converger sur lui d'antiques malédictions divines ; il se rappela Élie et Moïse, qui se voilèrent la face sur la montagne pour ne pas voir Dieu ; Ésaïe, qui fut terrassé quand ses yeux virent Celui dont la gloire remplit la terre ; Saül, dont les yeux furent aveuglés sur le chemin de Damas ; le rabbin Siméon ben Azai, qui vit le Paradis et mourut ; le fameux sorcier Jean de Viterbe, qui devint fou quand il put voir la Trinité ; les Midrashim, qui ont horreur des impies qui prononcent le *Shem Hamephorash,* le Nom Secret de Dieu. Lui-même, n'était-il pas coupable, peut-être, de ce crime obscur ? Ne serait-ce pas là ce blasphème contre l'Esprit, qui ne sera pas pardonné (Matthieu, XII, 31) ?

Valerio Sorano murió por haber divulgado el oculto nombre de Roma; ¿qué infinito castigo sería el suyo, por haber descubierto y divulgado el horrible nombre de Dios?

Ebrio de insomnio y de vertiginosa dialéctica, Nils Runeberg erró por las calles de Malmö, rogando a voces que le fuera deparada la gracia de compartir con el Redentor el Infierno.

Murió de la rotura de un aneurisma, el primero de marzo de 1912. Los heresiólogos tal vez lo recordarán; agregó al concepto del Hijo, que parecía agotado, las complejidades del mal y del infortunio.

1944.

Valerius Soranus mourut pour avoir divulgué le nom secret de Rome; quel châtiment infini serait le sien pour avoir découvert et divulgué le nom terrifiant de Dieu?

Ivre d'insomnie et de dialectique vertigineuse, Nils Runeberg erra dans les rues de Malmö, en suppliant à grands cris que lui soit accordée la grâce de partager l'Enfer avec le Rédempteur.

Il mourut de rupture d'anévrisme, le premier mars 1912. Les hérésiologues s'en souviendront peut-être; il avait ajouté à l'idée du Fils, qui semblait épuisée, les complexités du mal et de l'infortune.

1944.

EL FIN

Recabarren, tendido, entreabrió los ojos y vio el oblicuo cielo raso de junco. De la otra pieza le llegaba un rasgueo de guitarra, una suerte de pobrísimo laberinto que se enredaba y desataba infinitamente... Recobró poco a poco la realidad, las cosas cotidianas que ya no cambiaría nunca por otras. Miró sin lástima su gran cuerpo inútil, el poncho de lana ordinaria que le envolvía las piernas. Afuera, más allá de los barrotes de la ventana, se dilataban la llanura y la tarde; había dormido, pero aun quedaba mucha luz en el cielo. Con el brazo izquierdo tanteó, hasta dar con un cencerro de bronce que había al pie del catre. Una o dos veces lo agitó; del otro lado de la puerta seguían llegándole los modestos acordes.

LA FIN[1]

Recabarren, étendu sur le dos, entrouvrit les yeux et vit le plafond oblique de roseaux. De l'autre pièce, lui parvenaient des accords arpégés de guitare, une sorte de misérable labyrinthe qui s'enroulait et se déroulait indéfiniment... Il se souvint petit à petit de la réalité des choses quotidiennes qu'il ne changerait plus désormais pour d'autres. Il regarda sans compassion son grand corps inutile et le poncho de laine ordinaire qui enveloppait ses jambes. Dehors, derrière les barreaux de la fenêtre, s'allongeaient les prairies et le soir. Il avait dormi, mais il restait encore beaucoup de clarté dans le ciel. Avec le bras gauche, il tâtonna jusqu'à la rencontre d'une sonnaille de bronze qui était au pied de son lit de camp. Il l'agita une ou deux fois. De l'autre côté de la porte, les modestes accords continuaient de résonner.

---

1. Dans ce récit, Borges imagine la fin de Martín Fierro, le protagoniste du long poème — du même nom — de 7210 vers de José Hernández (1834-1886), considéré en Argentine comme le chef-d'œuvre national représentatif du mythe « gauchesque ».

El ejecutor era un negro que había aparecido una noche con pretensiones de cantor y que había desafiado a otro forastero a una larga payada de contrapunto. Vencido, seguía frecuentando la pulpería, como a la espera de alguien. Se pasaba las horas con la guitarra, pero no había vuelto a cantar: acaso la derrota lo había amargado. La gente ya se había acostumbrado a ese hombre inofensivo. Recabarren, patrón de la pulpería, no olvidaría ese contrapunto; al día siguiente, al acomodar unos tercios de yerba, se le había muerto bruscamente el lado derecho y había perdido el habla. A fuerza de apiadarnos de las desdichas de los héroes de las novelas concluimos apiadándonos con exceso de las desdichas propias; no así el sufrido Recabarren, que aceptó la parálisis como antes había aceptado el rigor y las soledades de América. Habituado a vivir en el presente, como los animales, ahora miraba el cielo y pensaba que el cerco rojo de la luna era señal de lluvia.

Un chico de rasgos aindiados (hijo suyo, tal vez) entreabrió la puerta. Recabarren le preguntó con los ojos si había algún parroquiano. El chico, taciturno, le dijo por señas que no; el negro no contaba. El hombre postrado se quedó solo; su mano izquierda jugó un rato con el cencerro, como si ejerciera un poder.

La llanura, bajo el último sol, era casi abstracta, como vista en un sueño. Un punto se agitó en el horizonte y creció hasta ser un jinete, que venía, o parecía venir, a la casa. Recabarren vio el chambergo, el largo poncho oscuro, el caballo moro,

Le joueur était un nègre qui était apparu une nuit avec des prétentions de chanteur et qui avait défié un autre étranger en un long contrepoint en duo. Vaincu, il continuait de fréquenter la boutique comme s'il attendait quelqu'un. Il passait le temps à jouer de la guitare, mais il n'avait jamais recommencé à chanter. Sa défaite l'avait peut-être rendu amer. Les gens s'étaient déjà accoutumés à cet homme inoffensif. Recabarren, le patron de la buvette, n'était pas près d'oublier cette séance de contrepoint. Le jour suivant, en enveloppant des ballots de maté, la moitié gauche de son corps était brusquement devenue inerte et il avait perdu l'usage de la parole. À force de nous apitoyer sur les malheurs des héros de romans, nous finissons par trop nous apitoyer sur les nôtres. Tel ne fut pas le cas du patient Recabarren qui accepta la paralysie comme il avait accepté auparavant les rigueurs et les solitudes de l'Amérique. Habitué à vivre dans le présent, comme les animaux, il regardait maintenant le ciel et pensait que le halo rouge de la lune était signe de pluie.

Un enfant au visage d'Indien (son fils, peut-être) entrouvrit la porte. Recabarren lui demanda des yeux s'il y avait quelque client. L'enfant, taciturne, lui signifia par des signes que non. Le nègre ne comptait pas. L'homme étendu resta seul ; sa main gauche joua un moment avec la sonnaille, comme si elle eût exercé un pouvoir.

La plaine, aux derniers instants du soleil, était presque abstraite ; comme vue en rêve. Un point s'agita à l'horizon et grandit jusqu'à devenir un cavalier qui venait, ou paraissait venir, à cette maison. Recabarren vit le chapeau à large bord, le grand poncho sombre et le cheval more,

pero no la cara del hombre, que, por fin, sujetó el galope y vino acercándose al trotecito. A unas doscientas varas dobló. Recabarren no lo vio más, pero lo oyó chistar, apearse, atar el caballo al palenque y entrar con paso firme en la pulpería.

Sin alzar los ojos del instrumento, donde parecía buscar algo, el negro dijo con dulzura:

—Ya sabía yo señor, que podía contar con usted.

El otro, con voz áspera, replicó:

—Y yo con vos, moreno. Una porción de días te hice esperar, pero aquí he venido.

Hubo un silencio. Al fin, el negro respondió:

—Me estoy acostumbrando a esperar. He esperado siete años.

El otro explicó sin apuro:

—Más de siete años pasé yo sin ver a mis hijos. Los encontré ese día y no quise mostrarme como un hombre que anda a las puñaladas.

—Ya me hice cargo —dijo el negro—. Espero que los dejó con salud.

El forastero, que se había sentado en el mostrador, se rió de buena gana. Pidió una caña y la paladeó sin concluirla.

—Les di buenos consejos —declaró—, que nunca están de más y no cuestan nada. Les dije, entre otras cosas, que el hombre no debe derramar la sangre del hombre.

mais non le visage de l'homme, qui à la fin retint le galop de sa monture et s'approcha au petit trot. À cent cinquante mètres environ, il changea de direction. Recabarren ne le vit plus, mais il l'entendit marmonner, mettre pied à terre, attacher son cheval au poteau et entrer d'un pas ferme dans la *pulpería*[1].

Sans lever les yeux de son instrument où il paraissait chercher quelque chose, le nègre dit avec douceur :

« Je savais bien, monsieur, que je pouvais compter sur vous. »

L'autre répliqua d'une voix rude :

« Et moi, sur toi, mulâtre. Je t'ai fait attendre quelques jours, mais je suis venu. »

Il y eut un silence. À la fin, le nègre reprit :

« J'ai pris l'habitude d'attendre. J'ai attendu sept ans. »

L'autre répliqua sans se presser :

« Moi, j'ai passé plus de sept ans sans voir mes enfants. Je les ai vus aujourd'hui et je n'ai pas voulu leur apparaître comme un homme qui va le couteau à la main.

— Je comprends, dit le nègre. J'espère que vous les avez laissés en bonne santé. »

L'étranger, qui s'était assis sur le comptoir, se mit à rire de bon cœur. Il demanda un verre d'eau-de-vie qu'il savoura sans l'achever.

« Je leur ai donné de bons conseils, dit-il, qui ne sont jamais de trop et qui ne coûtent rien. Je leur ai dit entre autres choses que l'homme ne doit pas répandre le sang de l'homme. »

---

1. *Pulpería :* magasin, épicerie et buvette de la campagne.

Un lento acorde precedió la respuesta del negro:

—Hizo bien. Así no se parecerán a nosotros.

—Por lo menos a mí —dijo el forastero y añadió como si pensara en voz alta—: Mi destino ha querido que yo matara y ahora, otra vez, me pone el cuchillo en la mano.

El negro, como si no lo oyera, observó:

—Con el otoño se van acortando los días.

—Con la luz que queda me basta —replicó el otro, poniéndose de pie.

Se cuadró ante el negro y le dijo como cansado:

—Dejá en paz la guitarra, que hoy te espera otra clase de contrapunto.

Los dos se encaminaron a la puerta. El negro, al salir, murmuró:

—Tal vez en éste me vaya tan mal como en el primero.

El otro contestó con seriedad:

—En el primero no te fue mal. Lo que pasó es que andabas ganoso de llegar al segundo.

Se alejaron un trecho de las casas, caminando a la par. Un lugar de la llanura era igual a otro y la luna resplandecía. De pronto se miraron, se detuvieron y el forastero se quitó las espuelas. Ya estaban con el poncho en el antebrazo, cuando el negro dijo:

—Una cosa quiero pedirle antes que nos trabemos.

Un lent accord de guitare précéda la réponse du nègre :

« Vous avez bien fait. Comme cela, ils ne nous ressembleront pas.

— Au moins à moi », dit l'étranger, et il ajouta comme s'il pensait à haute voix : « Mon destin a voulu que je tue et maintenant il me met à nouveau le couteau à la main. »

Le Noir, comme s'il n'avait pas entendu, fit observer :

« Les jours raccourcissent en automne.

— La lumière qui reste me suffit, dit l'autre en se levant. »

Il se mit juste devant le Noir et lui dit, comme fatigué :

« Laisse cette guitare tranquille, une autre sorte de contrepoint t'attend aujourd'hui. »

Ils se dirigèrent tous deux vers la porte. En sortant, le nègre murmura :

« J'aurai peut-être aussi peu de chance dans celui-ci que dans le premier. »

L'autre répondit avec sérieux :

« Tu ne t'es pas mal tiré du premier. Ce qui s'est passé, c'est que tu avais très envie d'arriver au second. »

Ils s'éloignèrent quelque peu des maisons, cheminant côte à côte. Chaque endroit de la prairie est égal à n'importe quel autre et la lune brillait. Soudain, ils se regardèrent, s'arrêtèrent et l'étranger retira ses éperons. Ils avaient déjà le poncho sur l'avant-bras, quand le nègre dit :

« Je voudrais vous demander une chose avant que nous ne commencions.

Que en este encuentro ponga todo su coraje y toda su maña, como en aquel otro de hace siete años, cuando mató a mi hermano.

Acaso por primera vez en su diálogo, Martín Fierro oyó el odio. Su sangre lo sintió como un acicate. Se entreveraron y el acero filoso rayó y marcó la cara del negro.

Hay una hora de la tarde en que la llanura está por decir algo; nunca lo dice o tal vez lo dice infinitamente y no lo entendemos, o lo entendemos pero es intraducible como una música... Desde su catre, Recabarren vio el fin. Una embestida y el negro reculó, perdió pie, amagó un hachazo a la cara y se tendió en una puñalada profunda, que penetró en el vientre. Después vino otra que el pulpero no alcanzó a precisar y Fierro no se levantó. Inmóvil, el negro parecía vigilar su agonía laboriosa. Limpió el facón ensangrentado en el pasto y volvió a las casas con lentitud, sin mirar para atrás. Cumplida su tarea de justiciero, ahora era nadie. Mejor dicho era el otro: no tenía destino sobre la tierra y había matado a un hombre.

C'est que dans ce combat vous mettrez tout votre courage et toute votre adresse, comme dans cet autre il y a sept ans, quand vous avez tué mon frère. »

Pour la première fois peut-être au cours du dialogue, Martín Fierro entendit la haine. Il sentit dans son sang comme un aiguillon. La mêlée commença et l'acier effilé balafra le visage du nègre.

Il existe une heure de la soirée où la prairie va dire quelque chose ; elle ne le dit jamais ou peut-être le dit-elle infiniment et nous ne l'entendons pas, ou nous l'entendons, mais ce quelque chose est intraduisible comme une musique... Depuis son lit de camp, Recabarren vit le dénouement. Un assaut et le Noir recula, perdit pied, menaça son adversaire au visage et se fendit pour porter un coup profond qui pénétra dans le ventre. Puis vint un autre coup que le patron de la boutique ne parvint pas à bien voir. Fierro ne se releva pas. Immobile, le nègre paraissait surveiller sa laborieuse agonie. Il essuya son propre couteau ensanglanté sur l'herbe et revint à la maison avec lenteur, sans regarder derrière lui. Il avait accompli sa tâche de justicier et il n'était personne désormais. Mieux dit, il était l'autre. Il n'avait pas de destin sur la terre et il avait tué un homme.

LA SECTA DEL FÉNIX

Quienes escriben que la secta del Fénix tuvo su origen en Heliópolis, y la derivan de la restauración religiosa que sucedió a la muerte del reformador Amenophis IV, alegan textos de Heródoto, de Tácito y de los monumentos egipcios, pero ignoran, o quieren ignorar, que la denominación por el Fénix no es anterior a Hrabano Mauro y que las fuentes más antiguas (las *Saturnales* o Flavio Josefo, digamos) sólo hablan de la Gente de la Costumbre o de la Gente del Secreto. Ya Gregorovius observó, en los conventículos de Ferrara, que la mención del Fénix era rarísima en el lenguaje oral; en Ginebra he tratado con artesanos que no me comprendieron cuando inquirí si eran hombres del Fénix, pero que admitieron, acto continuo, ser hombres del Secreto. Si no me engaño, igual cosa acontece con los budistas; el nombre por el cual los conoce el mundo no es el que ellos pronuncian.

Miklosich, en una página demasiado famosa, ha equiparado los sectarios del Fénix a los gitanos.

LA SECTE DU PHÉNIX

Ceux qui écrivent que la secte du Phénix eut son origine à Héliopolis et qui la font dériver de la restauration religieuse qui succéda à la mort du réformateur Aménophis IV, allèguent des textes d'Hérodote, de Tacite et des monuments égyptiens. Mais ils ignorent, ou veulent ignorer, que la dénomination de Phénix n'est guère antérieure à Hrabano Mauro, et que les sources les plus anciennes (disons les *Saturnales* ou Flavius Josèphe) parlent seulement des Gens de la Coutume ou des Gens du Secret. Grégorovius avait déjà observé, dans les petits couvents de Ferrare, que la mention du Phénix était rarissime dans le langage oral. À Genève, j'ai conversé avec des artisans, qui ne me comprirent pas quand je leur demandai s'ils étaient des hommes du Phénix, mais qui admirent sur-le-champ être des hommes du Secret. Sauf erreur de ma part, il en est de même pour les bouddhistes : le nom sous lequel le monde les désigne n'est pas celui qu'ils prononcent.

Miklosich, dans une page trop fameuse, a comparé les sectaires du Phénix aux gitans.

En Chile y en Hungría hay gitanos y también hay sectarios; fuera de esa especie de ubicuidad, muy poco tienen en común unos y otros. Los gitanos son chalanes, caldereros, herreros y decidores de la buenaventura; los sectarios suelen ejercer felizmente las profesiones liberales. Los gitanos configuran un tipo físico y hablan, o hablaban, un idioma secreto; los sectarios se confunden con los demás y la prueba es que no han sufrido persecuciones. Los gitanos son pintorescos e inspiran a los malos poetas; los romances, los cromos y los boleros omiten a los sectarios... Martín Buber declara que los judíos son esencialmente patéticos; no todos los sectarios lo son y algunos abominan del patetismo; esta pública y notoria verdad basta para refutar el error vulgar (absurdamente defendido por Urmann) que ve en el Fénix una derivación de Israel. La gente más o menos discurre así: Urmann era un hombre sensible; Urmann era judío; Urmann frecuentó a los sectarios en la judería de Praga; la afinidad que Urmann sintió prueba un hecho real. Sinceramente, no puedo convenir con ese dictamen. Que los sectarios en un medio judío se parezcan a los judíos no prueba nada; lo innegable es que se parecen, como el infinito Shakespeare de Hazlitt, a todos los hombres del mundo. Son todo para todos, como el Apóstol; días pasados el doctor Juan Francisco Amaro,

Au Chili et en Hongrie, il y a des gitans et aussi des sectaires ; hormis cette sorte d'ubiquité, les uns et les autres ont très peu de chose en commun. Les gitans sont maquignons, chaudronniers, forgerons, ou diseurs de bonne aventure ; les sectaires exercent d'ordinaire avec bonheur les professions libérales. Les gitans configurent un type physique et parlent, ou parlaient, une langue secrète ; les sectaires se confondent avec les autres hommes et la preuve en est qu'ils n'ont pas été persécutés. Les gitans sont pittoresques et inspirent les mauvais poètes ; les romances[1], les chromos et les boléros omettent les sectaires... Martin Buber déclare que les juifs sont essentiellement pathétiques ; tous les sectaires ne le sont pas, et quelques-uns abominent le pathétisme ; cette vérité publique et notoire suffit à réfuter l'erreur vulgaire (absurdement soutenue par Urmann) qui voit dans le Phénix une dérivation d'Israël. Les gens raisonnent à peu près ainsi : Urmann était un homme sensible ; Urmann était juif ; Urmann fréquenta les sectaires dans le ghetto de Prague ; l'affinité que sentit Urmann prouve un fait réel. Je ne peux sincèrement pas admettre cette opinion. Que les sectaires, dans un milieu juif, ressemblent aux juifs, cela ne prouve rien ; le fait indéniable est qu'ils ressemblent, comme le Shakespeare infini de Hazlitt[2], à tous les hommes. Ils sont tout pour tous, comme l'Apôtre ; naguère le docteur Juan Francisco Amaro,

---

1. Compositions poétiques en octosyllabes, d'abord orales puis transcrites sur des feuillets volants avant d'être réunies en recueils vers le milieu du XVIe siècle.
2. William Carew Hazlitt (1834-1913) appartenait à une famille anglaise qui s'illustra durant quatre générations dans l'histoire littéraire ; il est l'auteur de la Shakespeare's Library.

de Paysandú, ponderó la facilidad con que se acriollaban.

He dicho que la historia de la secta no registra persecuciones. Ello es verdad, pero como no hay grupo humano en que no figuren partidarios del Fénix, también es cierto que no hay persecución o rigor que estos no hayan sufrido y ejecutado. En las guerras occidentales y en las remotas guerras del Asia han vertido su sangre secularmente, bajo banderas enemigas; de muy poco les vale identificarse con todas las naciones del orbe.

Sin un libro sagrado que los congregue como la Escritura a Israel, sin una memoria común, sin esa otra memoria que es un idioma, desparramados por la faz de la tierra, diversos de color y de rasgos, una sola cosa —el Secreto— los une y los unirá hasta el fin de los días. Alguna vez, además del Secreto hubo una leyenda (y quizá un mito cosmogónico), pero los superficiales hombres del Fénix la han olvidado y hoy sólo guardan la oscura tradición de un castigo. De un castigo, de un pacto o de un privilegio, porque las versiones difieren y apenas dejan entrever el fallo de un Dios que asegura a una estirpe la eternidad, si sus hombres, generación tras generación, ejecutan un rito. He compulsado los informes de los viajeros, he conversado con patriarcas y teólogos; puedo dar fe de quel el cumplimiento del rito es la única práctica religiosa que observan los sectarios. El rito constituye el Secreto. Éste, como ya indiqué, se trasmite de generación en generación,

de Paysandú, vanta la facilité avec laquelle ils prenaient les habitudes créoles.

J'ai dit que l'histoire de la secte ne consigne pas de persécutions. C'est vrai ; mais, comme il n'y a guère de groupe humain où ne figurent pas de partisans du Phénix, il est sûr également qu'il n'y a pas de persécutions ou de cruautés dont ils n'aient été les victimes ou les agents. Dans les guerres occidentales et dans les guerres lointaines d'Asie, ils ont répandu séculairement leur sang sous des drapeaux ennemis ; leur identification avec tous les pays du globe ne leur sert pas à grand-chose.

Sans un livre sacré qui les rassemble, comme les Écritures rassemblent Israël, sans une mémoire commune, sans cette autre mémoire qu'est une langue, dispersés, à la surface de la terre, différents par la couleur et les traits, une seule chose — le Secret — les unit et les unira jusqu'à la fin des temps. Un jour, outre le Secret, il y eut une légende (et peut-être un mythe cosmogonique), mais les hommes superficiels du Phénix l'ont oubliée, et ils ne conservent aujourd'hui que l'obscure tradition d'un châtiment. D'un châtiment, d'un pacte ou d'un privilège, car les versions diffèrent et laissent à peine entrevoir la sentence d'un dieu qui assure l'éternité à une race si les hommes de cette race, génération après génération, exécutent un rite. J'ai compulsé les rapports des voyageurs, j'ai conversé avec des patriarches et des théologiens ; je peux certifier que l'observance du rite est la seule pratique religieuse des sectaires. Le rite constitue le Secret. Celui-ci, comme je l'ai indiqué, se transmet de génération en génération,

pero el uso no quiere que las madres lo enseñen a los hijos, ni tampoco los sacerdotes; la iniciación en el misterio es tarea de los individuos más bajos. Un esclavo, un leproso o un pordiosero hacen de mistagogos. También un niño puede adoctrinar a otro niño. El acto en sí es trivial, momentáneo y no requiere descripción. Los materiales son el corcho, la cera o la goma arábiga. (En la liturgia se habla de légamo; éste suele usarse también.) No hay templos dedicados especialmente a la celebración de este culto, pero una ruina, un sótano o un zaguán se juzgan lugares propicios. El Secreto es sagrado pero no deja de ser un poco ridículo; su ejercicio es furtivo y aun clandestino y los adeptos no hablan de él. No hay palabras decentes para nombrarlo, pero se entiende que todas las palabras lo nombran o mejor dicho, que inevitablemente lo aluden, y así, en el diálogo yo he dicho una cosa cualquiera y los adeptos han sonreído o se han puesto incómodos, porque sintieron que yo había tocado el Secreto. En las literaturas germánicas hay poemas escritos por sectarios, cuyo sujeto nominal es el mar o el crepúsculo de la noche; son, de algún modo, símbolos del Secreto, oigo repetir. *Orbis terrarum est speculum Ludi* reza un adagio apócrifo que Du Cange registró en su Glosario. Una suerte de horror sagrado impide a algunos fieles la ejecución del simplísimo rito: los otros los desprecian, pero ellos se desprecian aun más.

mais l'usage veut qu'il ne soit enseigné aux enfants, ni par leurs mères, ni par des prêtres ; l'initiation au mystère est l'œuvre des individus les plus vils. Un esclave, un lépreux ou un mendiant sont les mystagogues. Un enfant peut également instruire un autre enfant. L'acte en soi est banal, momentané et ne réclame pas de description. Le matériel est constitué par du liège, de la cire ou de la gomme arabique. (Dans la liturgie on parle de limon ; le limon est également utilisé.) Il n'y a pas de temples consacrés spécialement à la célébration de ce culte ; mais des ruines, une cave ou un vestibule sont considérés comme des lieux propices. Le Secret est sacré, mais il ne laisse pas d'être un peu ridicule ; l'exercice en est furtif et même clandestin, et ses adeptes n'en parlent pas. Il n'existe pas de mots honnêtes pour le nommer, mais il est sous-entendu que tous les mots le désignent ou, plutôt, qu'ils y font inévitablement allusion ; ainsi, au cours du dialogue, j'ai dit quelque chose et les adeptes ont souri ou bien ils ont été gênés, car ils ont senti que j'avais effleuré le Secret. Dans les littératures germaniques il y a des poèmes écrits par les sectaires, dont le sujet nominal est la mer ou le crépuscule du soir ; j'entends répéter qu'ils sont, en quelque sorte, des symboles du Secret. Un adage apocryphe enregistré par Du Cange dans son *Glossaire* dit : *Orbis terrarum est speculum Ludi*[1]. Une sorte d'horreur sacrée empêche quelques fidèles d'exécuter le rite très simple ; les autres les méprisent, mais les premiers se méprisent encore davantage.

---

1. « La terre est le miroir du jeu. »

Gozan de mucho crédito, en cambio, quienes deliberadamente renuncian a la Costumbre y logran un comercio directo con la divinidad; éstos, para manifestar ese comercio, lo hacen con figuras de la liturgia y así John of the Rood escribió:

> *Sepan los Nueve Firmamentos que el Dios*
> *Es deleitable como el Corcho y el Cieno.*

He merecido en tres continentes la amistad de muchos devotos del Fénix; me consta que el Secreto, al principio, les pareció baladí, penoso, vulgar y (lo que aun es más extraño) increíble. No se avenían a admitir que sus padres se hubieran rebajado a tales manejos. Lo raro es que el Secreto no se haya perdido hace tiempo; a despecho de las vicisitudes del orbe, a despecho de las guerras y de los éxodos, llega, tremendamente, a todos los fieles. Alguien no ha vacilado en afirmar que ya es instintivo.

En revanche, ceux qui renoncent délibérément à la Coutume et obtiennent un commerce direct avec la divinité jouissent d'un grand crédit; pour manifester ce commerce, ils utilisent des figures de la liturgie. Ainsi John of the Rood écrivit :

> *Sachent les Neuf Firmaments que le Dieu*
> *Est délectable comme le Liège et le Limon.*

J'ai mérité dans trois continents l'amitié de nombreux dévots du Phénix. Je suis persuadé que le Secret, au début, leur parut banal, pénible, vulgaire et (ce qui est encore plus étrange) incroyable. Ils ne voulaient pas admettre que leurs ancêtres se fussent rabaissés à de semblables manèges. Il est étrange que le Secret ne se soit pas perdu depuis longtemps ; malgré les vicissitudes du globe, malgré les guerres et les exodes, il arrive, terriblement, à tous les fidèles. Quelqu'un n'a pas hésité à affirmer qu'il est devenu instinctif.

EL SUR

El hombre que desembarcó en Buenos Aires en 1871 se llamaba Johannes Dahlmann y era pastor de la iglesia evangélica; en 1939, uno de sus nietos, Juan Dahlmann, era secretario de una biblioteca municipal en la calle Córdoba y se sentía hondamente argentino. Su abuelo materno había sido aquel Francisco Flores, del 2 de infantería de línea, que murió en la frontera de Buenos Aires, lanceado por indios de Catriel; en la discordia de sus dos linajes, Juan Dahlmann (tal vez a impulso de la sangre germánica) eligió el de ese antepasado romántico, o de muerte romántica. Un estuche con el daguerrotipo de un hombre inexpresivo y barbado, una vieja espada, la dicha y el coraje de ciertas músicas, el hábito de estrofas del *Martín Fierro*, los años,

LE SUD

L'homme qui débarqua à Buenos Aires en 1871 s'appelait Johannes Dahlmann. Il était pasteur de l'église évangélique. En 1939, un de ses petits-fils, Juan Dahlmann, était secrétaire d'une bibliothèque municipale, sise rue Córdoba, et se sentait profondément argentin. Son grand-père maternel avait été ce Francisco Flores du IIe d'infanterie de ligne, qui mourut sur la frontière de la province de Buenos Aires, percé par les lances des Indiens de Catriel. De ces deux lignages discordants, Juan Dahlmann[1] (poussé peut-être par son sang germanique) choisit celui de cet ancêtre romantique à la mort romantique. Un étui avec le daguerréotype d'un homme au visage inexpressif et barbu, une vieille épée, le bonheur et le courage de certains refrains[2], l'habitude des strophes de *Martín Fierro*, les années,

1. Borges a reconnu la part autobiographique du début de ce récit. Il précise : « J'ai écrit Dahlmann, nom d'origine allemande, parce que moi, je suis de souche anglaise. Et puis, j'ai mentionné le Sud parce que ma famille avait des propriétés dans le Nord. Il y a là un jeu de symétrie ou de contraste (*Entretiens avec J. P. Bernés, op. cit.*).
2. Allusion aux tangos primitifs, que Borges a découverts au cours de son adolescence et qu'il n'a jamais cessé d'apprécier.

el desgano y la soledad, fomentaron ese criollismo algo voluntario, pero nunca ostentoso. A costa de algunas privaciones, Dahlmann había logrado salvar el casco de una estancia en el Sur, que fue de los Flores; una de las costumbres de su memoria era la imagen de los eucaliptos balsámicos y de la larga casa rosada que alguna vez fue carmesí. Las tareas y acaso la indolencia lo retenían en la ciudad. Verano tras verano se contentaba con la idea abstracta de posesión y con la certidumbre de que su casa estaba esperándolo, en un sitio preciso de la llanura. En los últimos días de febrero de 1939, algo le aconteció.

Ciego a las culpas, el destino puede ser despiadado con las mínimas distracciones. Dahlmann había conseguido, esa tarde, un ejemplar descabalado de las Mil y una Noches de Weil; ávido de examinar ese hallazgo, no esperó que bajara el ascensor y subió con apuro las escaleras; algo en la oscuridad le rozó la frente ¿un murciélago, un pájaro? En la cara de la mujer que le abrió la puerta vio grabado el horror, y la mano que se pasó por la frente salió roja de sangre. La arista de un batiente recién pintado que alguien se olvidó de cerrar le habría hecho esa herida. Dahlmann logró dormir, pero a la madrugada estaba despierto y desde aquella hora el sabor de todas las cosas fue atroz. La fiebre lo gastó y las ilustraciones de las Mil y Una Noches sirvieron para decorar pesadillas. Amigos y parientes lo visitaban y con exagerada sonrisa le repetían que lo hallaban muy bien. Dahlmann los oía con una especie de débil estupor y le maravillaba que no supieran que estaba en el infierno.

l'indifférence et la solitude développèrent en lui un créolisme un peu volontaire, mais jamais ostentatoire. Au prix de quelques privations, Dahlmann avait pu sauver la maison et un lopin de terre d'une estancia du Sud, qui fut celle des Flores. Une des habitudes de sa mémoire était l'image des eucalyptus embaumés et de la longue demeure rose, qui jadis fut cramoisie. Son travail et peut-être sa paresse le retenaient à la ville. Été après été, il se contentait de l'idée abstraite de la possession et de la certitude que sa maison l'attendait dans un endroit précis de la plaine. Dans les derniers jours de février 1939, quelque chose lui arriva.

Aveugle pour les fautes, le destin peut être implacable pour les moindres distractions. Dahlmann avait acquis ce soir-là un exemplaire incomplet des *Mille et Une Nuits* de Weil. Impatient d'examiner sa trouvaille, il n'attendit pas que l'ascenseur descende et monta avec précipitation les escaliers. Quelque chose dans l'obscurité lui effleura le front. Une chauve-souris ? Un oiseau ? Sur le visage de la femme qui lui ouvrit la porte, il vit se peindre l'horreur et la main qu'il passa sur son front devint rouge de sang. L'arête d'un volet récemment peint, que quelqu'un avait oublié de fermer, lui avait fait cette blessure. Dahlmann réussit à dormir. Mais, à l'aube, il était réveillé et, dès lors, la saveur de toutes choses lui devint atroce. La fièvre le ravagea et les illustrations des *Mille et Une Nuits* servirent à illustrer ses cauchemars. Amis et parents le visitaient et lui répétaient avec un sourire exagéré qu'ils le trouvaient très bien. Dahlmann les entendait dans une sorte d'engourdissement sans force et s'émerveillait de les voir ignorer qu'il était en enfer.

Ocho días pasaron, como ocho siglos. Una tarde, el médico habitual se presentó con un médico nuevo y lo condujeron a un sanatorio de la calle Ecuador, porque era indispensable sacarle una radiografía. Dahlmann, en el coche de plaza que los llevó, pensó que en una habitación que no fuera la suya podría, al fin, dormir. Se sintió feliz y conversador; en cuanto llegó, lo desvistieron, le raparon la cabeza, lo sujetaron con metales a una camilla, lo iluminaron hasta le ceguera y el vértigo, lo auscultaron y un hombre enmascarado le clavó una aguja en el brazo. Se despertó con náuseas, vendado, en una celda que tenía algo de pozo y, en los días y noches que siguieron a la operación pudo entender que apenas había estado, hasta entonces, en un arrabal del infierno. El hielo no dejaba en su boca el menor rastro de frescura. En esos días, Dahlmann minuciosamente se odió; odió su identidad, sus necesidades corporales, su humillación, la barba que le erizaba la cara. Sufrió con estoicismo las curaciones, que eran muy dolorosas, pero cuando el cirujano le dijo que había estado a punto de morir de una septicemia, Dahlmann se echó a llorar, condolido de su destino. Las miserias físicas y la incesante previsión de las malas noches no le habían dejado pensar en algo tan abstracto como la muerte. Otro día, el cirujano le dijo que estaba reponiéndose y que, muy pronto, podría ir a convalecer a la estancia. Increíblemente, el día prometido llegó.

A la realidad le gustan las simetrías y los leves anacronismos; Dahlmann había llegado al sanatorio en un coche de plaza y ahora un coche de plaza lo llevaba a Constitución.

Huit jours passèrent, aussi longs que huit siècles. Un soir, le médecin habituel se présenta avec un médecin nouveau et ils le conduisirent tous deux à une clinique de la rue Ecuador, car il était indispensable de le radiographier. Dahlmann, dans le taxi qui les amenait, pensa que, dans une chambre qui ne serait pas la sienne, il pourrait enfin dormir. Il se sentait heureux et communicatif. Quand il arriva, on le dévêtit, on lui rasa le crâne, on l'attacha sur une civière, on l'éclaira jusqu'à l'aveuglement et jusqu'au vertige, on l'ausculta et un homme masqué lui enfonça une aiguille dans le bras. Il se réveilla avec des nausées et des pansements dans une cellule qui ressemblait un peu à un puits. Durant les jours et les nuits qui suivirent l'opération, il put comprendre qu'il n'avait guère été jusqu'alors que dans la banlieue de l'enfer. La glace ne laissait dans sa bouche aucune trace de fraîcheur. Dahlmann s'abomina minutieusement. Il abomina son identité, les nécessités de son corps, son humiliation, la barbe qui lui hérissait le visage. Il supporta stoïquement les traitements, qui étaient très douloureux, mais quand le chirurgien lui dit qu'il avait été sur le point de mourir d'une septicémie, Dahlmann se mit à pleurer, ému de son propre destin. Les douleurs physiques et l'incessante prévision de mauvaises nuits ne lui avaient pas permis de penser à quelque chose d'aussi abstrait que la mort. Un autre jour, le chirurgien lui dit qu'il allait mieux et que très vite il pourrait se rendre en convalescence dans son estancia. Incroyablement, le jour promis arriva.

La réalité aime les symétries et les légers anachronismes. Dahlmann était venu à la clinique en taxi et un taxi l'amenait maintenant à la gare de Constitution.

La primera frescura del otoño, después de la opresión del verano, era como un símbolo natural de su destino rescatado de la muerte y la fiebre. La ciudad, a las siete de la mañana, no había perdido ese aire de casa vieja que le infunde la noche; las calles eran como largos zaguanes, las plazas como patios. Dahlmann la reconocía con felicidad y con un principio de vértigo; unos segundos antes de que las registraran sus ojos, recordaba las esquinas, las carteleras, las modestas diferencias de Buenos Aires. En la luz amarilla del nuevo día, todas las cosas regresaban a él.

Nadie ignora que el Sur empieza del otro lado de Rivadavia. Dahlmann solía repetir que ello no es una convención y que quien atraviesa esa calle entra en un mundo más antiguo y más firme. Desde el coche buscaba entre la nueva edificación, la ventana de rejas, el llamador, el arco de la puerta, el zaguán, el íntimo patio.

En el *hall* de la estación advirtió que faltaban treinta minutos. Recordó bruscamente que en un café de la calle Brasil (a pocos metros de la casa de Yrigoyen) había un enorme gato que se dejaba acariciar por la gente, como una divinidad desdeñosa. Entró. Ahí estaba el gato, dormido. Pidió una taza de café, la endulzó lentamente, la probó (ese placer le había sido vedado en la clínica) y pensó, mientras alisaba el negro pelaje, que aquel contacto era ilusorio y que estaban como separados por un cristal,

La première fraîcheur de l'automne après l'oppression de l'été était comme si la nature lui offrait un symbole de sa vie rachetée de la mort et de la fièvre. La ville, à sept heures du matin, n'avait pas perdu cet air de vieille maison que lui donne la nuit. Les rues étaient comme de grands vestibules, les places comme des patios. Dahlmann la reconnaissait avec bonheur et avec un début de vertige. Quelques secondes avant que ses yeux ne les perçoivent, il se souvenait des coins de rues, des panneaux d'affichage, des modestes particularités de Buenos Aires. Dans la lumière dorée du jour nouveau, toute chose lui était restituée.

Personne n'ignore que le Sud commence de l'autre côté de la rue Rivadavia. Dahlmann avait coutume de répéter qu'il ne s'agit pas là d'une convention et que celui qui traverse cette rue entre dans un monde plus ancien et plus ferme. De la voiture, il cherchait parmi les constructions nouvelles la fenêtre grillée, le heurtoir, la porte voûtée, le vestibule, l'intime patio.

Dans le hall de la gare, il s'aperçut qu'il était en avance d'une demi-heure. Il se souvint brusquement que, dans le café de la rue Brasil, tout près de la maison d'Yrigoyen[1], il y avait un énorme chat qui, telle une divinité dédaigneuse, se laissait caresser par les clients. Il entra, le chat était là, endormi. Dahlmann demanda une tasse de café, la sucra lentement, la goûta (dans la clinique, ce plaisir lui avait été interdit) et pendant qu'il lissait le noir pelage, il pensa que ce contact était illusoire et que le chat et lui étaient comme séparés par une plaque de verre,

---

1. Hipólito Yrigoyen (1850-1933) : premier président radical de la République argentine.

porque el hombre vive en el tiempo, en la sucesión, y el mágico animal, en la actualidad, en la eternidad del instante.

A lo largo del penúltimo andén el tren esperaba. Dahlmann recorrió los vagones y dio con uno casi vacío. Acomodó en la red la valija; cuando los coches arrancaron, la abrió y sacó, tras alguna vacilación, el primer tomo de las Mil y Una Noches. Viajar con este libro, tan vinculado a la historia de su desdicha, era una afirmación de que esa desdicha había sido anulada y un desafío alegre y secreto a las frustradas fuerzas del mal.

A los lados del tren, la ciudad se desgarraba en suburbios; esta visión y luego la de jardines y quintas demoraron el principio de la lectura. La verdad es que Dahlmann leyó poco; la montaña de piedra imán y el genio que ha jurado matar a su bienhechor eran, quién lo niega, maravillosos, pero no mucho más que la mañana y que el hecho de ser. La felicidad lo distraía de Shahrazad y de sus milagros superfluos; Dahlmann cerraba el libro y se dejaba simplemente vivir.

El almuerzo (con el caldo servido en boles de metal reluciente, como en los ya remotos veraneos de la niñez) fue otro goce tranquilo y agradecido.

Mañana me despertaré en la estancia, pensaba, y era como si a un tiempo fuera dos hombres: el que avanzaba por el día otoñal y por la geografía de la patria, y el otro, encarcelado en un sanatorio y sujeto a metódicas servidumbres.

parce que l'homme vit dans le temps, dans la succession, et le magique animal dans l'actuel, dans l'éternité de l'instant.

Le train attendait au long de l'avant-dernier quai. Dahlmann parcourut les wagons et en trouva un qui était presque vide. Il mit sa valise dans le filet. Quand les voitures démarrèrent, il l'ouvrit et en tira, après quelques hésitations, le premier tome des *Mille et Une Nuits*. Voyager avec ce livre si étroitement lié à l'histoire de son malheur était une affirmation que ce malheur était maintenant annulé et un défi joyeux et secret aux forces maintenant désappointées du mal.

Des deux côtés du train, la cité se déchiquetait en faubourgs. Cette vision, puis celle de jardins et de villas, retardèrent le début de sa lecture. La vérité est que Dahlmann lut peu. La montagne de pierre d'aimant et le génie qui jura de tuer son bienfaiteur étaient assurément merveilleux, mais pas beaucoup plus que la lumière du matin et le simple fait d'exister. Le bonheur le distrayait de Shéhérazade et de ses miracles superflus. Dahlmann ferma le livre et se laissa tout bonnement vivre.

Le déjeuner (avec le bouillon servi dans des bols de métal brillant, comme aux jours déjà lointains de ses vacances enfantines) fut un autre plaisir calme et bienvenu.

« Demain, je m'éveillerai à l'estancia », pensa-t-il et c'était comme si deux hommes existaient en même temps : celui qui voyageait dans un jour d'automne et dans la géographie de sa patrie et un autre, enfermé dans une clinique et soumis à de méthodiques servitudes.

Vio casas de ladrillo sin revocar, esquinadas y largas, infinitamente mirando pasar los trenes; vio jinetes en los terrosos caminos; vio zanjas y lagunas y hacienda; vio largas nubes luminosas que parecían de mármol, y todas estas cosas eran casuales, como sueños de la llanura. También creyó reconocer árboles y sembrados que no hubiera podido nombrar, porque su directo conocimiento de la campaña era harto inferior a su conocimiento nostálgico y literario.

Alguna vez durmió y en sus sueños estaba el ímpetu del tren. Ya el blanco sol intolerable de las doce del día era el sol amarillo que precede al anochecer y no tardaría en ser rojo. También el coche era distinto; no era el que fue en Constitución, al dejar el andén: la llanura y las horas lo habían atravesado y transfigurado. Afuera la móvil sombra del vagón se alargaba hacia el horizonte. No turbaban la tierra elemental ni poblaciones ni otros signos humanos. Todo era vasto, pero al mismo tiempo era íntimo y, de alguna manera, secreto. En el campo desaforado, a veces no había otra cosa que un toro. La soledad era perfecta y tal vez hostil, y Dahlmann pudo sospechar que viajaba al pasado y no sólo al Sur. De esa conjetura fantástica lo distrajo el inspector, que al ver su boleto, le advirtió que el tren no lo dejaría en la estación de siempre sino en otra, un poco anterior y apenas conocida por Dahlmann. (El hombre añadió una explicación que Dahlmann no trató de entender ni siquiera de oír,

Il vit des maisons de brique sans crépi, longues et construites en équerre, regardant indéfiniment passer les trains ; il vit des cavaliers dans les chemins poussiéreux ; il vit des fossés, des mares et du bétail ; il vit de grands nuages lumineux qu'on aurait dits en marbre et toutes ces choses lui paraissaient fortuites, comme autant de rêves de la plaine. Il crut aussi reconnaître des arbres et des cultures qu'il n'aurait pas pu nommer, car son expérience concrète de la campagne était fort inférieure à la connaissance nostalgique et littéraire qu'il en avait.

Il finit par dormir et la lancée du train hantait ses rêves. Déjà le soleil blanc et intolérable de midi était le soleil jaune qui précède le crépuscule et il n'allait pas tarder à devenir rouge. Le wagon, lui aussi, avait changé. Ce n'était plus celui qui avait quitté le quai de la gare de Constitution. La plaine et les heures l'avaient traversé et métamorphosé. Dehors, l'ombre mobile du wagon s'allongeait jusqu'à l'horizon. Ni villages, ni autres manifestations humaines ne troublaient le sol élémentaire. Tout était vaste, mais en même temps intime, en quelque manière, secret. Dans la campagne démesurée, il n'y avait parfois rien d'autre qu'un taureau. La solitude était parfaite, peut-être hostile. Dahlmann put supposer qu'il ne voyageait pas seulement vers le Sud, mais aussi vers le passé. Un contrôleur le tira de cette conjecture fantastique. Regardant son billet, il l'avertit que le train ne le déposerait pas à la station habituelle, mais à une autre située un peu avant et à peu près inconnue de Dahlmann. (L'homme ajouta une explication que Dahlmann n'essaya pas de comprendre ni même d'écouter,

porque el mecanismo de los hechos no le importaba.)

El tren laboriosamente se detuvo, casi en medio del campo. Del otro lado de las vías quedaba la estación, que era poco más que un andén con un cobertizo. Ningún vehículo tenían, pero el jefe opinó que tal vez pudiera conseguir uno en un comercio que le indicó a unas diez, doce, cuadras.

Dahlmann aceptó la caminata como una pequeña aventura. Ya se había hundido el sol, pero un esplendor final exaltaba la viva y silenciosa llanura, antes de que la borrara la noche. Menos para no fatigarse que para hacer durar esas cosas, Dahlmann caminaba despacio, aspirando con grave felicidad el olor del trébol.

El almacén, alguna vez, había sido punzó, pero los años habían mitigado para su bien ese color violento. Algo en su pobre arquitectura le recordó un grabado en acero, acaso de una vieja edición de *Pablo y Virginia*. Atados al palenque había unos caballos. Dahlmann, adentro, creyó reconocer al patrón; luego comprendió que lo había engañado su parecido con uno de los empleados del sanatorio. El hombre, oído el caso, dijo que le haría atar la jardinera; para agregar otro hecho a aquel día y para llenar ese tiempo, Dahlmann resolvió comer en el almacén.

En una mesa comían y bebían ruidosamente unos muchachones,

parce que le mécanisme des événements ne l'intéressait pas.)

Le train s'arrêta laborieusement, presque en pleine campagne. De l'autre côté de la voie, se trouvait la gare, qui ne consistait guère qu'en un quai et un appentis. Il n'y avait là aucune voiture, mais le chef de la station fut d'avis que le voyageur pourrait peut-être en louer une dans la boutique qu'il lui indiqua, à mille ou douze cents mètres de là.

Dahlmann accepta cette promenade forcée comme une petite aventure. Déjà le soleil s'était couché, mais une dernière clarté exaltait la plaine vive et silencieuse que la nuit allait effacer. Moins pour éviter la fatigue que pour faire durer le trajet, Dahlmann marchait lentement, respirant avec un plaisir solennel l'odeur du trèfle.

L'almacen avait été autrefois rouge ponceau [1], mais les années avaient heureusement tempéré cette couleur violente. Quelque chose dans sa pauvre architecture rappela au voyageur une gravure sur acier, peut-être d'une vieille édition de *Paul et Virginie*. Plusieurs chevaux étaient attachés à la palissade. Dahlmann, une fois entré, crut reconnaître le patron. Il s'aperçut ensuite qu'il avait été abusé par la ressemblance de l'homme avec un des employés de la clinique. Le patron, informé de l'affaire, lui dit qu'il ferait atteler la carriole. Pour ajouter un fait nouveau à la journée et pour passer le temps, Dahlmann résolut de dîner dans l'almacen.

À une table, un groupe de jeunes gens mangeaient et buvaient bruyamment.

---

1. Le rouge ponceau est la couleur emblématique des Fédéraux. Il s'agit d'un rouge vif et foncé.

en los que Dahlmann, al principio, no se fijó. En el suelo, apoyado en el mostrador, se acurrucaba, inmóvil como una cosa, un hombre muy viejo. Los muchos años lo habían reducido y pulido como las aguas a una piedra o las generaciones de los hombres a una sentencia. Era oscuro, chico y reseco, y estaba como fuera del tiempo, en una eternidad. Dahlmann registró con satisfacción la vincha, el poncho de bayeta, el largo chiripá y la bota de potro y se dijo, rememorando inútiles discusiones con gente de los partidos del Norte o con entrerrianos, que gauchos de esos ya no quedan más que en el Sur.

Dahlmann se acomodó junto a la ventana. La oscuridad fue quedándose con el campo, pero su olor y sus rumores aun le llegaban entre los barrotes de hierro. El patrón le trajo sardinas y después carne asada; Dahlmann las empujó con unos vasos de vino tinto. Ocioso, paladeaba el áspero sabor y dejaba errar la mirada por el local, ya un poco soñolienta. La lámpara de kerosén pendía de uno de los tirantes; los parroquianos de la otra mesa eran tres: dos parecían peones de chacra; otro, de rasgos achinados y torpes, bebía con el chambergo puesto. Dahlmann, de pronto, sintió un leve roce en la cara. Junto al vaso ordinario de vidrio turbio, sobre una de las rayas del mantel, había una bolita de miga. Eso era todo, pero alguien se la había tirado.

Los de la otra mesa parecían ajenos a él. Dahlmann, perplejo, decidió que nada había ocurrido y abrió el volumen de las *Mil y Una Noches,* como para tapar la realidad.

Dahlmann, au début, ne fit pas attention à eux. À même le sol, le dos appuyé contre le comptoir, était accroupi un vieillard, immobile comme une chose. Un grand nombre d'années l'avaient réduit et poli comme les eaux font une pierre et les générations une maxime. Il était bruni, petit, desséché et on l'aurait dit hors du temps, dans une sorte d'éternité. Dahlmann remarqua avec satisfaction le bandeau autour du front, le poncho de grosse laine, le long *chiripá* et les bottes de poulain, et il se dit, se souvenant de discussions oiseuses avec des gens de provinces du Nord ou d'Entre-Rios, que des gauchos de cette espèce, il n'en existait plus que dans le Sud.

Dahlmann s'installa près de la fenêtre. La campagne était maintenant tout entière dans l'obscurité, mais son odeur et ses bruits parvenaient jusqu'à lui à travers les barreaux de fer. Le patron lui apporta des sardines, puis de la viande grillée. Dahlmann fit passer le tout avec quelques verres de vin rouge. Sans penser à rien, il savourait l'âpre saveur et laissait errer dans la pièce son regard déjà un peu somnolent. La lampe à pétrole pendait à une des poutres. Les clients, à l'autre table, étaient trois : deux paraissaient des valets de ferme, l'autre, dont les traits pesants étaient vaguement indiens, buvait, le chapeau sur la tête. Soudain, Dahlmann sentit quelque chose lui effleurer le visage. Près du verre ordinaire, épais et sale, sur une des raies de la nappe, il y avait une boulette de mie de pain. C'était tout, mais quelqu'un l'avait jetée.

Ceux de l'autre table paraissaient indifférents. Dahlmann, perplexe, décida que rien ne s'était passé et ouvrit le volume des *Mille et Une Nuits*, comme pour écarter la réalité.

Otra bolita lo alcanzó a los pocos minutos, y esta vez los peones se rieron. Dahlmann se dijo que no estaba asustado, pero que sería un disparate que él, un convaleciente, se dejara arrastrar por desconocidos a una pelea confusa. Resolvió salir; ya estaba de pie cuando el patrón se le acercó y lo exhortó con voz alarmada:

—Señor Dahlmann, no les haga caso a esos mozos, que están medio alegres.

Dahlmann no se extrañó de que el otro, ahora, lo conociera, pero sintió que estas palabras conciliadoras agravaban, de hecho, la situación. Antes, la provocación de los peones era a una cara accidental, casi a nadie; ahora iba contra él y contra su nombre y lo sabrían los vecinos. Dahlmann hizo a un lado al patrón, se enfrentó con los peones y les preguntó qué andaban buscando.

El compadrito de la cara achinada se paró, tambaleándose. A un paso de Juan Dahlmann, lo injurió a gritos, como si estuviera muy lejos. Jugaba a exagerar su borrachera y esa exageración era una ferocidad y una burla. Entre malas palabras y obscenidades, tiró al aire un largo cuchillo, lo siguió con los ojos, lo barajó, e invitó a Dahlmann a pelear. El patrón objetó con trémula voz que Dahlmann estaba desarmado. En ese punto, algo imprevisible ocurrió.

Desde un rincón, el viejo gaucho extático, en el que Dahlmann vio una cifra del Sur (del Sur que era suyo), le tiró una daga desnuda que vino a caer a sus pies. Era como si el Sur hubiera resuelto que Dahlmann aceptara el duelo.

Une autre boulette l'atteignit au bout de quelques minutes et, cette fois, les trois se mirent à rire. Dahlmann se dit qu'il n'était pas effrayé, mais que ce serait absurde, de la part d'un convalescent, de se laisser entraîner par des inconnus à une rixe confuse. Il résolut de sortir. Il était déjà debout, quand le patron s'approcha et lui dit d'une voix inquiète :

« Monsieur Dahlmann, ne faites pas attention à ces types. Ils sont un peu éméchés. »

Dahlmann ne s'étonna pas que l'autre, maintenant, le connût. Mais il sentit que ces paroles apaisantes aggravaient en fait la situation. Auparavant, la provocation du trio était dirigée à un visage de hasard, pour ainsi dire à personne ; désormais, elle s'adressait à lui, à son nom. Les voisins l'apprendraient. Dahlmann écarta le patron, fit face aux *péons* et leur demanda ce qu'ils voulaient.

Le *compadrito* aux traits indiens se leva en titubant. À un pas de Juan Dahlmann, il l'injuria à grands cris, comme s'il se trouvait très loin. Il jouait à exagérer son ébriété et son exagération était un outrage et une moquerie. Tout en se répandant en jurons et en obscénités, il lança en l'air un long couteau, le suivit des yeux, le rattrapa et invita Dahlmann à se battre. Le patron objecta avec une voix tremblante que Dahlmann était sans arme. À ce moment, quelque chose d'imprévisible se produisit.

De son coin, le vieux gaucho extatique, en qui Dahlmann voyait un symbole du Sud (de ce Sud, qui était le sien), lui lança un poignard, la lame nue, qui vint tomber à ses pieds. C'était comme si le Sud avait décidé que Dahlmann accepterait le duel.

Dahlmann se inclinó a recoger la daga y sintió dos cosas. Le primera, que ese acto casi instintivo lo comprometía a pelear. La segunda, que el arma, en su mano torpe, no serviría para defenderlo, sino para justificar que lo mataran. Alguna vez había jugado con un puñal, como todos los hombres, pero su esgrima no pasaba de una noción de que los golpes deben ir hacia arriba y con el filo para adentro. *No hubieran permitido en el sanatorio que me pasaran estas cosas*, pensó.

—Vamos saliendo —dijo el otro.

Salieron, y si en Dahlmann no había esperanza, tampoco había temor. Sintió, al atravesar el umbral, que morir en una pelea a cuchillo, a cielo abierto y acometiendo, hubiera sido una liberación para él, una felicidad y una fiesta, en la primera noche del sanatorio, cuando le clavaron la aguja. Sintió que si él, entonces, hubiera podido elegir o soñar su muerte, ésta es la muerte que hubiera elegido o soñado.

Dahlmann empuña con firmeza el cuchillo, que acaso no sabrá manejar, y sale a la llanura.

Dahlmann se baissa pour ramasser le poignard et comprit deux choses. La première, que, par cet acte presque instinctif, il s'engageait à combattre. La seconde, que l'arme dans sa main maladroite ne servirait pas à le défendre, mais à justifier qu'on le tue. Il lui était arrivé, comme à tout le monde, de jouer avec un poignard, mais sa science de l'escrime se bornait au fait qu'il savait que les coups devaient être portés de bas en haut et le tranchant vers l'extérieur. « À la clinique, on n'aurait pas permis que de pareilles choses m'arrivent », pensa-t-il.

« Sortons », dit l'autre.

Ils sortirent, et si, en Dahlmann, il n'y avait pas d'espoir, il n'y avait pas non plus de peur. Il sentit, en passant le seuil, que mourir dans un duel au couteau, à ciel ouvert et en attaquant de son côté son adversaire, eût été pour lui une libération, une félicité et une fête, quand on lui enfonça l'aiguille, la première nuit, à la clinique. Il sentit que si, alors, il eût pu choisir ou rêver sa mort, c'est cette mort-là qu'il aurait choisie ou rêvée.

Dahlmann empoigne avec fermeté le couteau qu'il ne saura sans doute pas manier et sort dans la plaine.

Préface 7

LE JARDIN AUX SENTIERS QUI BIFURQUENT

Prologue	19
Tlön, Uqbar, Orbis Tertius	23
Pierre Ménard, auteur du « Quichotte »	71
Les ruines circulaires	97
La loterie à Babylone	113
Examen de l'œuvre d'Herbert Quain	133
La bibliothèque de Babel	149
Le jardin aux sentiers qui bifurquent	173

ARTIFICES

Prologue	207
Funès ou la mémoire	211
La forme de l'épée	235
Thème du traître et du héros	251
La mort et la boussole	263
Le miracle secret	297

Trois versions de Judas	317
La fin	333
La secte du Phénix	343
Le Sud	353

DU MÊME AUTEUR
DANS LA COLLECTION FOLIO

FICTIONS (n° 614.)

LIVRE DES PRÉFACES suivi d'ESSAI D'AUTOBIOGRAPHIE (n° 1794)

LE LIVRE DE SABLE (n° 1461)

LE RAPPORT DE BRODIE (n° 1588)

Folio Essais

CONFÉRENCES (n° 2)

ENQUÊTES suivi d'ENTRETIENS AVEC GEORGES CHARBONNIER (n° 198)

Folio Bilingue

LE LIVRE DE SABLE / EL LIBRO DE ARENA (n° 10)

DANS LA MÊME COLLECTION

ANGLAIS

CAPOTE *One Christmas / The Thanksgiving visitor* / Un Noël / L'invité d'un jour

CONRAD *Typhoon* / Typhon

CONRAD *Youth* / Jeunesse

DAHL *The Princess and the Poacher / Princess Mammalia* / La Princesse et le braconnier / La Princesse Mammalia

FAULKNER *As I lay dying* / Tandis que j'agonise

KIPLING *Wee Willie Winkie* / Wee Willie Winkie

LAWRENCE *The Virgin and the Gipsy* / La vierge et le gitan

LOVECRAFT *The Dunwich Horror* / L'horreur de Dunwich

MELVILLE *Benito Cereno* / Benito Cereno

ORWELL *Animal Farm* / La ferme des animaux

POE *Mystification and other tales* / Mystification et autres contes

STEVENSON *The strange case of Dr Jekyll and Mr Hyde* / L'étrange cas du Dr Jekyll et M. Hyde

SWIFT *A Voyage to Lilliput* / Voyage à Lilliput

UHLMAN *Reunion* / L'ami retrouvé

WELLS *The Time Machine* / La Machine à explorer le temps

WILDE *Lord Arthur Savile's crime* / Le crime de Lord Arthur Savile

ALLEMAND

BÖLL *Der Zug war pünktlich* / Le train était à l'heure

CHAMISSO *Peter Schlemihls wundersame Geschichte* / L'étrange histoire de Peter Schlemihl

FREUD *Eine Kindheitserinnerung des Leonardo da Vinci* / Un souvenir d'enfance de Léonard de Vinci

GOETHE *Die Leiden des jungen Werther* / Les souffrances du jeune Werther

GRIMM *Märchen* / Contes

HANDKE *Die Lehre der Sainte-Victoire* / La leçon de la Sainte-Victoire

HOFMANNSTHAL *Andreas* / Andréas

KAFKA *Die Verwandlung* / La métamorphose

KLEIST *Die Marquise von O... / Der Zweikampf* / La marquise d'O... / Le duel

MANN *Tonio Kröger* / Tonio Kröger

RUSSE
DOSTOÏEVSKI *Кроткая / Сон смешного человека* / Douce / Le songe d'un homme ridicule
GOGOL *Записки сумасшедшего / Нос / Шинель* / Le journal d'un fou / Le nez / Le manteau
TCHÉKHOV *Дама с собачкой / Архиерей / Невеста* / La dame au petit chien / L'évêque / La fiancée
TOLSTOÏ *Крейцерова соната* / La sonate à Kreutzer
TOURGUÉNIEV *Первая любовь* / Premier amour

ITALIEN
GOLDONI *La Locandiera* / La Locandiera
MORAVIA *L'amore coniugale* / L'amour conjugal
PAVESE *La bella estate* / Le bel été
PIRANDELLO *Novelle per un anno (scelta)* / Nouvelles pour une année (choix)
PIRANDELLO *Novelle per un anno II (scelta)* / Nouvelles pour une année II (choix)

ESPAGNOL
BORGES *El libro de arena* / Le livre de sable
BORGES *Ficciones* / Fictions
CARPENTIER *Concierto barroco* / Concert baroque
CERVANTES *Novelas ejemplares (selección)* / Nouvelles exemplaires (choix)
CORTÁZAR *Las armas secretas* / Les armes secrètes
VARGAS LLOSA *Los cachorros* / Les chiots

PORTUGAIS
MACHADO DE ASSIS *O alienista* / L'aliéniste

COLLECTION FOLIO

Dernières parutions

2501. Collectif — *Mémoires d'Europe II.*
2502. Collectif — *Mémoires d'Europe III.*
2503. Didier Daeninckx — *Le géant inachevé.*
2504. Éric Ollivier — *L'escalier des heures glissantes.*
2505. Julian Barnes — *Avant moi.*
2506. Daniel Boulanger — *La confession d'Omer.*
2507. Nicolas Bréhal — *Sonate au clair de lune.*
2508. Noëlle Châtelet — *La courte échelle.*
2509. Marguerite Duras — *L'Amant de la Chine du Nord.*
2510. Sylvie Germain — *L'Enfant Méduse.*
2511. Yasushi Inoué — *Shirobamba.*
2512. Rezvani — *La nuit transfigurée.*
2513. Boris Schreiber — *Le tournesol déchiré.*
2514. Anne Wiazemsky — *Marimé.*
2515. Francisco González Ledesma — *Soldados.*
2516. Guy de Maupassant — *Notre cœur.*
2518. Driss Chraïbi — *L'inspecteur Ali.*
2519. Pietro Citati — *Histoire qui fut heureuse, puis douloureuse et funeste.*
2520. Paule Constant — *Le Grand Ghâpal.*
2521. Pierre Magnan — *Les secrets de Laviolette.*
2522. Pierre Michon — *Rimbaud le fils.*
2523. Michel Mohrt — *Un soir, à Londres.*
2524. Francis Ryck — *Le silencieux.*
2525. William Styron — *Face aux ténèbres.*

2526. René Swennen — *Le roman du linceul.*
2528. Jerome Charyn — *Un bon flic.*
2529. Jean-Marie Laclavetine — *En douceur.*
2530. Didier Daeninckx — *Lumière noire.*
2531. Pierre Moinot — *La descente du fleuve.*
2532. Vladimir Nabokov — *La transparence des choses.*
2533. Pascal Quignard — *Tous les matins du monde.*
2534. Alberto Savinio — *Toute la vie.*
2535. Sempé — *Luxe, calme & volupté.*
2537. Abraham B. Yehoshua — *L'année des cinq saisons.*
2538. Marcel Proust — *Les Plaisirs et les Jours* suivi de *L'Indifférent et autres textes.*
2539. Frédéric Vitoux — *Cartes postales.*
2540. Tacite — *Annales.*
2541. François Mauriac — *Zabé.*
2542. Thomas Bernhard — *Un enfant.*
2543. Lawrence Block — *Huit millions de façons de mourir.*
2544. Jean Delay — *Avant Mémoire (tome II).*
2545. Annie Ernaux — *Passion simple.*
2546. Paul Fournel — *Les petites filles respirent le même air que nous.*
2547. Georges Perec — *53 jours.*
2548. Jean Renoir — *Les cahiers du capitaine Georges.*
2549. Michel Schneider — *Glenn Gould piano solo.*
2550. Michel Tournier — *Le Tabor et le Sinaï.*
2551. M. E. Saltykov-Chtchédrine — *Histoire d'une ville.*
2552. Eugène Nicole — *Les larmes de pierre.*
2553. Saint-Simon — *Mémoires II.*
2554. Christian Bobin — *La part manquante.*
2555. Boileau-Narcejac — *Les nocturnes.*
2556. Alain Bosquet — *Le métier d'otage.*
2557. Jeanne Bourin — *Les compagnons d'éternité.*
2558. Didier Daeninckx — *Zapping.*
2559. Gérard Delteil — *Le miroir de l'Inca.*
2560. Joseph Kessel — *La vallée des rubis.*
2561. Catherine Lépront — *Une rumeur.*

2562.	Arto Paasilinna	*Le meunier hurlant.*
2563.	Gilbert Sinoué	*La pourpre et l'olivier.*
2564.	François-Marie Banier	*Le passé composé.*
2565.	Gonzalo Torrente Ballester	*Le roi ébahi.*
2566.	Ray Bradbury	*Le fantôme d'Hollywood.*
2567.	Thierry Jonquet	*La Bête et la Belle.*
2568.	Marguerite Duras	*La pluie d'été.*
2569.	Roger Grenier	*Il te faudra quitter Florence.*
2570.	Yukio Mishima	*Les amours interdites.*
2571.	J.-B. Pontalis	*L'amour des commencements.*
2572.	Pascal Quignard	*La frontière.*
2573.	Antoine de Saint-Exupéry	*Écrits de guerre (1939-1944).*
2574.	Avraham B. Yehoshua	*L'amant.*
2575.	Denis Diderot	*Paradoxe sur le comédien.*
2576.	Anonyme	*La Châtelaine de Vergy.*
2577.	Honoré de Balzac	*Le Chef-d'œuvre inconnu.*

*Composition Bussière
et impression S.E.P.C.
à Saint-Amand (Cher), le 14 avril 1994.
Dépôt légal : avril 1994.
Numéro d'imprimeur : 718-541.*
ISBN 2-038904-9. Imprimé en France.

67838